HISTÓRIAS EXTRAORDINÁRIAS

EDGAR ALLAN POE

HISTÓRIAS EXTRAORDINÁRIAS

Seleção, apresentação e tradução
José Paulo Paes

27ª reimpressão

COMPANHIA DE BOLSO

Grafia atualizada segundo o Acordo Ortográfico da Língua Portuguesa de 1990, que entrou em vigor no Brasil em 2009.

Capa
Jeff Fisher

Preparação
Sergio Tellaroli

Revisão
Renato Potenza Rodrigues
Vivian Miwa Matsushita

Dados Internacionais de Catalogação na Publicação (CIP)
(Câmara Brasileira do Livro, SP, Brasil)

Poe, Edgar Allan, 1809-1849.
Histórias extraordinárias / Edgar Allan Poe ; seleção, apresentação e tradução José Paulo Paes. — 1ª ed. — São Paulo : Companhia das Letras, 2008.

Título original: Extraordinary Tales.
ISBN 978-85-359-1232-6

1. Contos norte-americanos I. Paes, José Paulo. II. Título.

09-13101 CDD-813

Índice para catálogo sistemático:
1. Contos : Literatura norte-americana 813

EDITORA SCHWARCZ S.A.
Rua Bandeira Paulista, 702, cj. 32
04532-002 — São Paulo — SP
Telefone: (11) 3707-3500
www.companhiadasletras.com.br
www.blogdacompanhia.com.br

SUMÁRIO

APRESENTAÇÃO

NA EVOLUÇÃO DAS LETRAS NORTE-AMERICANAS, Edgar Allan Poe ocupa um lugar à parte. E nem poderia deixar de ocupá-lo, pois, segundo observa Jacques-Fernand Cahen, os ianques simpatizam pouco com os artistas puros da estirpe de Poe e tendem a julgar um escritor mais pelos valores morais do que pelos valores estéticos contidos em sua obra.

Poe não incidiu, em momento algum, no moralismo estreito e convencional de seus contemporâneos. Esteta refinado, zombou abertamente das banalidades rimadas de Whittier e de Longfellow; subjetivista insofrido, nada em sua obra faz prever o realismo de crítica social que, por intermédio de Mark Twain e de Bret Harte, acabaria por dominar a literatura americana. Daí a dupla marginalidade de Poe: marginalidade do artista convicto de sua arte; marginalidade do homem zeloso das suas idiossincrasias.

Do homem, desfeitos os equívocos forjados por seu primeiro biógrafo, Griswold, sabe-se que teve vida sombria e atormentada. Uma sensibilidade enfermiça, aguçada pelo infortúnio e pela pobreza, encarregou-se de fazer dele um pobre-diabo, no sentido mais dramático da palavra.

Nascido em Boston, a 19 de janeiro de 1809, filho de pais atores, com a morte da mãe foi entregue aos cuidados de um próspero comerciante de Richmond, John Allan, homem de impulsos generosos, mas de mentalidade estreita, que, embora acolhendo o menino em sua casa e batizando-o com seu nome, jamais pensou em adotá-lo legalmente. A sra. Allan, todavia, soube suavizar a infância do pequeno Edgar com sua ternura de mulher sem filhos; sempre que pôde, defendeu o órfão contra as iras do marido.

Não pertencendo, por nascimento, a nenhuma das famílias tradicionais de Richmond, Poe teve oportunidade de receber, não obstante, boa educação escolar. Frequentou mesmo, durante um ano, a Universidade da Virgínia, e, se lá não permaneceu por mais tempo, deve-se o fato menos à sovinice de John Allan do que às loucuras de seu afilhado. Beberrão e jogador, Poe viu-se logo acossado pelos credores, e tendo Allan se recusado a pagar-lhe os débitos, não lhe restou alternativa senão fugir, abandonando os estudos.

Em 1827, um ano após sua saída da universidade, encontramo-lo em Boston, vivendo de expedientes. Estimulada pelas leituras e pelo estudo das humanidades, sua vocação literária dá sinal de si pela primeira vez numa brochura publicada nesse mesmo ano sob o título de *Tamerlão e outros poemas*, modestamente assinada por "Um bostoniano".

O livro não lhe traz nem glórias, nem os proventos esperados. Acossado pela fome, vê-se na contingência de procurar algum modo de ganhar honestamente o pão de cada dia. Sente-se atraído de início pela carreira das armas (um de seus antepassados lutara, ao lado do general Laffayette, nas guerras da Independência) e, durante dois anos, serve no exército americano. Ao fim desse período, uma carta de recomendação assinada por John Allan abre-lhe as portas de West Point, mas abre-as por pouco tempo: o gênio indomável do jovem cadete logo provoca um incidente com um superior hierárquico e, desligado da famosa academia militar, vê-se Poe de novo na rua. O acontecimento enraivece John Allan sobremaneira, e sobrevém o rompimento final entre tutor e tutelado.

Até 1831, data em que aparece a segunda edição dos "Poemas", Poe leva uma vida difícil, privado até mesmo do indispensável. Contudo, as coisas parecem mudar de feição logo depois. Há um concurso de contos instituído por uma revista literária de renome; Poe concorre com o "Manuscrito encontrado numa garrafa" e levanta o primeiro prêmio. Mais valiosas, no entanto, do que os dólares do prêmio, foram as amizades literárias que o primeiro êxito público lhe granjeou. Por meio delas consegue um lugar de redator na *Southern Literary Messenger*, revista de algum renome no sul do país, e, no prazo de um ano, Poe consegue transformá-la numa revista nacionalmente conhecida, conquistando, pelos bons serviços, o cargo de redator-chefe. Estabilizada sua vida material, decide-se então a contrair matrimônio com sua prima Virgínia Clemm, menina-moça de frágil silhueta e saúde precária, como convinha à companheira de um poeta romântico.

Pouco depois de casado, as esquisitices de Poe ocasionam seu rompimento definitivo com o proprietário do *Messenger*, e o poeta, abandonando o emprego, segue para Nova York, acompanhado da esposa, para reiniciar a via-crúcis de escritor ignorado dos hierofantes das letras.

Nos doze anos que ainda lhe restam de vida, Poe residirá ou em Nova York ou em Filadélfia e ganhará o pão miseravelmente como editor ou articulista de jornal. Os anos de imprensa têm um efeito negativo sobre sua obra literária; quase tudo quanto então escreveu oscila entre a originalidade audaciosa e o plagiarismo desavergonhado. Os contos escritos nesse período traem a marca de fábrica; a pressa jornalística se revela tanto na superficialidade do tratamento quanto no primarismo dos recursos usados. Em 1840, surgem os *Contos do grotesco e do arabesco*, em dois volumes, reunindo suas *short stories*. Três anos mais tarde, Poe alcança êxito nacional com a publicação de "O escaravelho de ouro" e, em 1845, finalmente, aparece *O corvo e outros poemas*, assim como nova edição dos "Contos".

Em 1847, debilitada pelas inúmeras privações, morre Virgínia Clemm. A morte da esposa o abala profundamente, mas Poe, num desses contrastes de que seu gênio era fértil, recupera-se logo do choque. Tanto assim que, nos dois anos seguintes ao da morte da esposa, envolve-se em nada mais, nada menos que três casos amorosos. Em 1849, pensava inclusive em casar-se pela segunda vez quando, durante uma estada em Baltimore, para onde seguira por motivos até agora ignorados, foi encontrado jazendo inconsciente numa sarjeta. Levado para o hospital, expirou sem recuperar totalmente a razão, vitimado pelos excessos a que se entregou, sem freio, durante sua curta existência.

Diante da obra literária de Poe, a atitude mais comum da crítica moderna é antes de restrição que de aplauso. Atitude bem diversa da de Charles Baudelaire, no século XIX, que saudou no autor de "O corvo" o "mágico das letras, que intuíra verdades imortais e fora dotado da divina faculdade de conjurar emoções supraterrenas".

A primeira preocupação de Poe, como teórico da arte, foi a de despojá-la de tudo quanto julgava alheio e acidental à sua essência. Combateu com ardor a "heresia do didatismo", o moralismo em arte, fenômeno corriqueiro na literatura vitoriana. Para ele, verdade e beleza eram coisas distintas, e não deviam ser misturadas, sob pena de abastardamento.

Relativamente ao conto, as ideias de Poe não se afastam das suas demais ideias sobre o fato artístico em geral. Preconizava, nesse gênero, o uso e abuso do que denominava "a unidade de efeitos". Ao escrever uma *short story*, devia o artista ter sempre em mente o desfecho da narrativa e, de acordo com esse desfecho, dispor as cenas, criar a atmosfera, de modo a provocar no leitor um efeito definido de enternecimento, de solidão, de horror etc.

Poe aplicou à própria obra suas teorias artísticas. Nos contos, por exemplo, seguiu à risca a técnica da "unidade de efeitos". Obteve, por vezes, resultados excelentes, mas o abuso acabou por converter um recurso eficaz, se utilizado parcimoniosamente, num cacoete de estilo que chega a enfarar.

O maior defeito dos contos de Poe é a monotonia dos efeitos e das situações. São sempre os mesmos castelos sombrios, os mesmos quartos bizarramente mobiliados, as mesmas mulheres fantasmais, a mesma insistência no fúnebre e no aterrorizante. Um crítico benevolente como Allan Tate não hesita em classificar a linguagem de Poe de "glutinosa", e outro crítico, o bem menos benevolente D. H. Lawrence, acusa-lhe o estilo de "mecânico".

De qualquer modo, o público não subscreveu a opinião da crítica. Edgar Allan Poe continua sendo escritor prestigiado pelo leitor comum, que ainda se encanta com suas histórias de terror. E talvez esse despretensioso leitor esteja com a razão, pois, a despeito da linguagem "glutinosa" ou do estilo "mecânico", Poe sempre consegue, em mais de um momento, provocar-nos aquele arrepio de morte ou aquela impressão de vida que, em literatura, constituem o melhor, senão o único, passaporte para a imortalidade.

JPP

LIGEIA

E ali dentro está a vontade, que não morre. Quem conhece os mistérios da vontade e do seu vigor? Pois Deus não é mais que uma grande vontade, penetrando todas as coisas pela qualidade de sua aplicação. O homem não se entrega aos anjos, nem se rende inteiramente à morte, senão pela fraqueza de sua débil vontade.

Joseph Glanvill

JURO PELA MINHA ALMA que não posso lembrar-me de como, quando ou mesmo precisamente onde travei conhecimento, pela primeira vez, com lady Ligeia. Desde então, longos anos decorreram, e os muitos sofrimentos por que passei perturbaram-me a memória. Ou talvez não possa recordar-me desses pormenores agora porque, na verdade, o caráter de minha bem-amada, seu raro saber, seu singular embora plácido tipo de beleza, a emocionante e aliciadora eloquência da sua veludosa fala musical, tivessem conquistado meu coração tão furtiva e constantemente que mal me dei conta deles então. Todavia, acredito que a encontrei inicialmente, e quase sempre daí por diante, numa grande, antiga e decadente cidade às margens do Reno. De sua família ouvi-a falar, com certeza, mais de uma vez. Que era de remota estirpe é fora de dúvida. Ligeia! Ligeia! Enfronhado em estudos de natureza tal que, melhor que quaisquer outros, abafam as impressões do mundo circundante, somente essa doce palavra — Ligeia — pode trazer-me de volta aos sonhos da fantasia a imagem daquela que não vive mais. E hoje, enquanto escrevo estas linhas, a lembrança que me vem como um clarão — nunca soube o nome de família da que foi minha amiga e noiva, depois se tornou a companheira de meus estudos e, finalmente, a esposa do meu coração. Fora travessa injunção de Ligeia, ou tratara-se, antes, de uma prova para medir a força do meu afeto, o não ter feito eu perguntas sobre esse ponto? Ou talvez tenha sido capricho meu, exaltada e romântica oferenda deposta no altar da mais fervente devoção? Mal me lembro do fato em si; não é de admirar que tenha esquecido as circunstâncias que o motivaram e acompanharam. De fato, se algum dia o espírito chamado *Romance* — se jamais a pálida *Ashtophet** do Egito idólatra, com suas asas tenebrosas, presidiu, como se diz, a esponsais de mau agouro, então, sem dúvida alguma, presidiu ao meu.

Há, no entanto, um assunto querido sobre o qual a memória não me trai. É a *pessoa* de Ligeia. Era alta de estatura, um tanto delgada e, em seus últimos dias, bastante emagrecida. Tentaria em vão descrever a majestade, o calmo desembaraço, a incompreensível leveza e elasticidade do seu andar. Ela chegava e partia como uma sombra. Nada denunciava sua entrada em meu gabinete de trabalho, a não ser a música querida da sua doce e veludosa fala, quando pousava a mão marmórea sobre meu ombro. Em beleza de rosto, mulher alguma a igualou. Era a radiância de um sonho de ópio, visão aérea e encantadora, mais exaltadamente divina que as fantasias a flutuarem sobre as almas dormentes das filhas de Delos. Não obstante, nada havia em suas feições daquele modelado regular que aprendemos a cultuar nas obras clássicas do paganismo. "Não existe beleza rara", explica Bacon, lorde Verulam, referindo-se, na realidade, a todas as formas e *genera* de beleza, "sem algo de *estranho* nas proporções." Todavia, embora me desse conta de que as feições de Ligeia não eram de regularidade clássica; embora percebesse que seu encanto era inegavelmente "raro" e sentisse o muito que havia de "estranho" animando-o, mesmo assim eu tentava inutilmente localizar a irregularidade e formular minha própria concepção de estranho. Examinava o contorno de sua fronte elevada e pálida — era im-

* Provável referência a "Ashtoreth", deusa fenícia e egípcia do amor e da fertilidade, e "Tophet", que, no Velho Testamento, é uma versão do inferno associada à idolatria egípcia de Moloch. (N. E.)

pecável. Como poderia palavra tão inexpressiva ser aplicada a majestade tão divina! A cútis rivalizava com o mais puro marfim, e que dominadora calma e repouso nas gentis proeminências das regiões acima das têmporas! Negra como asa de corvo, a cabeleira brilhante, luxuriosa e mansamente ondulada dava pleno significado ao epíteto homérico — "hiacintina". Olhava as delicadas linhas do nariz: em nenhum lugar, a não ser nos graciosos medalhões dos hebreus, havia eu visto semelhante perfeição. Era a mesma voluptuosa maciez de superfície, a mesma quase imperceptível tendência para o aquilino, as mesmas narinas harmoniosamente arredondadas a revelar o espírito livre. Olhava a boca encantadora. Ali estava indubitavelmente o triunfo de todas as coisas celestes: a curva magnífica do breve lábio superior, o jeito macio e voluptuoso do inferior, as travessas covinhas do rosto, a cor que falava, os dentes brilhando, de brilho quase cegante, aos raios sagrados que sobre eles infletiam, quando ela sorria o mais plácido, sereno e, ao mesmo tempo, o mais exultante de todos os sorrisos. Examinava a forma do queixo — nele também encontrava eu a graciosidade da largura, a maciez e majestade, a plenitude e a espiritualidade dos gregos, o contorno que o deus Apolo somente em sonho revelara a Cleómenes, o filho do ateniense. E, por fim, eu contemplava os grandes olhos de Ligeia.

De olhos, não encontramos modelos na antiguidade remota. Pode ser que nos olhos de minha bem-amada estivesse o segredo a que lorde Verulam alude. Quero crer fossem eles bem maiores que os olhos comuns à nossa raça. Eram, inclusive, mais rasgados que os olhos agazelados da tribo do vale de Nourjahad. Contudo, só ocasionalmente, em horas de intensa excitação, fazia-se notar essa peculiaridade de Ligeia. Nessas horas, sua beleza — pelo menos, assim a via minha fantasia exaltada — copiava beleza dos seres extraterrenos, a beleza da fabulosa huri dos turcos. As pupilas eram do negro mais brilhante, ensombradas por longas pestanas de azeviche. As sobrancelhas, de contorno irregular, tinham a mesma cor. A "estranheza", todavia, que eu descobria nesses olhos independia do formato, da cor ou do brilho deles; vinha, antes, da *expressão*. Ah, palavra sem sentido, sob cuja ampla latitude de mero som sepultamos nossa ignorância de tantas coisas espirituais! A expressão dos olhos de Ligeia! Quantas vezes não refleti sobre isso! Quanto não lutei, durante uma noite inteira de verão, para sondá-la! Que era aquilo, mais profundo que o poço de Demócrito, jacente bem no fundo das pupilas de minha bem-amada? Que *era* aquilo? Dominava-me a ânsia de descobrir. Aqueles olhos, aquelas enormes e brilhantes e divinas pupilas, tornaram-se para mim as estrelas gêmeas de Leda, e eu me verti no mais devoto dos astrólogos.

Entre as muitas e incompreensíveis anomalias da ciência da mente nada existe de mais agudamente excitante que o fato — jamais, acredito, percebido nas escolas — de, em nossos esforços de recordar algo desde há muito esquecido, encontrarmo-nos *na iminência* da recordação, sem, contudo, sermos capazes de, finalmente, lembrar. Assim, quantas vezes, no meu intenso escrutínio dos olhos de Ligeia, não senti aproximar-se o conhecimento completo de sua expressão — senti-o aproximar-se — quase meu — para vê-lo evolar-se por completo dali a instantes! E (o mais estranho de todos os mistérios!) encontrei nos corriqueiros objetos do universo um círculo de analogias daquela expressão. Quero dizer que, imediatamente depois do período em que a beleza de Ligeia passou-se para o meu espírito, ali se entronizando como um altar, deduzi das muitas existências do mundo material um sentimento idêntico àquele que me rodeava e me penetrava quando seus grandes e luminosos olhos me fitavam. E, não obstante, mais do que nunca eu me sentia incapaz de defini-lo, de analisá-lo, de sequer enxergá-lo claramente. Reconheci-o, repito, algumas vezes na contemplação de uma vinha rapidamente crescida, na contemplação de uma falena, de uma borboleta, de uma crisálida, de um riacho de águas murmurantes. Senti-o no oceano, na queda de um meteoro. Senti-o nos olhares das pessoas extraordinariamente velhas. E há uma ou duas estrelas no céu (uma particularmente, uma estrela da sexta magnitude, dupla e mutável, próxima da estrela grande de Lira) que, vistas pelo telescópio, comunicaram-me sensação igual. Certos sons de instrumentos de corda e, não raro, trechos de livros provocaram-na também. Entre outros exemplos, lembro-me bem de algo lido num volume de Joseph Glanvill que (talvez devido apenas a sua singularidade — quem o sabe?) nunca deixou de inspirar-me tal sentimento: "E ali dentro está a vontade, que não morre. Quem conhece os mistérios da vontade e do seu vigor? Pois Deus não é mais que uma grande vontade, penetrando todas as coisas pela qualidade de sua aplicação. O homem não se entrega aos anjos, nem se rende inteiramente à morte, senão pela fraqueza de sua débil vontade".

O correr dos anos e as meditações subsequentes habilitaram-me a traçar uma remota conexão entre essa passagem do moralista inglês e uma parte do caráter de Ligeia. A intensidade de pensamento, ação ou palavra era nela possivelmente um resultado, ou pelo menos um índice da poderosa vontade que, durante nosso longo intercâmbio, jamais deu provas mais imediatas de sua existência. De todas as mulheres que conheci, ela — a aparentemente calma Ligeia, a sempre plácida Ligeia —, mais do que qualquer outra, era presa dos tumultuosos abutres da paixão desenfreada. E de tal paixão eu só podia formar estimativa pela miraculosa dilatação daqueles olhos que, ao mesmo tempo, me encantavam e atemorizavam; pela quase mágica melodia, modulação, clareza e placidez de sua voz tão grave; e pela feroz energia (tornada duplamente efetiva pelo contraste com seu modo de elocução) das árdegas palavras por ela ditas habitualmente.

Já me referi ao saber de Ligeia — era imenso, tal como eu jamais vira em mulher alguma. Era profundo seu conhecimento das línguas clássicas e, tanto quanto o podia avaliar minha familiaridade com os modernos dialetos da Europa, jamais a surpreendera em falta. E, com efeito, em qualquer dos temas mais admirados, simplesmente porque dos mais abstrusos da decantada erudição acadêmica, encontrara eu Ligeia alguma vez em falta? Com que singularidade, com que vibração esse aspecto da natureza de minha esposa impôs-se, apenas em nosso derradeiro período, à minha atenção! Eu disse que seu saber era tal que jamais encontrara semelhante em mulher alguma, mas onde está o homem que perlongou com êxito todas as amplas áreas da ciência moral, física e matemática? A essa altura, eu não me dava perfeita conta, como agora, de que os conhecimentos de Ligeia eram gigantescos, espantosos; e, no entanto, conhecia suficientemente sua infinita supremacia para resignar-me, com uma confiança infantil, a ser guiado por ela através do mundo caótico das investigações metafísicas nas quais estive ativamente empenhado nos primeiros anos de nosso casamento. Com que vasto triunfo, com que vívido prazer, com que funda esperança etérea eu sentia, quando ela se inclinava sobre mim, em estudos apenas devassados, mas pouco conhecidos, abrir-se aos poucos à minha frente aquela deliciosa perspectiva por cujos longos, suntuosos e de todo indevassados caminhos eu poderia avançar até uma sabedoria preciosa e divina demais para ser esquecida!

Quão pungente, pois, haveria de ser a aplicação com que, anos mais tarde, contemplei minhas bem fundadas esperanças criarem asas e fugirem para sempre! Sem Ligeia eu não era senão uma criança tateando no escuro. Sua presença, as leituras que fazia, tornavam vividamente luminosos os muitos mistérios transcendentais em cujo estudo estávamos imersos. Falta do radiante lume de seus olhos, aquela literatura, dourada e ligeira, tornou-se mais opaca do que o chumbo. Pois aqueles olhos brilhavam cada vez menos frequentemente sobre as páginas que eu esquadrinhava. Ligeia adoecera. Os olhos ardentes brilhavam com gloriosa e demasiada refulgência; os dedos pálidos adquiriram uma transparência cérea e fúnebre; as veias azuladas da alta fronte alteavam-se aos influxos da mais ligeira emoção. Percebi que ela ia morrer — e lutei desesperadamente em espírito contra o inflexível Azrael. E, para meu espanto, os esforços daquela mulher apaixonada eram mesmo mais enérgicos do que os meus. Muito havia em sua firme natureza para fazer-me acreditar que, para ela, a morte viria sem terrores; mas não foi assim. As palavras são impotentes para expressar com justeza a tenacidade da resistência por ela oposta à Sombra. Eu gemia de angústia diante do lamentável espetáculo. Queria acalmá-la, queria persuadi-la, mas, na intensidade do seu ardente desejo de viver, de viver, viver apenas, alívio e persuasão teriam sido o cúmulo da loucura. E nem mesmo no instante derradeiro, entre as mais convulsivas contorções de seu espírito ardente, foi abalada a placidez do seu porte. Sua voz tornou-se mais suave, mais aveludada e, não obstante, eu não gostaria de relembrar o significado fantástico das palavras então pronunciadas surdamente. Meu cérebro vacilava quando eu ouvia, transportado por melodia sobre-humana, elevações e aspirações que os mortais jamais tinham conhecido.

De que ela me amava, eu não duvidava, e me dava conta de que, num peito como o seu, o amor não reinaria como paixão comum. Mas somente por ocasião da sua morte é que percebi toda a força de seu afeto. Por longas horas, conservando minha mão entre as suas, abria-me ela um coração repleto de devoção, tão apaixonado que tocava as raias da idolatria. Por que merecera eu a bênção de tais confissões? E por que merecera também a maldição de minha amada ser-me roubada na hora de fazê-las? Nesse assunto, porém, prefiro não me demorar. Digo apenas que, no mais que feminil abandono de Ligeia ao amor, ai, abandono em prol de quem não o merecia, eu, ao cabo, reconheci o princípio da sua saudade, movida por um desejo tão ferozmente sedento, da vida que ora lhe fugia com rapidez. É essa saudade feroz, essa veemente fome de vida, de vida apenas, que me sinto incapaz de retratar em palavras.

A altas horas da noite em que partiu, ela me chamou imperiosamente a seu lado e pediu-me para recitar-lhe uns versos por ela compostos não muitos dias antes. Obedeci-a. Os versos eram estes:

Eia! que é noite de gala
Nestes anos desolados.
Um bando de anjos, envoltos
Em gaze, de olhos chorosos,
Assiste, no palco, a um drama
De esperanças e de pavores,
Enquanto a orquestra repete
A música das esferas.

*

À imagem de Deus, os cômicos,
Murmuram com voz medrosa,
Voam de lá para cá.
Bonecos são, sob o mando
De vastas coisas informes
Que, com asas de condor,
Esparzem Dor invisível
E alteram todo o cenário.

Um drama tão variegado,
Crede, não o esquecerá
A turba que, em torno a círculo
Sem fim, persegue um Fantasma
Sem, todavia, o alcançar.
Loucura, Pecado e Horror
Formam a trama da peça.

Mas eis que, em meio da ronda,
Surge uma sombra furtiva.
Sangrenta sombra, avultando
Na solidão do cenário.
Feridos de morte, os cômicos
Tornam-se logo sua presa.
Os anjos choram à vista
Das fauces ensanguentadas.

Apagam-se as luzes todas
Com violência de tormenta,
Cai a cortina funérea
Sobre as formas palpitantes.
E os anjos, pálidos, dizem
Que a peça chamou-se "O homem"
E que o herói principal
Foi o Verme vencedor.

— Ó Deus — quase gritou Ligeia, levantando-se e erguendo os braços para o céu, num movimento espasmódico, apenas eu terminara de recitar. — Ó Deus! Ó Pai Divino! Devem as coisas ser sempre e invariavelmente assim? Não poderá este vencedor ser jamais vencido? Não somos nós parte de Vós? Quem conhece os mistérios da vontade e de seu poder? O homem não se entrega aos anjos, *nem se submete à morte*, senão pela fraqueza de sua débil vontade.

Então, como se exaurida pela emoção, ela deixou cair os braços alvos e voltou, com passos solenes, para o leito de morte. E, enquanto exalava os últimos suspiros, um murmúrio surdo saiu-lhe dos lábios. Inclinei-me sobre eles e ouvi novamente as palavras finais do trecho de Glanvill: "o homem não se entrega aos anjos, nem se submete à morte inteiramente, senão pela fraqueza de sua débil vontade".

Ela morrera, e eu, esmagado pela tristeza, não pude suportar por mais tempo a desolação de minha morada na sombria e decadente cidade à margem do Reno. Não me faltava o que o mundo chama riquezas. Ligeia trouxera-me mais, muito mais do que ordinariamente cabe à maioria dos mortais. Por isso, depois de alguns meses de uma triste vadiagem sem propósito, comprei uma abadia (cujo nome não direi) numa das mais ásperas e menos frequentadas regiões da bela Inglaterra, e reformei-a. A tristonha e lúgubre imponência do edifício, o aspecto quase selvagem da propriedade, as muitas, melancólicas e seculares lembranças a ambos ligadas, harmonizavam-se com o sentimento de fundo abandono que me levara àquela remota e solitária região do país. Embora a abadia, com seu parque arruinado, sofresse poucas alterações em seu exterior, levado por uma perversidade quase infantil e, talvez, pela frágil esperança de aliviar minhas mágoas, cuidei de adorná-la magnificamente por dentro. Na infância, tivera eu o gosto dessas excentricidades, e eis que agora ele retornava como uma extravagância do pesar. Ah, sei quanto de loucura incipiente pode ser descoberta nas suntuosas e fantásticas tapeçarias, nas solenes esculturas do Egito, nas rudes cornijas, nos móveis, nos extravagantes desenhos dos tapetes debruados de ouro. Tornara-me um escravo do ópio e meus trabalhos e planos tinham adquirido o colorido dos meus sonhos. Mas não devo demorar-me na enumeração dessas extravagâncias. Permitam-me falar tão somente daquela câmara para sempre maldita em que, num momento de alienação mental, conduzi ao altar como noiva, como sucessora da inesquecível Ligeia, lady Rowena Trevanion, de Tramaine, a de belos cabelos e olhos azuis.

Não há particularidade da arquitetura ou da decoração daquela câmara nupcial que eu não possa rever neste momento. Onde estava o coração daquela soberba família quando, por gula de ouro, permitiu à donzela e filha bem-amada transpor os umbrais de um apartamento tão extravagantemente adornado? Já disse que recordo, minúcia por minúcia, a arquitetura e a decoração da câmara. Todavia, olvidei tópicos de funda importância. Não havia na fantástica exibição qualquer sistema ou ordem capaz de fixar a memória. O quarto estava situado numa pequena torre da abadia acastelada. Era de formato pentagonal e de amplas dimensões. Tomando inteiramente a parede sul do pentágono, estava a única janela da câmara, imensa folha de vidro inteiriço de Veneza, colorido de uma tonalidade plúmbea, de modo tal que os raios do sol ou da lua, atravessando-o, incidiam com brilho fantasmagórico nos objetos. Na parte superior da enorme janela estendia-se a latada de uma vinha idosa, que trepava pelas paredes maciças da torre. O forro de carvalho sombrio era muito alto, abobadado e trabalhado com os mais toscos e grotescos espécimes de um estilo semigótico, semidruídico. Do meio do recesso central da abóbada melancólica pendia, sustentado por simples cadeia de ouro, um enorme incensório do mesmo metal e de desenho sarracênico, perfurado de tal maneira que dele se esgueiravam, como se animados da vitalidade das serpentes, fogos multicoloridos.

Algumas otomanas e candelabros dourados, de aspecto oriental, espalhavam-se pela câmara. Havia ainda o leito, o leito nupcial, de modelo indiano baixo, esculpido em sólido ébano, encimado por um dossel semelhante a um pálio. Em cada um dos quatro cantos da câmara aprumava-se um gigantesco sarcófago de granito negro, proveniente do Túmulo dos Reis, em Luxor, com sua antiga tampa repleta de esculturas imemoriais. Mas na tapeçaria do quarto estava o mais fantástico de tudo. As altas paredes, desproporcionais em sua altura gigantesca, eram cobertas de cima a baixo pelos vastos folhos de pesada e maciça tapeçaria, do mesmo material de que eram feitos os tapetes, a cobertura das otomanas e do leito de ébano, o dossel da cama e as suntuosas volutas das cortinas que velavam parcialmente a janela. O material, do mais rico estofo de ouro, era todo pintalgado, a distâncias irregulares, com figuras arabescas de trinta centímetros de diâmetro, bordadas em padrões de um negro azeviche. Mas essas figuras participavam da verdadeira natureza dos arabescos somente quando contempladas de um único ângulo de visão. Por um artifício hoje comum e que remonta, na verdade, a remotíssimo período da antiguidade, tomavam aspectos variáveis. A quem entrasse na câmara, pareceriam simples monstruosidades, mas, a um avanço posterior, essa aparência esvaía-se gradualmente e, passo a passo, conforme o visitante se movimentava pelo quarto, via-se ele circundado por uma infindável sucessão de formas cadavéricas pertencentes à superstição dos normandos, ou surgidas na sonolência culposa dos monges. O efeito fantasmagórico era aumentado pela corrente de vento que, artificialmente introduzida no quarto, fazia oscilar as tapeçarias, conferindo uma odiosa e perturbadora animação ao conjunto.

Em aposentos assim, numa tal câmara nupcial, passei eu, com lady de Tremaine, as horas profanas do nosso primeiro mês de casamento — passei-as tão somente com leve inquietação. Que minha esposa odiava as ferozes esquisitices do meu temperamento, que pouco me amava e que evitava minha companhia, essas eram coisas que eu não podia deixar de perceber. Todavia, davam-me mais prazer do que desgosto. Odiava-a com ódio demoníaco, desumano. Minha memória voltava (oh, com que pesar intenso!) a Ligeia, a bem-amada, a augusta, a bela, a sepultada. Deleitava-me na lembrança de sua pureza, de seu saber, de sua natureza etérea e superior, de seu amor apaixonado e ardente. Então, meu espírito queimava completa e livremente, com chamas ainda mais intensas do que as da paixão que Ligeia por mim nutrira. Na excitação dos meus sonhos de ópio (porque eu vivia habitualmente atado aos grilhões da droga), dizia alto seu nome no silêncio da noite, ou então, durante o dia, no refúgio penumbroso dos vales, como se, pela ânsia desesperada, pela paixão solene, pelo ardor devorante da saudade, eu pudesse trazê-la de volta — ah, fosse para sempre — aos caminhos terrenos que ela abandonara.

Ao começar o segundo mês de casamento, lady Rowena foi tomada de súbita doença, de que se recuperou muito lentamente. A febre que a consumia tornava-lhe as noites inquietas. Na perturbação do seu estado de semissonolência, falava de sons e movimentos no quarto da torre, e eu tudo atribuía aos destemperos de sua fantasia ou, talvez, à influência fantasmagórica do quarto. Aos poucos entrou em convalescença e, por fim, restabeleceu-se. Mas apenas breve tempo decorrera quando um segundo e mais violento ataque prostrou-a num leito de sofrimentos, e dele sua constituição frágil jamais se restabeleceria. Suas doenças, a partir dessa época, assumiram um caráter alarmante de alarmante recorrência, desafiando todos os esforços e conhecimentos dos médicos. Com o crescer do mal crônico que tinha aparentemente tomado conta de seu organismo, e de modo tão profundo que não poderia ser erradicado por meios humanos, não pude deixar de observar um aumento idêntico da irritabilidade nervosa e da excitabilidade por causas triviais inspiradas pelo medo. Ela voltava a falar, e agora com maior frequência e pertinácia, dos sons, dos leves sons, e dos estranhos movimentos entre as tapeçarias, a que já aludira antes.

Certa noite, lá pelos fins de setembro, insistiu com ênfase inusitada nesse assunto aflitivo. Tinha ela apenas despertado de uma sonolência inquieta, e eu estivera observando, com sentimentos em parte de ansiedade, em parte de terror, as contrações de sua fisionomia emaciada. Sentara-me ao lado de seu leito de ébano, sobre uma das otomanas da Índia. Ela levantou-se a meia e, num surdo e fervente murmúrio, falou dos sons que então ouvira e que eu não podia ouvir — dos movimentos que então vira e que eu não podia perceber. O vento soprava com força atrás das tapeçarias, e eu quis mostrar-lhe (coisa em que, confesso, eu mesmo não acreditava de todo) que aqueles respiros quase inarticulados e as sutis variações das figuras sobre a parede não eram senão efeitos naturais do costumeiro soprar do vento. Mas um palor mortal, espalhando-se por sobre sua face, provou-me que meus esforços por tranquilizá-la haviam sido infrutíferos. Ela parecia na iminência de um desmaio, e não havia nenhum criado ao alcance da voz. Lembrei-me então do lugar onde estava guardado um frasco de vinho leve que lhe fora receitado pelos médicos, e apressei-me a ir buscá-lo. Mas, quando passava sob a luz do incensório, duas circunstâncias de natureza estarrecedora detiveram-me. Senti que um objeto palpável, embora invisível, tinha roçado por mim e vi, sobre o tapete dourado, bem no meio do intenso clarão lançado pelo incensório, uma sombra — uma indefinida e desmaiada sombra de aspecto angélico —, tal como a que se poderia imaginar fosse a sombra de uma sombra. Eu estava tão excitado devido a uma dose imoderada de ópio que dei pouca atenção a essas coisas e delas não falei a Rowena. Tendo encontrado o vinho, atravessei novamente a câmara e enchi com ele uma taça, que levei aos lábios da mulher desmaiada. Ela já tinha parcialmente voltado a si, contudo, e segurou a taça, enquanto eu me sentava na otomana ao lado, os olhos fixos nela. Foi então que me dei conta de uma suave pegada no tapete, próxima ao divã, e, um segundo mais tarde, quando Rowena levava aos lábios o vinho, vi, ou sonhei ter visto, três ou quatro gotas grandes de um fluido brilhante e carmesim caírem dentro da taça, como se tombassem de uma fonte invisível perdida na atmosfera do quarto. Vi tudo isso, mas Rowena não viu. Bebeu o vinho sem qualquer hesitação, e eu me abstive de relatar-lhe uma circunstância que, no final das contas, julgava eu tivesse sido tão somente sugestão de uma imaginação viva, morbidamente ativada pelo terror da mulher, pelo ópio e pela hora.

Todavia, não posso ocultar de mim mesmo que, logo após

a queda das gotas carmesins, o estado de minha esposa se agravou, e de tal modo que, na terceira das noites subsequentes, as mãos de sua criada prepararam-na para o túmulo, e, na quarta, sentei-me sozinho ao lado de seu corpo amortalhado, na câmara fantástica em que a recebera como noiva. Visões atrozes, filhas do ópio, esvoaçavam diante de mim, e eu espiava, com olhos inquietos, os sarcófagos nos cantos do quarto, as figuras variáveis da tapeçaria e a dança das chamas coloridas no incensório sobre minha cabeça. Meu olhar então caiu, enquanto eu recordava as circunstâncias de uma noite anterior, sobre o lugar delimitado pelo clarão do incensório onde eu distinguira os apagados traços da sombra. Mas ela não estava mais lá. Respirando com alívio, voltei os olhos para a rígida e pálida figura sobre o leito. Nesse momento, assaltaram-me inúmeras lembranças de Ligeia e inundou-me o coração de novo a insuportável angústia com que eu a olhara assim amortalhada. A noite terminava, e no entanto eu, com a alma cheia de amargas lembranças da única e suprema bem-amada, continuava fitando o corpo de Rowena.

Era meia-noite, mais ou, talvez, menos (eu não me dera conta do tempo), quando um soluço surdo, fraco, mas perfeitamente audível, despertou-me da divagação. *Senti* que viera do leito de ébano — o leito da morte. Agucei os ouvidos na agonia de um terror supersticioso — mas o som não se repetiu. Embora fraco, eu o escutara, e minha alma estava desperta dentro de mim. Resoluta e perseverantemente, fixei a atenção no corpo. Muitos minutos se passaram antes de ocorrer qualquer circunstância capaz de lançar alguma luz sobre o mistério. Por fim, tornou-se evidente que um leve, um fraquíssimo colorido, dificilmente perceptível, tingira as faces e as veias oprimidas das pálpebras de Rowena. Tomado de um sentimento invencível de pavor, inexprimível em linguagem humana, senti meu coração parar de bater e meu corpo se enrijecer na cadeira. Porém, o senso do dever acabou por devolver-me a mim mesmo. Não mais podia eu duvidar de que havíamos nos precipitado nos preparativos e de que Rowena ainda vivia. Era preciso fazer alguma coisa imediatamente. Entretanto, a torre estava distante da parte da casa habitada pelos criados (não havia nenhum ao alcance de minha voz), e eu não poderia chamá-los em meu auxílio sem deixar o quarto por vários minutos, coisa que não me arriscava a fazer. Por isso, lutei sozinho para trazer à vida o espírito bruxuleante. Mas logo se tornou evidente que uma recaída se verificara. A cor desertara as pálpebras e as faces, e elas estavam marmóreas; os lábios se haviam enrugado e contraído numa expressão cadavérica; uma frieza e viscosidade repulsivas tinham se generalizado rapidamente sobre a superfície do corpo; a rigidez de costume adviera de imediato. Com um arrepio, deixei-me cair sobre o divã do qual me erguera eletrizado fazia poucos instantes, e entreguei-me de novo, apaixonadamente, às visões de Ligeia.

Uma hora se passou, e (seria possível?) pela segunda vez dei-me conta de um vago som nas proximidades do leito. Agucei os ouvidos, tomado de intenso horror. O som repetiu-se — era um suspiro. Correndo para o cadáver, vi — vi distintamente — um tremor em seus lábios. Um minuto mais tarde, eles se entreabriram, descobrindo uma alva linha de dentes opalinos. O espanto agora lutava em meu peito contra o pesar que nele, até então, imperara soberano. Senti que minha visão se obscurecia, que a razão me fugia. Foi somente depois de violento esforço que, por fim, consegui controlar-me, com o intuito de levar a cabo a tarefa que o dever, mais uma vez, me impusera. Havia agora um brilho parcial na fronte, nas maçãs e na garganta. Um calor perceptível animava todo o corpo, bem como um leve bater, o coração. Rowena *vivia* e, com redobrado ardor, atirei-me à tarefa de reanimá-la. Esfreguei e banhei-lhe as têmporas e as mãos, e usei de quantos recursos a experiência e muitas leituras médicas foram capazes de sugerir-me. Mas em vão. Subitamente a cor esvaeceu-se, a pulsação cessou, os lábios retomaram a expressão da morte e, um instante mais tarde, o corpo todo adquiriu a frieza gelada, a tonalidade lívida, a intensa rigidez, a aparência decrépita e todas as demais repugnantes peculiaridades de quem, há muitos dias, habita o túmulo.

E de novo mergulhei nas visões de Ligeia — e de novo (será de admirar que eu estremeça enquanto escrevo?), *de novo* chegou aos meus ouvidos um leve soluço vindo do leito de ébano. Mas por que particularizar os inenarráveis horrores daquela noite? Por que demorar-me em relatar como, vez após vez, até o cinzento amanhecer, esse drama odioso de revivificação foi repetido; como cada acesso se desenvolvia apenas para terminar em morte mais completa e irremediável; como cada agonia tinha o aspecto de uma luta contra algum invisível inimigo; e como cada agonia era seguida de uma não sei que desesperada mudança da aparência do cadáver? Permitam-me apressar a conclusão.

A maior parte da noite terrível havia se escoado, e aquela que tinha estado morta mais uma vez agitou-se — e dessa vez com mais vigor do que antes, embora emergindo de uma dissolução mais esmagadora, em seu fundo desespero, do que qualquer outra. Havia muito, eu desistira de lutar ou de mover-me e permanecia sentado rigidamente na otomana, desprotegida presa de um redemoinho de violentas emoções, das quais o extremo pavor era talvez a menor, a menos avassaladora. O cadáver, repito, agitou-se, e dessa vez mais vigorosamente do que antes. As tintas da vida assomaram-lhe à face com energia extraordinária (os braços estavam relaxados) e, salvo pelas pálpebras, fortemente cerradas, e pelas ataduras e vestes mortuárias, que ainda emprestavam um caráter sepulcral à figura, eu poderia pensar que Rowena houvesse rompido desesperadamente as algemas da morte. E se essa ideia não foi, então, imediatamente aceita, não mais pude recusá-la quando, erguendo-se do leito, cambaleando com passos inseguros, olhos fechados e o jeito de alguém mergulhado num sonho, a coisa antes amortalhada avançou, corporal e palpavelmente, até o meio do aposento.

Eu não tremia, não saí do lugar, uma vez que um bando de indizíveis fantasias relacionadas ao ar, à estatura e à conduta da figura, penetrando atropeladamente em meu cérebro, havia-me paralisado, havia-me convertido em pedra. Não saí do lugar, mas fiquei olhando, interdito, a aparição. Havia uma desordem doida em meus pensamentos, um tumulto impossível de acalmar. Poderia ser Rowena, na verdade, essa que estava à minha frente? Poderia ser *de fato* Rowena — a loura lady Rowena Trevanion de Tremaine, a de olhos azuis? Por que, *por que* deveria eu ter dúvidas? A atadura amordaçava-lhe a boca — mas aquela não poderia ser, então, a boca da viva lady Tremaine? E as faces, onde havia rosas como no esplendor da vida — sim, não poderiam ser as belas faces de lady Tremaine, quando viva? E o queixo, com suas covinhas, como antes da doença, não poderia ser seu? *Mas havia ela crescido desde sua doença?* Que inexprimível loucura apoderou-se de mim a esse pensamento? Um pulo e alcancei-a. Tremendo ao meu toque, ela deixou cair de sua cabeça, desatadas, as faixas mortuárias que a prendiam, e eis que se espalhou na atmosfera agitada do quarto compacta massa de longos e revoltos cabelos: *eram mais negros do que as asas de corvo da meia-noite!* E então, lentamente, entreabrindo *os olhos* da figura postada diante de mim, exclamei em voz alta: "Ei-los aqui, por fim — nunca poderei... nunca poderei enganar-me, jamais — estes são os profundos, e negros, e ardentes olhos... do meu amor perdido... de lady... de LADY LIGEIA".

"Ligea", 1838

PEQUENA PALESTRA COM UMA MÚMIA

O BANQUETE DA NOITE ANTERIOR mexera-me com os nervos. Estava com uma terrível dor de cabeça e sentia-me desesperadamente sonolento. Em lugar de sair, pois, para passar a noite fora, como era minha intenção, ocorreu-me que coisa mais acertada seria comer uma ceiazinha e meter-me imediatamente na cama.

Uma ceia *leve*, decerto. Adoro queijo derretido com cerveja e torrada quente. Um quilo por vez, porém, pode nem sempre ser recomendável. Todavia, não pode haver objeção material a dois. E, na verdade, entre dois e três, existe apenas uma unidade de diferença. Aventurei-me, talvez, a quatro. Minha mulher assegura que foram cinco — mas, com certeza, confundiu duas coisas bem distintas. O número abstrato, cinco, estou disposto a admiti-lo; mas, concretamente, refere-se a garrafas de cerveja preta, sem as quais, como tempero, deve aquela iguaria ser evitada.

Tendo dessa forma engolido uma refeição frugal e colocado na cabeça meu barrete de dormir, com a serena esperança de gozar dele até o meio-dia seguinte, pousei a cabeça no travesseiro e, graças a uma ótima consciência, mergulhei sem tardar no mais profundo sono.

Mas quando teve a humanidade jamais satisfeitas as suas esperanças? Ainda não soltara o terceiro ronco, quando a campainha da porta da rua começou a tocar furiosamente e, depois, impacientes pancadas da aldrava me acordaram de pronto. Um minuto mais tarde, enquanto esfregava eu ainda os olhos, pôs-me minha mulher diante do nariz um bilhete de meu velho amigo, o dr. Ponnonner:

Deixe absolutamente tudo, meu caro e bom amigo, assim que receber isto. Venha participar de nossa alegria. Por fim, depois de longas e perseverantes manobras diplomáticas, obtive permissão dos diretores do Museu da Cidade para examinar a múmia. (Você sabe de que múmia falo.) Tenho permissão de desenfaixá-la e de abri-la, se preciso for. Estarão presentes alguns poucos amigos — e você é um deles, sem dúvida. A múmia acha-se agora em minha casa, e começaremos a desenrolá-la às onze horas da noite.

Sempre seu,
PONNONNER

Ao chegar à assinatura de Ponnonner, percebi que já me achava tão acordado quanto um homem precisa estar. Pulei da cama num estado de êxtase, derrubando tudo quanto se encontrava em meu caminho; vesti-me com rapidez verdadeiramente assombrosa e dirigi-me, a toda pressa, para a casa do doutor.

Ali encontrei reunida uma companhia bem ansiosa. Esperavam minha chegada com grande impaciência. A múmia estava estendida sobre a mesa de jantar e, logo que entrei, seu exame teve início.

Era uma das duas múmias trazidas, muitos anos antes, pelo capitão Artur Sabretash, primo de Ponnonner, de um túmulo perto de Eleithias, nas montanhas da Líbia, a considerável distância de Tebas, às margens do Nilo. As grutas, nesse lugar, embora sendo menos magníficas que os sepulcros de Tebas, são de mais alto interesse, pelo fato de fornecerem maior número de ilustrações sobre a vida privada dos egípcios. A câmara de onde fora retirado o nosso espécime era, dizia-se, riquíssima de tais ilustrações, estando as paredes completamente recobertas; vasos e mosaicos de ricos desenhos indicavam a vultosa fortuna dos mortos.

A preciosidade fora depositada no museu nas mesmas e exatas condições em que o capitão Sabretash a havia descoberto, isto é, o sarcófago estava intacto. Durante oito anos assim permanecera, sujeito apenas externamente à curiosidade pública. Agora tínhamos, pois, a múmia inteira à nossa disposição; e para aqueles que sabem como é raro chegarem incólumes às nossas praias as antiguidades, torna-se imediatamente óbvio que tínhamos motivos de sobra para congratular-nos por nossa boa sorte.

Acercando-me da mesa, avistei sobre ela uma grande caixa, ou estojo, de dois metros e pouco de comprimento por, talvez, noventa centímetros de largura e setenta e cinco de profundidade. Era oblonga, mas sem forma de ataúde. Julgamos a princípio que o material empregado fosse a madeira do sicômoro (*platanus*), mas, ao cortá-lo, percebemos ser papelão, ou melhor, *papier mâché* feito de papiro. Estava profusamente enfeitada de pinturas, representando cenas funéreas e outros assuntos fúnebres, entre as quais se inseriam, nas mais variadas posições, numerosas séries de caracteres hieroglíficos, significando, sem dúvida, o nome do falecido. Por sorte, fazia parte do nosso grupo o sr. Gliddon, que não teve dificuldade em interpretar os caracteres puramente fonéticos, representando a palavra *Allamistakeo*.

Não foi sem esforço que conseguimos abrir a caixa sem danificá-la, mas, tendo finalmente concluído a tarefa, chegamos a uma segunda, em forma de ataúde e de tamanho bastante menor que a de fora, mas semelhante a ela sob todos os aspectos. O intervalo entre as duas estava cheio de resina, que até certo ponto havia apagado as cores da caixa interna.

Ao abrir esta segunda (trabalho que levamos a cabo com bastante dificuldade), deparamos com uma terceira caixa, também em forma de ataúde, e não se distinguindo da segunda em nada de particular, a não ser no material de que era feita, cedro, e ainda exalando o perfume característico e altamente aromático dessa madeira. Entre a segunda e a terceira caixa não havia espaço vazio, estando uma ajustada à outra com precisão.

Removendo a terceira caixa, descobrimos a múmia, que dali retiramos. Esperáramos encontrá-la, como sempre, enrolada em numerosas faixas ou ataduras de linho; em vez disso, porém, encontramos uma espécie de bainha, feita de papiro e revestida duma camada de gesso, intensamente dourada e pintada. As pinturas figuravam assuntos concernentes a vários supostos deveres da alma, e sua apresentação a diferentes divindades, com numerosas figuras humanas idênticas, representavam, muito provavelmente, retratos das pessoas embalsamadas. Estendendo-se da cabeça aos pés, havia uma inscrição colunar ou perpendicular em hieróglifos fonéticos, que tornava a informar o nome do falecido e seus títulos, assim como nomes e títulos dos parentes.

Em torno do pescoço assim desembainhado, havia um colar de contas de vidro cilíndricas, de cores diversas e arranjadas de maneira a formar imagens de deidades, do Escaravelho etc., com o globo alado. Na parte mais delgada da cintura, um colar ou cinto similar.

Rasgando o papiro, encontramos a carne em excelente estado de conservação, sem nenhum odor perceptível. A cor era avermelhada. A pele rija, macia e lustrosa. Os dentes e os cabelos achavam-se em boas condições. Os olhos (assim parecia) tinham sido removidos e substituídos por outros, de vidro, que eram muito belos e maravilhosamente vívidos, exceto quanto à fixidez demasiado acentuada do olhar. As unhas das mãos exibiam brilhante dourado.

O sr. Gliddon opinou, pela vermelhidão da epiderme, que o embalsamamento fora efetuado, em sua totalidade, por meio de asfalto; mas, raspada a superfície com um instrumento de aço, e lançado ao fogo um pouco do pó assim obtido, o odor de cânfora e de outras gomas de cheiro adocicado se tornou sensível.

Pesquisamos atentamente o cadáver em busca das aberturas usuais, pelas quais são extraídas as entranhas, mas, para surpresa nossa, nenhuma descobrimos. Nenhum dos membros da companhia, nessa ocasião, dava-se conta de que múmias inteiras, ou não cortadas, não são raras. Era costume dos embalsamadores retirar o cérebro pelo nariz e os intestinos, por uma incisão ao lado; o corpo era, em seguida, depilado, lavado e salgado; depois, assim o deixavam por várias semanas, quando então começava a operação de embalsamamento propriamente dita.

Como nenhum sinal de abertura fora possível encontrar, preparava o dr. Ponnonner seus instrumentos para a dissecação, quando observei que já eram mais de duas horas. Em consequência, concordou-se em adiar para a noite seguinte o exame interno, e já estávamos em vias de separar-nos, quando alguém sugeriu uma ou duas experiências com a pilha de Volta.

A aplicação da eletricidade a uma múmia de, no mínimo, três ou quatro mil anos de idade era uma ideia, se não bastante sensata, suficientemente original, e todos a acolhemos de bom grado em seguida. Com cerca de um décimo de seriedade e nove décimos de troça, dispusemos uma bateria no gabinete do doutor e para lá conduzimos o egípcio.

Só depois de muito trabalho foi que conseguimos pôr a descoberto algumas partes do músculo temporal, que mostrava menos rigidez pétrea do que outras partes do corpo, mas que, como decerto havíamos previsto, não mostrava indício de suscetibilidade galvânica quando posto em contato com o fio. Essa primeira prova, de fato, pareceu decisiva e, com uma cordial risada ao nosso próprio absurdo, estávamos dando boa-noite uns aos outros, quando meus olhos, acontecendo de caírem sobre os da múmia, ficaram neles pregados de espanto. Meu breve olhar, com efeito, fora suficiente para assegurar-me de que os glóbulos, que todos nós supúnhamos de vidro e que a princípio se distinguiam por certa fixidez estranha, estavam agora tão bem recobertos pela pálpebra que só uma pequena parte da túnica albugínea permanecia visível.

Com um grito chamei a atenção para o fato, que se tornou logo óbvio a todos.

Não posso dizer que tivesse ficado alarmado diante do fenômeno, porque, no meu caso, “alarmado” não é a palavra apropriada. É possível, porém, que, não fossem as cervejas pretas, eu talvez tivesse me sentido um pouco nervoso. Quanto ao resto da companhia, ninguém tentou ocultar o terror inequívoco que de todos se apossara. O dr. Ponnonner fazia lástima. O sr. Gliddon, por não sei que processo peculiar, tornara-se invisível. Presumo que o sr. Silk Buckingham não será tão descarado a ponto de negar que se arrastou, de quatro, para baixo da mesa.

Depois do primeiro choque de espanto, todavia, resolvemos, como coisa óbvia, tentar de imediato uma nova experiência. Nossas operações se orientaram agora para o dedo grande do pé direito. Fizemos uma incisão por cima da parte exterior do *os sesamoideum pollicis pedis* e assim atingimos a raiz do músculo *abductor*. Reajustando a bateria, aplicamos então o fluido aos nervos expostos, quando, com um movimento de excessiva vivacidade, a múmia primeiro levantou o joelho direito, a ponto de pô-lo quase em contato com o abdome, e depois, endireitando a perna com inconcebível força, assentou um pontapé no dr. Ponnonner, gesto este que teve como efeito lançar o cavalheiro através da janela, como o dardo de uma catapulta, para a lua lá embaixo.

Precipitamo-nos *en masse* para ir buscar os restos despedaçados da vítima, mas tivemos a felicidade de encontrá-lo na escada, subindo com pressa inacreditável, possuído da mais ardente filosofia e mais do que nunca convencido da necessidade de prosseguir nossas experiências com rigor e zelo.

Foi a conselho seu, portanto, que fizemos sem demora uma profunda incisão na ponta do nariz do paciente, enquanto o próprio doutor, deitando violentas mãos sobre ele, punha-o em veemente contato com o fio.

Moral e fisicamente, figurativa e literalmente, o efeito foi elétrico. Em primeiro lugar, o cadáver abriu os olhos e piscou com muita rapidez por vários minutos, como faz o sr. Barnes na pantomima; em segundo lugar, espirrou; em terceiro, sentou-se; em quarto, brandiu o punho diante da face do dr. Ponnonner; em quinto, voltando-se para os srs. Gliddon e Buckingham, dirigiu-se a eles, no mais puro egípcio, assim:

— Devo dizer-vos, cavalheiros, que estou tão surpreso quão mortificado pelo vosso procedimento. Do doutor Ponnonner, nada de melhor se poderia esperar. É um pobre toleirão que nada sabe de nada. Lamento-o e perdoo-o. Mas vós, srs. Gliddon e Silk, vós que viajastes pelo Egito e lá residistes, a ponto de se poder crer que lá houvésseis estado desde o berço — vós, digo eu, que tanto vivestes entre nós, a ponto de falardes o egípcio tão bem, penso, como escreveis vossa língua materna —

vós, a quem sempre fui levado a considerar como o amigo fiel das múmias — realmente, esperava de vós conduta mais cavalheiresca. Que devo pensar de vossa atitude tranquila, vendo-me assim tão desgraciosamente tratado? Que devo supor de vós, consentindo que Fulano, Sicrano e Beltrano me arranquem de meus caixões e de minhas roupas neste frio miserável? Sob que ponto de vista (para acabar com isso) devo encarar vossa ajuda e incentivo a esse miserável vilanete do doutor Ponnonner para que me puxe pelo nariz?

Não restará dúvida de que, ao ouvir esse discurso em tais circunstâncias, todos nós corremos para a porta ou caímos em violentos ataques histéricos, ou, ainda, fomos presos de síncope geral. Uma dessas três coisas, digo eu, era de esperar. De fato, cada uma dessas três linhas de conduta poderia ter sido seguida. E, dou-lhes minha palavra, não sou capaz de compreender como, ou por quê, não fizemos nem uma coisa nem outra. Talvez, a verdadeira razão deva ser procurada no espírito deste nosso tempo, que procede totalmente de acordo com a regra dos contrários, hoje usualmente admitida como solução de tudo quanto diga respeito a paradoxos e impossibilidades. Ou talvez, afinal, tenha sido somente o ar excessivamente natural e prático da múmia que despojou suas palavras de horror. Seja como for, os fatos são claros, e nenhum dos membros da companhia traiu qualquer perturbação particular, ou pareceu acreditar que tivesse acontecido qualquer coisa de especialmente errado.

De minha parte, estava convencido de que tudo se achava em ordem; pus-me simplesmente fora do alcance do punho do egípcio. O dr. Ponnonner meteu as mãos nos bolsos das calças, olhou duramente para a múmia e enrubesceu deveras. O sr. Gliddon cofiava suas suíças e ajeitava o colarinho da camisa. O sr. Buckingham baixou a cabeça e enfiou o polegar direito no canto esquerdo da boca.

O egípcio olhou-o com fisionomia severa por alguns minutos e disse, por fim, com ar de mofa:

— Por que não fala, sr. Buckingham? Ouviu o que lhe perguntei ou não? *Tire* o polegar da boca!

O sr. Buckingham, em resposta, teve um leve sobressalto, tirou o polegar direito do canto esquerdo da boca e, a modo de indenização, inseriu o polegar esquerdo no canto direito da referida abertura.

Não tendo sido capaz de obter uma resposta do sr. Buckingham, a figura se voltou impacientemente para o sr. Gliddon e, em tom peremptório, perguntou, em linhas gerais, o que todos nós pretendíamos.

O sr. Gliddon, depois de grande demora, respondeu em termos fonéticos; e, não fosse a falta de caracteres hieroglíficos nas tipografias americanas, teria eu imenso prazer em anotar aqui, no original, todo o seu excelente discurso.

Valho-me do ensejo para observar que toda a conversação subsequente em que a múmia tomou parte foi travada em egípcio primitivo, por intermédio (no que concerne a mim e aos outros membros não viajados da companhia), por intermédio, digo, dos srs. Gliddon e Buckingham, na qualidade de intérpretes. Esses cavalheiros falavam a língua materna da múmia com inimitáveis fluência e graça; mas não posso deixar de observar que (devido, sem dúvida, à introdução de imagens inteiramente modernas e, decerto, inteiramente novas para o forasteiro) os dois viajantes foram por vezes obrigados ao emprego de formas sensíveis para traduzir certos significados específicos. A dado momento, por exemplo, o sr. Gliddon não pôde fazer o egípcio compreender o termo "política" enquanto não esboçou sobre a parede, com um pedaço de carvão, um homenzinho de nariz cônico, cotovelos esburacados, de pé sobre um cepo, com a perna esquerda lançada para trás, o braço direito atirado para a frente, o punho fechado, os olhos erguidos para o céu e a boca aberta, em ângulo de noventa graus. Do mesmo modo, o sr. Buckingham não conseguiria explicar o conceito absolutamente moderno de "peruca", sem que (a uma sugestão do dr. Ponnonner), empalidecido, tirasse o chinó.

Deve-se compreender facilmente que o discurso do sr. Gliddon versou em especial sobre os vastos benefícios para a ciência do desempacotamento e desentranhamento das múmias, desculpando-se, à base dessa premissa, por qualquer incômodo que pudesse ter causado, em particular à múmia individual chamada Allamistakeo; e concluiu com uma simples insinuação (pois mal podia ser considerada mais do que isso) de que, uma vez explicados esses pequenos pormenores, muito bem se poderia continuar a investigação intentada. Nesse ponto, o dr. Ponnonner aprontou seus instrumentos.

No que respeita às últimas sugestões do orador, parece que Allamistakeo tinha certos escrúpulos de consciência cuja exata natureza não pude apreender; manifestou-se, porém, satisfeito com as desculpas apresentadas e, descendo da mesa, apertou a mão a todos que a rodeavam.

Terminada essa cerimônia, ocupamo-nos de imediato em reparar os danos infligidos ao nosso paciente pelo escalpelo. Costuramos o ferimento de sua têmpora, pusemos-lhe uma atadura no pé e aplicamos seis centímetros quadrados de emplastro preto na ponta do nariz.

Observou-se então que o conde (esse era, ao que parecia, o título de Allamistakeo) teve um leve tremor, sem dúvida de frio. O doutor imediatamente dirigiu-se para seu guarda-roupa e logo voltou com uma casaca preta, talhada pelo melhor figurino de Jennings, um par de calças axadrezadas, azul-celeste, com alças, uma *chemise* de guingão cor-de-rosa, um colete de brocado com abas, um sobretudo branco, uma bengala de passeio com gancho, um chapéu sem aba, botinas de verniz, luvas de pele de cabrito cor de palha, um monóculo, um par de suíças e uma gravata-cascata. Devido à disparidade de tamanho entre o conde e o doutor (sendo a proporção de dois para um), houve alguma dificuldade em ajustar essa vestimenta à pessoa do egípcio; mas, depois de tudo arranjado, podia-se dizer que ele estava bem-vestido. O sr. Gliddon lhe deu, portanto, o braço e levou-o a uma confortável cadeira, junto ao fogo, enquanto o doutor tocava imediatamente a campainha e providenciava um suprimento de charutos e vinho.

A conversa logo se animou. Muita curiosidade, decerto, foi expressa a respeito do fato, um tanto quanto notável, de estar Allamistakeo ainda vivo.

— Eu teria pensado — disse o sr. Buckingham — que o senhor já estava morto faz muito tempo.

— Ora! — replicou o conde, bastante espantado —, tenho pouco mais de setecentos anos de idade! Meu pai viveu mil e não se achava de modo algum caduco quando morreu.

Seguiu-se então uma rápida série de perguntas e cálculos, por meio dos quais se tornou evidente que a antiguidade da múmia fora estimada de modo grosseiro. Já se haviam passado cinco mil e cinquenta anos e alguns meses desde que fora ela depositada nas catacumbas de Eleithias.

— Mas minha observação — continuou o sr. Buckingham — não se referia a sua idade por ocasião do enterro (quero admitir, de fato, que o senhor é ainda um homem moço), e minha alusão foi à imensidade de tempo durante o qual, segundo sua própria aparência, o senhor permaneceu empacotado em asfalto.

— Em quê? — perguntou o conde.

— Em asfalto — repetiu o sr. Buckingham.

— Ah, sim; tenho uma vaga ideia do que o senhor quer dizer; sem dúvida, isso poderia dar resultado, mas no meu tempo, raramente se empregava outra coisa que não fosse o bicloreto de mercúrio.

— O que temos particular dificuldade em compreender — disse o dr. Ponnonner — é como se explica que, tendo morrido e sido enterrado no Egito há cinco mil anos, esteja o senhor hoje aqui, vivinho da Silva e parecendo tão magnificamente bem.

— Tivesse eu estado *morto*, como o senhor diz — replicou o conde —, mais provável é que morto ainda estivesse. Percebo estarem os senhores ainda na infância do galvanismo, incapazes de realizar com ele o que era coisa comum entre nós, antigamente. Mas o fato é que caí em estado cataléptico e meus melhores amigos julgaram que estava morto, ou deveria estar. Assim sendo, embalsamaram-me de pronto. Suponho que os senhores conheçam o princípio mestre do processo de embalsamamento?

— Bem, não totalmente.

— Ah, compreendo... deplorável condição de ignorância!

Bem, não posso entrar em minúcias no momento, mas é necessário explicar que, no Egito, embalsamar (propriamente falando) era paralisar indefinidamente *todas* as funções animais sujeitas a esse processo. Uso a palavra "animais" no seu sentido mais amplo, incluindo aí não só o ser físico, como também o ser moral e o *vital*. Repito que o primeiro princípio do embalsamamento consistia, entre nós, na paralisação imediata e na perpétua manutenção em suspenso de todas as funções animais sujeitas ao processo.

Para ser breve, em qualquer condição em que se encontrasse o indivíduo à época do embalsamamento, em tal condição permaneceria. Ora, como tenho a boa fortuna de ser do sangue do Escaravelho, fui embalsamado vivo, como os senhores me veem agora.

— O sangue do Escaravelho! — exclamou o dr. Ponnonner.

— Sim. O Escaravelho era o *insignium*, ou as "armas" de uma distintíssima e pouco numerosa família patrícia. Ser "do sangue do Escaravelho" é tão somente ser um dos membros daquela família de que o Escaravelho é o *insignium*. Falo figurativamente.

— Mas o que tem isso a ver com o fato de estar o senhor vivo?

— Ora, é costume generalizado no Egito, antes de embalsamar um cadáver, extrair-lhe as tripas e os miolos; só a raça dos Escaravelhos não se conformava com esse costume. Por isso, não tivesse sido eu um Escaravelho, estaria sem tripas nem miolos, e, sem ambos, é inconveniente viver.

— Percebo — disse o sr. Buckingham —, e presumo que todas as múmias inteiras que nos têm chegado às mãos sejam da raça dos Escaravelhos.

— Sem dúvida alguma.

— Eu pensava — disse o sr. Gliddon, muito timidamente — que o Escaravelho fosse um dos deuses egípcios.

— Um dos egípcios quê? — perguntou a múmia, pondo-se de pé.

— Deuses! — repetiu o viajante.

— Sr. Gliddon, estou realmente atônito por ouvi-lo falar dessa forma — disse o conde, voltando a sentar-se. — Nenhuma nação sobre a face da Terra jamais reconheceu mais que *um* Deus. O Escaravelho, o Íbis etc. eram para nós (como criaturas similares têm sido para outros) os símbolos, ou *media*, mediante os quais prestávamos culto ao Criador, demasiado augusto para que Dele nos aproximássemos de modo mais direto.

Houve aqui uma pausa. Por fim, o colóquio foi reiniciado pelo dr. Ponnonner.

— Não é improvável, então, pelo que o senhor acaba de explicar — disse ele —, que, entre as catacumbas perto do Nilo, possam existir outras múmias da tribo do Escaravelho em condições de vitalidade.

— Sem dúvida — respondeu o conde. — Todos os Escaravelhos embalsamados acidentalmente quando ainda vivos estão vivos até agora. Mesmo alguns dos que foram propositadamente assim embalsamados podem ter sido esquecidos por seus executores testamentários e permanecem ainda nos túmulos.

— Quer ter a bondade de explicar — disse eu — o que quer o senhor dizer com "propositadamente embalsamados"?

— Com muito prazer — respondeu a múmia, depois de medir-me ociosamente através dos óculos, pois era essa a primeira vez que me aventurava a dirigir-lhe uma pergunta direta. — Com muito prazer. A duração habitual da vida de um homem no meu tempo era de cerca de oitocentos anos. Poucos morriam antes dos seiscentos anos, a menos que acontecesse qualquer acidente muito extraordinário; poucos viviam mais do que uma década de séculos; mas oitocentos anos era considerado o termo natural. Depois da descoberta do princípio do embalsamamento, conforme já o descrevi aos senhores, ocorreu a nossos filósofos que se poderia satisfazer uma louvável curiosidade e, ao mesmo tempo, fazer avançar de muito os interesses da ciência, vivendo-se esse termo natural a prestações. Relativamente à ciência histórica, de fato, a experiência demonstrava que algo dessa natureza era indispensável. Tendo, por exemplo, um historiador atingido a idade de quinhentos anos, escrevia um livro, com grande trabalho, e depois se fazia embalsamar com todo o cuidado, deixando instruções a seus executores testamentários *pro tempore*, para que o fizessem reviver depois de decorrido certo lapso de tempo, digamos, quinhentos ou seiscentos anos. Voltando à vida ao fim desse prazo, encontraria invariavelmente sua grande obra convertida numa espécie de caderno de notas à toa, isto é, numa espécie de arena literária para as conjecturas antagônicas, adivinhações e rixas pessoais de rebanhos inteiros de comentaristas exasperados. Essas conjecturas etc., que passavam sob o nome de anotações ou emendas, verificavam-se haverem tão completamente envolvido, distorcido e sufocado o texto que o autor era obrigado a sair de lanterna na mão, à procura de seu próprio livro. Ao descobri-lo, constatava não ter valido a pena a trabalheira da busca. Depois de reescrevê-lo de cabo a rabo, considerava-se ainda dever obrigatório do historiador pôr-se a trabalhar imediatamente na correção, de acordo com seu saber e experiência pessoais, das tradições do dia concernentes à época em que ele havia originalmente vivido. Ora, esse processo de reescrita e retificação pessoal, levado a efeito por diferentes sábios de tempos em tempos, tinha como resultado evitar que nossa história degenerasse em fábula completa.

— Peço-lhe perdão — disse o dr. Ponnonner neste ponto, pousando delicadamente a mão sobre o braço do egípcio. — Peço-lhe perdão, senhor, mas posso ter a liberdade de interrompê-lo por um momento?

— Perfeitamente, senhor — respondeu o conde, afastando-se um pouco.

— Apenas desejo fazer-lhe uma pergunta — disse o doutor. — O senhor mencionou a correção pessoal que o historiador fazia das tradições respeitantes a sua própria época. Rogo-lhe que me diga, senhor, em que proporção, em média, essa cabala representava a verdade?

— A cabala, como o senhor muito bem a denomina, gozava em geral da fama de estar justamente a par dos fatos relatados nas próprias histórias não reescritas, isto é, jamais se viu, em circunstância alguma, um simples jota delas que não estivesse absoluta e radicalmente errado.

— Mas já que está perfeitamente claro — continuou o doutor — que pelo menos cinco mil anos decorreram desde que o senhor foi sepultado, tenho como certo que vossos anais daquele período, senão vossas tradições, eram suficientemente explícitos a respeito daquele tópico de interesse universal que é a Criação, que teve lugar, conforme presumo seja do seu conhecimento, apenas cerca de dez séculos antes.

— Senhor! — disse o conde Allamistakeo.

O doutor repetiu suas observações, mas foi somente depois de muita explicação adicional que o estrangeiro pôde chegar a compreendê-las. Por fim, respondeu com hesitação:

— As ideias que o senhor sugeriu são-me, confesso, extremamente novas. No meu tempo, jamais conheci alguém que cogitasse fantasia tão singular como essa de que o universo (ou este mundo, se quiser) tivesse tido alguma vez um começo. Lembro-me de ter ouvido uma vez, e apenas uma vez, algo remotamente insinuado por um homem de muito saber a respeito da origem *da raça humana*, e esse homem empregava a mesma palavra *Adão* (ou Terra Vermelha) de que o senhor fez uso. Empregava-a, porém, em sentido genérico, com referência à germinação espontânea do limo da Terra (da mesma maneira como são gerados milhares de criaturas dos mais baixos *genera*), a geração espontânea, digo eu, de cinco vastas hordas de homens, simultaneamente brotando em cinco distintas e quase idênticas divisões do globo.

Aqui, de modo geral, os presentes encolheram os ombros, e um ou dois de nós tocou na fronte com ar bastante significativo. O sr. Silk Buckingham, primeiramente lançando ligeiro olhar para o occipício e, depois, para o sincipúcio de Allamistakeo, falou da seguinte maneira:

— A longa duração da vida humana no seu tempo, assim como a prática ocasional de vivê-la, como o senhor explicou, a prestações, deve ter acentuado fortemente, na verdade, a tendência para o desenvolvimento geral e a acumulação do saber. Presumo, por isso, que devamos atribuir a marcada inferioridade dos antigos egípcios em todos os ramos da ciência, quando comparados aos modernos e, mais especialmente, aos ianques, inteiramente à solidez mais considerável do crânio egípcio.

— Confesso novamente — retrucou o conde com muita suavidade — que encontro certa dificuldade em compreendê-lo; por obséquio, a que ramos de ciência alude o senhor?

Aqui, toda a companhia, unindo as vozes, detalhou prolixamente as suposições da frenologia e as maravilhas do magnetismo animal.

Tendo-nos ouvido até o fim, o conde começou a relatar algumas anedotas, que tornaram evidente terem florescido e fenecido no Egito há tanto tempo, a ponto de terem sido quase esquecidas, protótipos de Gall e Surzheim, e que as manobras de Mesmer não eram, na realidade, senão desprezíveis artifícios, quando postas em confronto com os positivos milagres dos *sábios* tebanos, que criavam piolhos e muitas outras coisas de similares espécies.

Nisso, perguntei ao conde se seu povo era capaz de calcular eclipses. Ele sorriu com desdém e disse que era.

Isso me perturbou um pouco, mas comecei a fazer outras perguntas a respeito de seu saber astronômico, quando um membro da companhia, que até então não abrira a boca, cochichou a meu ouvido que, para aquela informação em particular, melhor seria que eu consultasse Ptolomeu (quem quer que seja esse tal Ptolomeu), bem como um tal Plutarco e seu *De facie lunae*.

Interroguei depois a múmia a respeito de vidros convexos, lentes e, em geral, acerca da manufatura do vidro. Mas ainda não terminara eu minha pergunta quando o companheiro silencioso de novo tocou-me de mansinho o cotovelo e pediu-me, pelo amor de Deus, que desse uma olhadela em Diodorus Siculus. Quanto ao conde, perguntou-me apenas, a modo de réplica, se nós, modernos, possuíamos microscópios tais que nos permitissem gravar camafeus no estilo dos egípcios. Enquanto pensava na maneira de responder a essa pergunta, o miúdo dr. Ponnonner se pôs a falar de maneira verdadeiramente extraordinária.

— Veja a nossa arquitetura! — exclamou ele, para grande

indignação dos dois viajantes, que o beliscavam até quase fazer sangue, mas sem resultado.

— Veja — gritava ele com entusiasmo — a fonte de Bowling Green, em Nova York! Ou, se o espetáculo é por demais imponente, contemple por um instante o Capitólio, em Washington! — E o bom doutorzinho se pôs a particularizar com minúcias as proporções do edifício a que se referia. Explicou que só o pórtico estava adornado de não menos de vinte e quatro colunas de um metro e meio de diâmetro, distantes três metros umas das outras.

O conde disse lamentar não poder lembrar-se, justamente naquele momento, das dimensões precisas de qualquer dos principais edifícios da cidade de Aznac, cujos alicerces haviam sido batidos na noite dos tempos, mas cujas ruínas estavam ainda de pé, na época de seu sepultamento, numa vasta planície arenosa a oeste de Tebas. Recordava-se, porém (falando de pórticos), que havia um, pertencente a um palácio inferior numa espécie de subúrbio chamado Karnak, consistente de cento e quarenta e quatro colunas de onze metros de circunferência cada, distantes uma da outra sete metros e meio. Do Nilo, chegava-se a esse pórtico através de uma avenida de três quilômetros de extensão, formada de esfinges, estátuas e obeliscos, de seis, dezoito e de trinta metros de altura. O próprio palácio (tanto quanto ele podia lembrar-se) tinha, só numa direção, mais de três quilômetros de comprimento e, ao todo, poderia ter cerca de onze de circuito. Suas paredes eram ricamente pintadas de hieróglifos, por dentro e por fora. Não pretendia *afirmar* que mesmo cinquenta ou sessenta dos capitólios do doutor pudessem ter sido construídos dentro daquelas paredes, mas de nenhum modo achava impossível não poderem duzentos ou trezentos deles ser lá dentro comprimidos sem muita dificuldade. Aquele palácio de Karnak não passava, afinal, de uma insignificância. Ele (o conde), todavia não podia em sã consciência recusar-se a admitir a engenhosidade, a magnificência e a superioridade da fonte de Bowling Green, tal como descrita pelo doutor. Nada de semelhante, era forçado a convir, fora jamais visto no Egito ou alhures.

Perguntei então ao conde qual sua opinião a respeito de nossas estradas de ferro.

— Nada de particular — respondeu.

Eram um tanto fracas, bem mal projetadas e toscamente construídas. Não podiam ser comparadas, por certo, com as vastas estradas niveladas, retas e raiadas de ferro sobre as quais os egípcios transportavam templos inteiros e sólidos obeliscos de quarenta e seis metros de altura.

Falei de nossas gigantescas forças mecânicas.

Concordou que alguma coisa conhecíamos nessa área, mas indagou quanto teria eu de trabalhar para levantar as cornijas sobre os dintéis do mesmo pequeno palácio de Karnak.

Resolvi não dar ouvidos à pergunta e indaguei se ele tinha alguma ideia de poços artesianos, ao que ele apenas ergueu as sobrancelhas, enquanto o sr. Gliddon piscava fortemente para mim e dizia, em voz baixa, que fora descoberto um, recentemente, por engenheiros encarregados de canalizar água para o Grande Oásis.

Mencionei então nosso aço, mas o estrangeiro levantou o nariz e perguntou-me se nosso aço podia ter executado o duro trabalho de insculpir os obeliscos, realizado totalmente com instrumentos cortantes de cobre.

Isso nos desconcertou tanto que achamos prudente mudar nosso ataque para a metafísica. Mandamos buscar um exemplar do livro chamado *O relógio de sol* e lemos um capítulo ou dois, a respeito de um assunto não muito claro, mas que os bostonianos chamam de Grande Movimento do Progresso.

O conde disse apenas que Grandes Movimentos eram coisas terrivelmente comuns em seu tempo e, quanto ao Progresso, havia sido a certa altura um completo aborrecimento, mas que não chegou jamais a progredir.

Falamos então da grande beleza e da importância da democracia, e muito nos esforçamos para despertar no conde uma compreensão cabal das vantagens de que gozávamos em viver num país onde havia sufrágio *ad libitum* e nenhum rei.

Ele escutou com marcado interesse e, de fato, não pareceu

muito satisfeito. Quando acabamos, disse ele que, fazia muitíssimo tempo, ocorrera algo de bem semelhante. Treze províncias egípcias haviam de súbito resolvido tornar-se livres e dar um magnífico exemplo ao resto da humanidade. Reuniram-se seus sábios e cozinharam a mais engenhosa constituição que é possível conceber. Durante algum tempo, as coisas correram muitíssimo bem, somente que seu costume de jactar-se era prodigioso. A coisa acabou, porém, com a consolidação dos treze estados com mais quinze ou vinte outros, no mais odioso e insuportável despotismo de que jamais se ouviu falar na superfície da Terra.

Perguntei o nome do tirano usurpador.

Tanto quanto o conde podia lembrar-se, chamava-se *Populaça*.

Não sabendo que dizer a isso, ergui a voz e deplorei que os egípcios não conhecessem o vapor.

O conde olhou para mim muito espantado, mas não deu resposta. O cavalheiro silencioso, porém, deu-me violenta cotovelada nas costelas, dizendo-me que eu já me havia comprometido suficientemente uma vez e perguntando se eu era mesmo tolo a ponto de não saber que a moderna máquina a vapor derivava da invenção de Hero, por intermédio de Salomão de Caus.

Estávamos agora em iminente perigo de sermos derrotados, mas nossa boa sorte fez com que o dr. Ponnonner, tendo-se reanimado, viesse em nosso socorro e perguntasse se o povo do Egito pretendia seriamente rivalizar com os modernos em todas as importantíssimas particularidades do traje.

Ouvindo isso, o conde baixou a vista sobre as alças de suas calças e, depois, pegando a ponta de uma das abas da casaca, levou-a até bem perto dos olhos, examinando-a durante alguns minutos. Deixando-a cair, por fim, sua boca escancarou-se gradualmente de uma orelha à outra, mas não me recordo se ele disse alguma coisa à guisa de resposta.

Nesse momento, recuperamos nossas energias e o doutor, aproximando-se da múmia com grande dignidade, rogou-lhe que lhe dissesse, com toda franqueza e sob sua honra de cavalheiro, se os egípcios haviam compreendido em alguma época a fabricação quer das pastilhas de Ponnonner, quer das pílulas de Bandreth.

Aguardávamos com profunda ansiedade uma resposta, mas em vão. A resposta não chegava. O egípcio enrubesceu e baixou a cabeça. Jamais houve triunfo mais consumado; jamais derrota alguma foi suportada de tão má vontade. De fato, eu não podia tolerar o espetáculo da mortificação da pobre múmia. Peguei o chapéu, cumprimentei-a formalmente e parti.

Ao chegar em casa, descobri que já passava das quatro horas e fui imediatamente para a cama. São agora dez horas da manhã. Estou de pé desde as sete, rabiscando estas notas em benefício de minha família e da humanidade. Quanto à primeira, não mais a verei. Minha mulher é uma víbora. A verdade é que estou absolutamente farto desta vida e do século XIX em geral. Estou convencido de que tudo vai mal. Além disso, anseio por saber quem será o presidente em 2045. Portanto, tão logo acabe de barbear-me e de engolir uma xícara de café, irei à casa de Ponnonner fazer-me embalsamar por uns duzentos anos.

"Some Words with a Mummy", 1845

A CARTA ROUBADA

Nil sapientiae odiosius acumine nimio. *
Sêneca

EM PARIS, logo ao anoitecer de um dia borrascoso, no outono de 18..., gozava eu a dupla luxúria da meditação e de uma cachimbada em companhia de meu amigo C. Auguste Dupin, em sua pequena biblioteca, *au troisième*, *Rue Dûnot*, *nº 33*, *Faubourg St. Germain*. Durante uma hora, pelo menos, havíamos mantido profundo silêncio; a um observador casual pareceria estarmos ambos ocupados única e exclusivamente com as volutas de fumaça que enchiam o quarto. No que me diz respeito, todavia, estava eu discutindo mentalmente certos tópicos que haviam constituído o assunto de nossa conversa no período anterior do entardecer. Refiro-me ao caso da rua Morgue e ao mistério que envolveu o assassinado de Marie Roget. Julguei, pois, tratar-se de uma coincidência quando a porta do apartamento abriu-se e por ela entrou nosso velho conhecido, monsieur G., o comissário da polícia parisiense.

Demos-lhe calorosas boas-vindas, pois havia nesse homem tanto de divertido quanto de desprezível, e fazia anos que não o víamos. Tínhamos permanecido sentados no escuro, e Dupin então se levantou para acender a luz, mas, sem chegar a fazê-lo, sentou-se novamente ao ouvir G. dizer que tinha vindo para consultar-nos, ou melhor, para pedir a opinião de meu amigo a respeito de certo assunto oficial que ocasionara muitas complicações.

— Se é ponto que requeira reflexão — observou Dupin, abstendo-se de acender o pavio —, melhor será que o examinemos no escuro.

— Eis outra de suas ideias esquisitas — retrucou o comissário, que tinha o costume de chamar "esquisito" a tudo quanto

* Na sabedoria, nada é mais odioso do que ser esperto demais. (N. E.)

ultrapassasse sua compreensão, e, assim sendo, vivia em meio a uma legião absoluta de "esquisitices".

— Realmente — disse Dupin, oferecendo um cachimbo ao visitante e empurrando em sua direção uma cadeira confortável.

— Qual é então a dificuldade? — perguntei. — Nada ainda relacionado com assassinatos, espero?

— Oh, não. Nada dessa natureza. O fato é... o negócio é *muito* simples, na verdade; eu não tenho dúvida de que poderemos, nós mesmos, tratá-lo devidamente. Entretanto, julguei que Dupin gostaria de ouvir os pormenores, porque se trata de um caso assaz *esquisito*.

— Simples e esquisito — disse Dupin.

— Bem, sim. E, ao mesmo tempo, não é bem isso. Acontece que temos andado muito atrapalhados, porque o negócio é tão simples e, no entanto, confunde-nos.

— Talvez seja a própria simplicidade do caso que o atrapalha — disse meu amigo.

— Que bobagem! — replicou o comissário, rindo-se de bom gosto.

— Talvez o mistério seja um pouco simples demais — insistiu Dupin.

— Oh, céus, quem jamais ouviu semelhante ideia?

— Um pouco evidente demais.

— Ha! ha! ha! — ha! ha! ha! — ho! ho! ho! — rugiu nosso visitante, profundamente entretido. — Oh, Dupin, você ainda me mata!

— Bem, e afinal de contas, qual é o caso? — perguntei.

— Vou contá-lo a vocês — replicou ele, dando uma longa, firme e contemplativa baforada, e ajeitando-se novamente na cadeira. — Vou contá-lo em poucas palavras. Mas, antes de começar, permitam-me adverti-los de que se trata de assunto altamente confidencial e de que provavelmente perderei meu posto atual se porventura transparecer que o revelei a alguém mais.

— Continue — disse eu.

— Ou não — disse Dupin.

— Bem. Recebi uma informação pessoal, da mais alta esfera, de que certo documento da máxima importância foi roubado dos apartamentos reais. O indivíduo que o furtou é conhecido, isso está fora de dúvida: ele foi visto roubando-o. Sabe-se também, por outro lado, que o documento ainda está em seu poder.

— E como se sabe disso? — perguntou Dupin.

— Pode-se inferi-lo claramente — retrucou o comissário — da natureza do documento, e do não aparecimento de certos resultados que se manifestariam de pronto, tão logo o documento deixasse as mãos do ladrão. Quer dizer, tão logo ele o usasse, como, no fim, acabará por usá-lo.

— Seja um pouco mais explícito — pedi.

— Bem, posso arriscar-me a dizer que o papel confere a seu possuidor certo poder em certa esfera na qual tal poder é de imenso valor — o comissário adorava a linguagem diplomática.

— Ainda não entendi direito — disse Dupin.

— Não? Bem, a revelação do documento a uma terceira pessoa, cujo nome permanecerá em sigilo, poria em risco a honra de uma personagem da mais alta posição, e esse fato confere ao possuidor do tal documento uma ascendência sobre essa ilustre personagem, cuja honra e cuja paz estão em risco.

— Mas essa ascendência — interrompi — dependeria de o ladrão saber se a vítima conhece a identidade dele, ladrão. Quem se atreveria...

— O ladrão — disse G., é o ministro D., que se atreve a tudo, tanto ao que é próprio quanto ao que é impróprio de um homem. O método do roubo não foi menos engenhoso do que arrojado. O documento em questão — uma carta, para ser franco — havia sido recebido pela personagem roubada enquanto se achava a sós no *boudoir* real. Durante a leitura, foi ela interrompida pela entrada de outro importante personagem, de quem desejava esconder a missiva. Depois de um apressado e vão esforço de ocultá-la numa gaveta, viu-se ela compelida a colocá-la, aberta, sobre a mesa. O endereço, todavia, estava voltado para cima e, de vez que o conteúdo estava escondido, a carta não foi percebida. Nessa conjuntura, entra o ministro D. Seus olhos de lince imediatamente percebem o papel, reconhecem a caligrafia do endereço e dão-se conta da atrapalhação da personagem que a recebera. Depois de tratar alguns negócios a toda pressa, como é seu costume, tira ele do bolso uma carta parecida à carta em questão, abre-a, finge lê-la, e por fim a coloca justaposta à outra. Segue-se nova conversa, de cerca de quinze minutos, sobre assuntos públicos. Por fim, ao partir, o ministro apanha da mesa também a carta a que não tinha direito. Sua legítima proprietária viu tudo, mas, é claro, não se arriscou a chamar a atenção para o fato na presença da terceira personagem a seu lado. O ministro saiu, deixando sua própria carta — uma sem qualquer importância — sobre a mesa.

— Eis aí — disse Dupin, dirigindo-se a mim — precisamente aquilo que você exige para tornar a ascendência completa: o ladrão saber que a vítima conhece sua identidade.

— Sim — redarguiu o comissário —, e o poder assim ganho tem sido usado nos últimos meses de modo muito perigoso, para fins políticos. A personagem roubada está cada dia mais convencida da necessidade de recuperar a carta. Mas isso, é óbvio, não pode ser feito às claras. Por fim, em desespero de causa, confiou-me o assunto.

— Para isso — disse Dupin, em meio a uma perfeita espiral de fumaça —, não se pode desejar nem imaginar, suponho, agente mais sagaz.

— Você me lisonjeia — replicou o comissário —, mas é possível que outras pessoas discordem dessa opinião.

— Está claro — disse eu —, como você observou, que a carta está ainda na posse do ministro, de vez que é essa posse, e não qualquer uso da carta, que garante o poder. Com o uso, o poder deixa de existir.

— Certo — disse G. — e, baseado nessa suposição, comecei a agir. Meu primeiro cuidado foi passar uma revista completa no palacete do ministro, e, nessa área, a maior dificuldade estava em fazê-lo sem que o ministro disso se apercebesse. Acima de tudo, fui advertido do perigo de levá-lo a suspeitar do nosso plano.

— Mas — retruquei eu — você está bem *au fait* nessas investigações. Muitas vezes, a polícia parisiense já fez coisa semelhante no passado.

— Oh, sim, e por isso não me desespero. Os hábitos do ministro garantiram-me, também, uma grande vantagem. Ele se ausenta frequentemente de casa durante toda a noite. Seus criados não são, de modo algum, numerosos. Dormem longe do apartamento de seu senhor e, sendo na maioria napolitanos, logo se embebedam. Possuo chaves, como é do conhecimento de vocês, com as quais posso abrir qualquer quarto ou gabinete em Paris. Durante esses três meses, não se passou uma noite em que eu não estivesse ocupado pessoalmente em revistar o palacete. Minha honra está em jogo e, para revelar um grande segredo, a recompensa é enorme. Assim sendo, não abandonei a busca senão quando me convenci plenamente de que o ladrão é um homem mais astuto do que eu. Creio que investiguei cada desvão e cada canto em que poderia estar oculto o papel.

— Mas não é possível — sugeri —, embora a carta esteja em poder do ministro, como inquestionavelmente está, que ele a tenha escondido em outro lugar que não sua residência?

— É muito pouco provável — disse Dupin. — As peculiares condições atuais dos negócios da corte, e em especial daquelas intrigas em que D. está sabidamente envolvido, tornam o acesso instantâneo ao documento, a possibilidade de ele ser obtido a todo e qualquer momento, um ponto de importância quase igual à da sua posse.

— A possibilidade de ser obtido? — disse eu.

— Vale dizer, de ser *destruído* — disse Dupin.

— De fato — observei. — Sem dúvida alguma, o papel se encontra na residência. Quanto a estar na própria pessoa do ministro, podemos considerar ponto fora de cogitação.

— Inteiramente — concordou o comissário. — Armamos-lhe duas ciladas, como se fôssemos salteadores, e sua pessoa foi rigorosamente revistada sob minha própria inspeção.

— Você poderia ter-se poupado tal incômodo — disse Dupin. — D., presumo, não é nenhum tolo e com certeza deve ter previsto tais ciladas.

— Não um tolo *completo* — disse G. —, mas é um poeta, coisa que julgo estar bem próxima da tolice.

— De fato — disse Dupin, depois de longa e pensativa cachimbada —, embora eu próprio seja culpado de alguns versos de pé quebrado.

— Que tal se você nos desse as minúcias de suas buscas? — pedi.

— Bem, o fato é que aproveitamos nosso tempo e procuramos por todos os lugares. Tenho uma longa experiência nesses assuntos. Explorei o edifício inteiro, quarto por quarto, devotando toda uma semana a cada um. Examinamos, primeiramente, o mobiliário de cada apartamento. Abrimos todas as gavetas, e creio que você sabe que, para um agente policial devidamente treinado, uma gaveta *secreta* é algo impossível de existir. Qualquer um que, numa revista dessa espécie, deixe escapar uma gaveta secreta é um tolo. A coisa é tão simples! Num quarto, existe uma certa quantidade de espaço a ser levado em conta. Temos regras acuradas a respeito. Nada nos escapa, nem a quinquagésima parte de uma linha. Depois de examinados os gabinetes, cuidamos das cadeiras. Inspecionamos as almofadas com aquelas agulhas longas que você já nos viu usar. Removemos o tampo das mesas.

— Por quê?

— Algumas vezes, o tampo de uma mesa, ou de qualquer outra peça semelhante de mobília, é removido pela pessoa que pretende ocultar um objeto; a perna da mesa é escavada, o objeto é depositado na cavidade, e o tampo é reposto. O fundo e a cabeceira dos leitos são usados de igual maneira.

— Mas não poderia a cavidade ser descoberta por percussão? — perguntei.

— De modo algum se, no momento de ser lá colocado o objeto, um chumaço apropriado de algodão for utilizado para envolvê-lo. Ademais, no caso presente, fomos obrigados a agir em silêncio.

— Mas você não poderia ter removido... não poderia ter desmontado *todas* as peças de mobília nas quais suspeitasse haver algo oculto. Uma carta pode ser enrolada numa delgada espiral, não muito diferente, em volume e aspecto, de uma agulha de bordar, de tal modo que poderia ser inserida com facilidade no desvão de uma cadeira, por exemplo. Você desmontou todas as cadeiras?

— Decerto que não, mas fizemos melhor: examinamos os assentos de cada cadeira existente no palacete e, além disso, as juntas de cada peça de mobília, com o auxílio de um poderosíssimo microscópio. Houvesse algum traço de ter sido ela trocada recentemente, ele não nos teria escapado. Um simples traço deixado por uma verruma, por exemplo, teria sido tão óbvio quanto uma maçã. Uma modificação qualquer na camada de cola ou qualquer falha nas juntas teriam sido mais que suficientes para denunciar o acontecido.

— Presumo que você tenha examinado os espelhos, no espaço compreendido entre o vidro e o fundo, assim como inspecionado os leitos, a roupa de cama, as cortinas e os tapetes.

— Certamente. E, além disso, depois de examinado cada centímetro de mobília, cuidamos de examinar a casa propriamente dita. Dividimos toda a superfície em compartimentos numerados, de modo que nenhum escapasse à nossa atenção. Perscrutamos cada centímetro quadrado da residência, inclusive as duas casas anexas, com o microscópio, como de costume.

— As duas casas anexas? — exclamei eu. — Vocês devem ter tido um trabalhão!

— Tivemos, mas a recompensa prometida é extraordinária.

— Você incluiu na revista todas as *áreas* ao redor das casas?

— Todas essas áreas são ladrilhadas. Deram-nos, em comparação, pouco trabalho. Examinamos o musgo existente entre os ladrilhos, e verificamos estar ele intacto.

— Você examinou os papéis de D., obviamente, e os livros da biblioteca?

— Decerto. Abrimos cada pacote, cada maço. Não somente abrimos todos os livros, como viramos as páginas de cada um, uma a uma, não nos contentando com simplesmente sacudi-los, segundo é norma entre alguns de nossos agentes de polícia. Medimos também a espessura de cada capa com a maior precisão, e aplicamos a cada uma o mais atento escrutínio microscópico. Tivesse sido inserida qualquer coisa entre elas, e o fato de modo algum nos teria escapado. Inclusive cinco ou seis volumes recém-chegados do encadernador foram inspecionados longitudinalmente, com o auxílio de agulhas.

— Examinaram o assoalho debaixo dos tapetes?

— Com todo o cuidado. Removemos os tapetes e examinamos as tábuas com microscópio.

— E o papel das paredes?

— Também.

— Examinaram as adegas?

— Sim.

— Então — disse eu —, vocês se enganaram, e a carta *não* se encontra no palacete, como você supunha.

— Temo que você esteja certo — replicou G. — E agora, Dupin, que é que você me aconselha fazer?

— Proceder a um completo reexame no palacete.

— Isso é absolutamente desnecessário. — replicou G. — Acredito tanto em não estar a carta no palacete como acredito no ar que respiro.

— Não sei de melhor conselho a dar-lhe — disse Dupin. — Você tem, decerto, uma descrição acurada da carta?

— Oh, sim! — Nesse instante, retirando do bolso um caderninho de notas, o comissário começou a ler em voz alta uma descrição minuciosa da aparência interna e, em especial, da aparência externa da carta roubada. Logo depois de terminar a leitura, levantou-se e partiu, mais deprimido do que jamais eu o havia visto.

Um mês mais tarde, fez-nos nova visita, e encontrou-nos ocupados de maneira semelhante à da vez anterior. Aceitou um cachimbo, sentou-se numa cadeira e começou a puxar uma conversa comum. Por fim, eu lhe disse:

— Bem, G., e a respeito da carta roubada? Acredito que você já tenha finalmente desistido de vencer o ministro em astúcia?

— Diabos o levem! Sim, desisti. Levei a cabo o reexame sugerido por Dupin, mas foi trabalho perdido, conforme eu já suspeitava.

— De quanto era a recompensa a que você se referiu? — perguntou Dupin.

— Ora, muito grande, uma recompensa *muito* generosa. Não gostaria de dizer exatamente quanto, mas isto posso dizer: não me importaria de dar um cheque de cinquenta mil francos a quem quer que pudesse encontrar para mim aquela carta. O fato é que ela adquire maior importância a cada dia que passa e, recentemente, a recompensa foi duplicada. Mas, mesmo que houvesse sido triplicada, eu não poderia ter feito mais do que fiz.

— Bem — disse Dupin com vagar, entre duas baforadas de seu cachimbo de espuma do mar —, creio que você não se empenhou tão a fundo como podia nesse assunto. Penso que... você poderia fazer algo mais, hein?

— Como? De que modo?

— Bem — puf, puf — você poderia — puf, puf, — arranjar um conselheiro, não? — puf, puf, puf. — Lembra-se da história que contam a respeito de Abernethy?

— Não. Para os diabos com o Abernethy!

— Com efeito! Para os diabos, se assim lhe apraz! Mas, certa vez, um rico avarento concebeu o plano de extorquir desse Abernethy uma consulta médica. Para tanto, em conversa num grupo de íntimos, insinuou o caso ao médico como se se tratasse de um indivíduo imaginário.

— Suponhamos — disse o avarento — que seus sintomas sejam estes e estes. Então, doutor, o que o senhor o aconselharia a fazer?

— Eu o aconselharia — disse Abernethy — a fazer uma consulta, sem dúvida alguma.

— Mas — disse o comissário, um tanto embaraçado — eu estou perfeitamente disposto a tomar conselhos e a pagar por eles. Eu daria, realmente, cinquenta mil francos a quem quer que pudesse me ajudar nesse assunto.

— Nesse caso — retrucou Dupin, abrindo uma gaveta e dela retirando um talão de cheques —, você pode preencher, em meu nome, um cheque dessa mesma quantia. Quando o tiver assinado, eu lhe entregarei a carta.

Fiquei atônito. O comissário parecia ter sido atingido por um raio. Por alguns minutos, permaneceu mudo, sem se mover, olhando incredulamente para o meu amigo, de boca aberta, com olhos que pareciam saltar das órbitas. Por fim, aparentemente recobrando-se do choque, tomou da pena e, depois de algumas pausas e de alguns olhares errantes, preencheu e assinou um cheque no valor de cinquenta mil francos e passou-o, sobre a mesa, a Dupin. Este o examinou cuidadosamente e o guardou em sua caderneta de notas. Em seguida, destrancando uma *escritoire*, tirou de dentro dela uma carta e passou-a ao comissário. O funcionário, agarrando-a em perfeita alegria agônica, abriu-a com mão trêmula, relanceou os olhos rapidamente pelo conteúdo do documento e, lutando por alcançar a porta, abandonou a sala sem qualquer cerimônia, sem ter pronunciado nenhuma sílaba mais desde o momento em que Dupin o desafiara a assinar o cheque.

Depois da partida de G., meu amigo dignou-se a dar-me algumas explicações:

— A polícia parisiense — disse ele — é extraordinariamente hábil à sua maneira. É perseverante, engenhosa, astuta, e perfeitamente versada nos conhecimentos exigidos por seu ofício. Assim, quando G. descreveu-me o modo como examinara o palacete de D., convenci-me de que fizera uma investigação satisfatória, dentro dos limites de sua capacidade.

— Dentro dos limites de sua capacidade? — perguntei.

— Sim — retrucou Dupin. — As medidas adotadas eram não somente as melhores de sua espécie, como também foram levadas a cabo com absoluta perfeição. Tivesse sido a carta colocada em local ao alcance da busca feita, e os agentes teriam, sem dúvida alguma, dado com ela.

Ri-me simplesmente. Mas ele parecia ter dito a sério tudo quanto dissera.

— As medidas, pois — continuou ele —, foram boas à sua maneira, e bem executadas. Seu único defeito residiu no fato de serem inaplicáveis a esse homem e a esse caso. Certa classe de recursos altamente engenhosos são, para o comissário, uma espécie de leito de Procusto, ao qual, forçosamente, adapta ele seus intentos. Mas vive errando, por ser demasiado profundo ou demasiado superficial para o assunto em questão; mesmo um menino de escola raciocina melhor do que ele. Conheço um, com cerca de oito anos de idade, cujo êxito em adivinhar os resultados do jogo de "par ou ímpar" atraía admiração universal. É um jogo simples, jogado com bolinhas de gude. Um dos jogadores conserva ocultas na mão algumas das bolinhas e pergunta ao outro se o número delas é par ou ímpar. Se o adivinhador acerta, ganha uma; se erra, perde uma. O menino a quem aludi ganhou todas as bolinhas dos companheiros de escola. É claro que ele tinha algumas regras de adivinhação, baseadas na simples observação e na avaliação da astúcia de seus oponentes. Por exemplo, se seu adversário fosse um rematado simplório e lhe perguntasse, escondendo as mãos fechadas: "Par ou ímpar?" — e o nosso colegial replicasse "ímpar" e perdesse, diria então a si mesmo: "O simplório tinha um número par de bolinhas na primeira tentativa, e sua astúcia não vai além de fazê-lo colocar na mão um número ímpar de bolinhas na segunda. Portanto, vou dizer 'ímpar'". E, dizendo-o, ganhava. Mas quando o segundo simplório está um grau acima do primeiro, o adivinhador raciocinará deste modo: "Este sujeito verifica que, na primeira vez, eu disse ímpar, e na segunda vez, levado pelo primeiro impulso, escolherá a mais simples variação — de ímpar para par —, como fez o primeiro simplório. Todavia, pensando melhor, achará que tal variação é muito simples e acabará se decidindo pelo par, como da primeira vez. Por isso mesmo eu direi 'par'". E, dizendo-o ganha novamente. Pois bem: esse modo de raciocinar do menino de escola a quem seus colegas chamavam "sortudo", o que é, em última análise?

— Apenas — disse eu — a identificação do intelecto do raciocinador com o do seu oponente.

— Exato — disse Dupin. — Ao inquirir o menino sobre os meios de que se valia para conseguir a completa identificação em que consistia todo o seu êxito, recebi a seguinte resposta: "Quando desejo saber quão sábio, quão estúpido, quão bom, quão perverso é alguém, ou quais são seus pensamentos no momento, componho a expressão do meu rosto de modo a repetir tão acuradamente quanto possível a expressão do rosto dele, e fico esperando para ver que pensamentos ou sentimentos nascerão em minha mente ou no meu coração, como se fossem símiles ou correspondências da minha expressão". Essa resposta do menino de escola jaz na base de toda aquela espúria profundidade que tem sido atribuída a Rochefoucauld, a La Bougive, a Maquiavel e a Campanella.

— E a identificação — disse eu — do intelecto do raciocinador com o do seu oponente depende, se o entendi corretamente, da exatidão com que o intelecto do oponente é avaliado.

— Na prática, depende disso — replicou Dupin —, e o comissário e sua turma falham com tanta frequência porque, em primeiro lugar, levam a cabo de modo defeituoso essa identificação e, em segundo lugar, porque avaliam erroneamente, ou melhor, porque nem avaliam o intelecto que se lhes opõe. Levam em conta tão somente suas *próprias* noções de engenhosidade e, ao procurar algo escondido, consideram apenas os modos pelos quais *eles* o teriam escondido. Em certo sentido, têm muita razão, porque a engenhosidade deles representa fielmente a engenhosidade da *massa*. Todavia, quando a astúcia de um malfeitor individual é diversa da deles em caráter, o malfeitor os logra, sem qualquer dúvida. Isso sempre acontece quando tal astúcia é superior à deles próprios e também, muito comumente, quando é inferior. Eles não possuem flexibilidade de princípios em suas investigações. No máximo, quando exigidos por alguma emergência fora do comum, ou quando estimulados por recompensa extraordinária, conseguem ampliar ou exagerar sua velha maneira de agir, sem contudo modificar os princípios que os guiam. O que, por exemplo, nesse caso de D., foi feito para variar o princípio de ação? Que é todo este aparato de perfurações e sondagens e percussões e exames microscópicos e divisões da área do edifício em centímetros quadrados devidamente registrados — que é tudo isso senão um exagero *da aplicação* de um dos princípios, ou de um conjunto de princípios de investigação baseado tão somente no único conjunto de noções relativas à engenhosidade humana ao qual, na longa rotina de seus deveres, conseguiu o comissário acostumar-se? Você não percebe que ele admitiu como indiscutível que *todos* os homens, ao esconderem uma carta, escolhem, se não exatamente um orifício cavado numa perna de cadeira, pelo menos algum buraco ou canto escondido sugerido pela mesma ordem de ideias que levam um homem a esconder uma carta num orifício cavado numa perna de cadeira? E não percebe você, por outro lado, que tais esconderijos *recherchés* servem apenas para as ocasiões comuns e são usados tão somente pelos intelectos comuns? Em todos os casos de ocultação, a colocação do objeto escondido, sua colocação dessa maneira *recherchée*, é, desde o primeiro momento, presumível e presumida. Desse modo, a descoberta dele depende não da agudeza, mas antes do simples cuidado, paciência e determinação dos que o procuram. E quando o caso é de importância, ou, o que vem dar no mesmo aos olhos da polícia, quando a recompensa é avultada, *nunca* se imaginou que tais qualidades pudessem falhar. Você decerto compreenderá agora o que eu quis dizer quando afirmei que, estivesse a carta roubada oculta em algum lugar compreendido entre os limites das investigações do comissário — em outras palavras, tivesse sido aplicado na ocultação um princípio compreendido entre os princípios do comissário —, sua descoberta teria sido assunto fora de dúvida. Ele, contudo, foi ludibriado por completo; e a fonte remota de sua derrota está na suposição de que o ministro é um maluco, porque adquiriu renome como poeta. Todos os malucos são poetas; é isso o que o comissário de polícia *sente*; ele é simplesmente culpado de um *non distributio medii*, ao deduzir daí que todos os poetas são malucos.

— Mas esse é realmente o poeta? — perguntei. — Sei que são dois irmãos, e ambos alcançaram reputação nas letras. O ministro, creio eu, escreveu eruditamente sobre o cálculo diferencial. É um matemático, e não um poeta.

— Você não se engana. Eu o conheço bem; é ambas as coisas. Como poeta e matemático, ele raciocinaria bem; como simples matemático, não teria essa capacidade e, assim, estaria à mercê do comissário.

— Você me surpreende — disse eu — com essas opiniões, que têm sido desmentidas pelo senso comum. Por certo, não é sua intenção reduzir a nada ideias bem estabelecidas através dos séculos. Há muito, o raciocínio matemático é considerado o raciocínio *par excellence*.

— "*Il y a à parier*" — replicou Dupin, citando Chamfort — "*que toute idée publique, toute convention reçue, est une sottise, car elle a convenue au plus grand nombre.*"* Os matemáticos, é verdade, fizeram o melhor que puderam para divulgar o erro popular a que você alude, e que não deixa de ser erro apenas por ser promulgado como verdadeiro. Por exemplo, com uma arte digna de uma causa mais nobre, insinuaram a palavra "análise" nas operações algébricas. Os franceses são os criadores desse engano particular; mas se uma palavra tem alguma importância, se as palavras extraem qualquer valor de sua aplicabilidade, então "análise" significa "álgebra" quase tanto como, no latim, *ambitus* significa "ambição", *religio* quer dizer "religião" ou *homines honesti* um punhado de "homens *honrados*".

— Vejo que você está propondo uma polêmica — disse eu — com alguns dos algebristas de Paris. Mas continue.

— Contesto a eficácia e, portanto, o valor daquele raciocínio que se cultiva por qualquer forma especial que não seja a lógica abstrata. Contesto em particular o raciocínio deduzido pelo estudo matemático. A matemática é a ciência da forma e da quantidade; o raciocínio matemático só é lógico quando aplicado à forma e à quantidade. O grande erro está em supor

* Há motivos para crer que todas as ideias públicas e todas as convenções aceitas são grandes bobagens, pois convêm à maioria. (N. E.)

que, mesmo as verdades do que se chama álgebra *pura*, são verdades gerais ou abstratas. E esse erro é tão evidente que me espanta a universalidade de sua aceitação. Os axiomas matemáticos *não são* axiomas de verdade geral. O que é uma verdade de *relação*, de forma e quantidade, é muitas vezes enormemente falso com respeito à moral, por exemplo. Nesta última ciência, é muito comumente *in*verídico que a soma das partes seja igual ao todo. Também na química esse axioma falha. Na apreciação de motivos, falha; porque dois motivos, cada um de um dado valor, não têm necessariamente, quando unidos, um valor igual à soma de seus valores separados. Há numerosas outras verdades matemáticas que só são verdades dentro dos limites da *relação*. Mas os matemáticos argumentam com *verdades finitas*, pelo hábito, como se elas possuíssem aplicabilidade geral, tal como o mundo em verdade imagina que possuam. Bryant, em sua mui erudita *Mitologia*, menciona uma fonte análoga de erro quando diz que, “embora as fábulas pagãs não gozem de credibilidade, esquecemo-nos disso com frequência e tiramos deduções delas como de realidades existentes”. Os algebristas, porém, que são igualmente pagãos, *creem* nas “fábulas pagãs”, e as inferências são feitas não tanto por falta de memória, mas por causa de uma inexplicável perturbação do cérebro. Em suma, nunca encontrei um simples matemático em que pudesse ter confiado fora das raízes quadradas, nem um que, clandestinamente, não mantivesse, como um ponto de fé, que $x^2 + px$ é absoluta e incondicionalmente igual a q. Diga a algum desses cavalheiros, só para experimentar, se lhe aprouver, que você acredita possam ocorrer ocasiões em que $x^2 + px$ não seja igual a q, e, tendo feito com que ele compreenda o que você quer dizer, coloque-se fora de seu alcance com a necessária rapidez, porque não resta dúvida de que ele tentará atirá-lo ao chão.

E, enquanto eu apenas ria de suas observações, Dupin prosseguiu:

— Quero dizer que, se o ministro não fosse mais do que um matemático, o comissário de polícia não teria passado pela necessidade de dar-me este cheque. Conheço-o, contudo, tanto como matemático quanto como poeta, e minhas medidas foram adaptadas à capacidade dele, com referência às circunstâncias que o rodeavam. Sei também que ele é um cortesão, e um ousado *intrigante*. Um homem assim, pensei, não podia deixar de ser conhecedor dos modos comuns de agir da polícia. Não podia deixar de prever — e os acontecimentos provaram que ele não deixou de prever — as emboscadas a que estava sujeito. Deve ter pressuposto, refleti, as investigações secretas de sua residência. Suas frequentes ausências de casa à noite, que foram saudadas pelo comissário como auxílio certo para seu êxito, olhei-as apenas com *astúcia*, para fornecer oportunidade a uma busca completa pela polícia e, assim, acentuar-lhe a convicção a que G., de fato, finalmente chegou: de que a carta não estava no prédio. Pensei, também, que toda a série de pensamentos que me estava custando enumerar-lhe agora mesmo, com relação ao princípio invariável da ação policial na procura de objetos escondidos — pensei que toda essa série de pensamentos necessariamente passaria pela mente do ministro. Ela o levaria, imperativamente, a pôr de parte todos os *esconderijos* comuns. Ele não podia, refleti, ser fraco a ponto de não ver que os mais intrincados e remotos recessos de seu palacete ficariam tão expostos como as antecâmaras mais óbvias aos olhos, às investigações, às verrumas e aos microscópios do comissário. Vi, por fim, que ele seria levado, como coisa natural, à *simplicidade*, senão deliberadamente induzido a isso por uma questão de gosto. Você se lembrará, talvez, de como o comissário riu às escâncaras quando sugeri, em nossa primeira entrevista, que era bem possível que esse mistério o perturbasse tanto por ser *tão* claro.

— Sim — disse eu. — Lembro-me perfeitamente de sua hilaridade. De fato, pensei mesmo que ele ia cair em contorções de riso.

— O mundo material — continuou Dupin — é abundante em analogias muito estreitas com o imaterial; e, assim, certa coloração de verdade foi dada ao dogma retórico de que a metáfora, ou o sorriso, pode servir tão bem para fortalecer um argumento como para embelezar uma descrição. O princípio do *vis inertiae*, por exemplo, parece ser idêntico na física e na metafísica. Não menos verdade é, na primeira, que um corpo grande se põe com mais dificuldade em movimento do que um menor, e que seu *momentum* subsequente está em proporção com essa dificuldade, do que o é, na segunda, que as inteligências de maior capacidade, ainda que mais poderosas, mais constantes e mais cheias de acontecimentos em seus movimentos do que as de grau inferior, são, contudo, as que se movem menos prontamente, com mais embaraço e cheias de hesitação nos primeiros poucos passos de seu progresso. E mais: já observou você quais dos letreiros de rua, nas portas das lojas, mais atraem a atenção?

— Nunca cogitei nisso — disse eu.

— Há um jogo de adivinhação — continuou ele — que se joga sobre um mapa. Um jogador pede a outro para descobrir uma dada palavra, um nome de cidade, rio, estado ou império, qualquer palavra, em suma, sobre a matizada e intrincada superfície do mapa. Um novato no jogo procura em geral embaraçar seus parceiros, dando-lhes os nomes de letras mais miúdas, mas o jogador experiente escolhe palavras de grandes caracteres, que se estendem de uma extremidade a outra do mapa. Estas, como os letreiros e tabuletas de rua com grandes letras, escapam à observação pelo fato de serem demasiado evidentes; e aqui a inadvertência física é precisamente análoga à incompreensão moral por meio da qual o intelecto deixa passar inadvertidas considerações excessivas, por inoportunas e palpavelmente evidentes. Mas esse, ao que parece, é um ponto um tanto acima ou um tanto abaixo da compreensão do comissário. Nem uma vez sequer ele julgou provável ou possível que o ministro tivesse depositado a carta bem debaixo do nariz de todo o mundo, com o fim de melhor impedir que qualquer porção desse mundo a percebesse. Contudo, quanto mais refleti sobre a habilidade atrevida, ousada e inteligente de D.; sobre o fato de que o documento devia estar sempre *à mão*, se ele tencionava utilizá-lo para um devido fim; e sobre a decisiva prova, obtida pelo comissário, de que ele não estava oculto dentro dos limites das buscas comuns daquele funcionário, tanto mais convencido fiquei de que, para ocultar a carta, o ministro tinha apelado para o expediente compreensível e sagaz de não tentar ocultá-la, em absoluto. Cheio dessas ideias, muni-me de um par de óculos verdes e dirigi-me um belo dia, completamente por acaso, ao edifício ministerial. Encontrei D. em casa, bocejando, espreguiçando-se, ocioso como de costume e demonstrando achar-se no mais extremo tédio. Ele é, talvez, a criatura humana mais realmente enérgica que existe, mas somente quando ninguém o vê. Para emparelhar com ele, queixei-me de meus olhos fracos e lamentei a necessidade de usar óculos; e, a coberto disso, investiguei atenta e completamente todo o aposento, enquanto dava mostras de estar atento apenas à conversa de meu interlocutor. Prestei especial atenção a uma grande escrivaninha, junto à qual estava ele sentado e sobre a qual se achavam confundidas várias cartas misturadas e outros papéis, com um ou dois instrumentos musicais e uns poucos livros. Ali, porém, depois de longa e bem decidida pesquisa, nada vi que despertasse particular suspeita. Afinal, meus olhos, circulando o quarto, caíram sobre um ordinário porta-cartões de filigrana e papelão que pendia, oscilando, amarrado por uma suja fita azul, de um pequeno prego de bronze, justamente sob o meio da escarpa da chaminé. Nesse porta-cartões, que tinha três ou quatro compartimentos, viam-se cinco ou seis cartões de visita e uma carta solitária; esta última, bastante manchada e amassada. Estava quase rasgada em duas, pelo meio, como se uma intenção de rasgá-la como coisa sem importância, no primeiro momento, tivesse sido alterada ou adiada, no segundo momento. Ostentava um grande selo negro, levando bem claramente o sinete de D., e estava endereçada, com letra feminina bem miúda, ao próprio D., o ministro. Havia sido atirada descuidadamente e mesmo com desdém, ao que parecia, numa das divisões superiores do porta-cartões. Logo depois que lancei a vista para aquela carta, concluí que deveria ser a tal que eu procurava. Decerto era, segundo todas as aparências, radicalmente diferente daquela de que o comissário nos dera tão minuciosa descrição. Nela, o selo era grande e negro, com o sinete de D.; na outra, era pequeno e vermelho, com as armas ducais da família S. Aqui, o endereço do ministro era em letras miúdas e femininas; lá, o sobrescrito para certo personagem real estava em letras marcadamente abertas e firmes. Só o formato constituía um ponto de relação. Mas justamente o *radicalismo* dessas diferenças, que era excessivo; o sujo; o estado do papel, manchado e amassado, tão em desacordo com os *verdadeiros* hábitos metódicos de D. e tão sugestivo de uma intenção de induzir erradamente o observador a uma ideia da falta de importância do documento; todas essas coisas, juntamente com a posição demasiado ostensiva do documento, bem à vista de qualquer visitante e, dessa forma, exatamente em acordo com as conclusões a que eu tinha previamente chegado; tudo isso, repito, corroborava fortemente a suspeita de quem ali fosse com a intenção de suspeitar. Prolonguei minha visita o mais possível e, enquanto mantinha a mais animada discussão com o ministro, a respeito de um assunto que eu bem sabia jamais deixaria de interessá-lo e excitá-lo, conservava na realidade minha atenção fixa sobre a carta. Nesse meu exame, confiei à memória sua aparência externa e posição no porta-cartões e, por fim, cheguei também a uma descoberta que afastou a mais ligeira dúvida que eu pudesse nutrir. Observando as extremidades do papel, notei que elas estavam mais estragadas do que parecia necessário. Apresentavam o aspecto enxovalhado que se manifesta quando um papel duro, tendo sido uma vez dobrado e repassado por uma espátula, é desdobrado em direção contrária, nas mesmas dobras ou extremidades que haviam formado a dobra primitiva. Essa descoberta foi suficiente. Tornava-se claro para mim que a carta tinha sido revirada como uma luva, de dentro para fora, reendereçada e relacrada. Despedi-me do ministro de imediato, deixando uma tabaqueira de ouro sobre a mesa. No dia seguinte, fui buscar a tabaqueira e, então, retomamos com a mesma avidez a conversa do dia anterior. Enquanto estávamos assim entretidos, ouviu-se uma forte detonação, como de uma pistola, ali bem por baixo das janelas do edifício, seguida de uma série de terríveis gritos e vozerio de uma multidão aterrorizada. D. correu para uma sacada, abriu-a e olhou para fora. Enquanto isso, encaminhei-me para o porta-cartões, tirei a carta, meti-a no bolso e a substituí por um fac-símile (quanto às aparências externas) que eu havia cuidadosamente preparado em meus aposentos, imitando com facilidade o sinete de D. por meio de um selo feito de miolo de pão. A desordem na rua tinha sido ocasionada pela conduta furiosa de um homem armado de um mosquete. Havia-o detonado em meio de uma multidão de mulheres e crianças. Ficou provado, porém, que o fizera sem balas, e deixaram o camarada seguir seu caminho, tendo-o como maluco ou bêbado. Logo que ele se foi, D. voltou da janela, aonde eu o havia seguido logo depois de ter-me apoderado do objeto em vista. Sem demora, tratei de despedir-me. O pretenso maluco havia sido pago por mim.

— Mas qual sua intenção — perguntei — ao substituir a carta por um fac-símile? Não teria sido melhor, logo à primeira visita, ter se apoderado dela de uma vez e partido?

— D. é um homem violento e nervoso — respondeu Dupin. — Além disso, em sua casa não faltam servidores devotados a seus interesses. Se eu tivesse feito a grosseira tentativa que você sugere, talvez jamais tivesse podido sair vivo da presença do ministro. Talvez o bom povo de Paris nunca mais ouvisse falar de mim. Mas tinha eu outro objetivo também, fora dessas considerações. Você conhece minhas simpatias políticas. Nesse assunto, ajo como partidário da senhora em questão. Durante dezoito meses, o ministro a teve em seu poder. Ela agora o tem no seu, uma vez que, não sabendo que a carta não se acha em seu poder, ele continuará com suas extorsões, como se ainda a possuísse. Por isso, será inevitavelmente conduzido de pronto à própria destruição política. Sua queda, ademais, será tão precipitada quanto desastrada. É muito bom falar a respeito do *facilis descensus Averni*; mas em todas as espécies de subida, como diz Catalani sobre o canto, é bem mais fácil subir do que descer. No presente caso, não tenho eu simpatia, ou pelo menos não tenho piedade, por aquele que cai. Ele é aquele *monstrum horrendum*, um homem de gênio sem caráter. Confesso, contudo, que gostaria bastante de conhecer a precisa natureza de seus pensamentos quando, desafiado por aquela a quem o prefeito denomina "certa personagem", se vir reduzido a abrir a carta que lhe deixei no porta-cartões.

— Como? Escreveu você qualquer coisa de especial nela?

— Ora, não pareceria absolutamente direito deixar o interior da carta em branco. Teria sido insultante. Certa vez, em Viena, D. pregou-me uma má peça, de que, disse-lhe eu de ótimo humor, sempre haveria de lembrar-me. Assim, como soubesse que ele sentiria alguma curiosidade a respeito da identidade da pessoa que o havia excedido em astúcia, achei que era uma pena não lhe dar um indício. Ele conhece muito bem minha letra, e simplesmente copiei, no meio da folha branca, as palavras:

"... un dessein si funeste,
s'il n'est digne d'Atrée, est digne de Thyeste."*

— Elas se encontram no *Atreu* de Crébillon.

"The Purloined Letter", 1844

* Um desígnio tão funesto, se não é digno de Atreu, é digno de Tieste. (N. E.)

O GATO PRETO

Para a narrativa muito estranha, embora familiar, que ora começo a escrever, não espero nem peço crédito. Louco, na verdade, seria eu se o esperasse num caso em que meus sentidos rejeitam seu próprio testemunho. Louco, porém, não sou e, com toda a certeza, não estou sonhando. Mas como amanhã morrerei, quero hoje aliviar minha alma. Meu imediato propósito é o de apresentar ao mundo, de forma simples, sucinta e sem comentários, uma série de meros acontecimentos domésticos. Por suas consequências, esses acontecimentos me aterrorizaram, me torturaram e me destruíram. Todavia, não tentarei explicá-los. A mim, outra coisa não representaram senão o horror. Para muitos, parecerão menos terríveis do que *barrocos*. No futuro, talvez se possa encontrar algum intelecto que reduza meu fantasma a um lugar-comum; um intelecto mais calmo, mais lógico e bem menos excitável do que o meu, e que perceberá, nas circunstâncias que pormenorizo com terror, tão somente uma sucessão ordinária de causas e efeitos muito naturais.

Desde a infância, fiz-me notar pela docilidade e humanidade de meu caráter. Minha ternura de coração era mesmo tão notável que fazia de mim motivo de troça de meus companheiros. Gostava de modo especial dos animais, e meus pais permitiam-me possuir grande variedade de bichos de estimação. Com eles, gastava a maior parte de meu tempo e nunca me sentia tão feliz como quando lhes dava comida e os acariciava. Essa peculiaridade de caráter aumentou à medida que eu crescia e, na idade adulta, dela extraía uma de minhas principais fontes de prazer. Àqueles que nutriram afeição por um cão fiel e sagaz, não preciso explicar a natureza ou a intensidade da recompensa daí derivável. Há qualquer coisa no amor abnegado e sem egoísmo de um animal que vai diretamente ao coração de quem tem tido frequentes ocasiões de pôr à prova a amizade mesquinha e a fidelidade frágil do simples *Homem*.

Casei-me cedo e tive a felicidade de encontrar em minha mulher um caráter não oposto ao meu. Observando minha predileção pelos animais domésticos, não perdia ela oportunidade de adquirir os das espécies mais agradáveis. Tínhamos pássaros, peixes dourados, um lindo cachorro, coelhos, um macaquinho e *um gato*.

Este último era um belo animal, notavelmente grande, todo preto e de uma sagacidade espantosa. Ao falar da inteligência dele, minha mulher, que no íntimo não era nem um pouco supersticiosa, fazia frequentes alusões à antiga crença popular que considerava todos os gatos pretos feiticeiras disfarçadas. Não que ela jamais tivesse falado *a sério* a respeito disso; menciono o fato tão somente porque me veio à lembrança neste momento.

Plutão — tal era o nome do gato — era meu bicho preferido e meu companheiro. Só eu lhe dava de comer, e ele me seguia a qualquer parte da casa para onde quer que eu fosse. Era mesmo com dificuldade que conseguia impedi-lo de acompanhar-me pelas ruas.

Nossa amizade durou, dessa maneira, muitos anos, durante os quais meu temperamento geral e meu caráter — graças à Diabólica Intemperança — experimentaram (me envergonho de confessá-lo) radical alteração para pior. Tornava-me dia a dia mais caprichoso, mais irritável, mais indiferente aos sentimentos alheios. Permitia-me mesmo usar de uma linguagem brutal para com minha mulher. Por fim, cheguei até a usar de violência corporal contra ela. Meus bichos, sem dúvida, acabaram também por ressentir essa mudança de meu caráter. Não apenas os negligenciava, como os maltratava. Quanto a Plutão, porém, tinha para com ele ainda suficiente consideração, o que me impedia de maltratá-lo, ao passo que não tinha escrúpulos em maltratar os coelhos, o macaco ou mesmo o cachorro, quando, por acaso ou por afeto, se atravessavam em meu caminho. Meu mal, contudo, aumentava — pois que outro mal se pode comparar ao álcool! — e, por fim, até mesmo Plutão, que já estava ficando velho e, em consequência, um tanto impertinente, até mesmo Plutão começou a experimentar os efeitos desse meu mau temperamento.

Certa noite, de volta à casa, embriagado, de uma das tascas dos subúrbios, imaginei que o gato evitava minha presença. Agarrei-o, mas, amedrontado com minha violência, causou-me na mão um leve machucado com os dentes. Uma fúria demoníaca apoderou-se instantaneamente de mim. Não mais me reconhecia. Parecia que minha alma original me havia de repente abandonado o corpo, e uma malevolência mais do que satânica, saturada de álcool, fazia vibrar todas as fibras do meu corpo. Tirei do bolso do sobretudo um canivete, abri-o, agarrei o pobre animal pela garganta e, deliberadamente, arranquei-lhe um dos olhos da órbita! Enrubesço, abraso-me, estremeço ao narrar a condenável atrocidade.

Quando, na manhã seguinte, me voltou a razão, quando, com o sono desfiz os vapores da noite de orgia, experimentei uma sensação tanto de horror quanto de remorso pelo crime de que me tornara culpado. Mas era, quando muito, uma sensação fraca e equívoca, e a alma permanecia intacta. De novo mergulhei em excessos e logo afoguei no vinho toda a lembrança do meu feito.

Enquanto isso, o gato pouco a pouco foi sarando. A órbita do olho arrancado tinha, é verdade, uma aparência horrível, mas ele parecia não sofrer mais nenhuma dor. Andava pela casa como de costume, mas, como era de esperar, fugia com terror extremo à minha aproximação. Restava-me ainda bastante de meu velho coração para que me magoasse, a princípio, aquela evidente aversão por parte de uma criatura que me tinha amado tanto outrora. Mas esse sentimento em breve cedeu lugar à irritação. E então apareceu, como se para minha queda final e irrevogável, o espírito de PERVERSIDADE. Desse espírito não cuida a filosofia. E, contudo, não tenho tanta certeza da existência de minha alma quanto tenho de ser a perversidade um dos impulsos primitivos do coração humano, uma das indizíveis faculdades ou sentimentos primários que dão direção ao caráter do Homem. Quem já não se viu, centenas de vezes, a cometer um ato vil ou estúpido por nenhuma outra razão que não a de saber que não devia cometê-lo? Não temos nós uma perpétua inclinação, oposta ao nosso melhor bom senso, para violar o que é a *Lei*, simplesmente pelo fato de entendermos ser ela a lei? Esse espírito de perversidade, digo, veio causar minha derrocada final. Foi esse anelo insondável da alma, *de torturar-se a si mesma*, de violentar sua própria natureza, de praticar o mal pelo mal, que me levou a continuar e, por fim, a consumar a injúria que já havia infligido ao inofensivo animal. Certa manhã, a sangue frio, enrolei um laço à volta de seu pescoço e enforquei-o no ramo de uma árvore; enforquei-o com lágrimas jorrando-me dos olhos e com o mais amargo dos remorsos no coração. Enforquei-o *porque* sabia que ele me tinha amado e *porque* sentia que ele não me tinha dado razão para ofendê-lo. Enforquei-o *porque* sabia que, assim fazendo, estava cometendo um pecado, um pecado mortal, que iria pôr em perigo minha alma imortal, colocando-a mesmo — se tal coisa fosse possível — fora do alcance da infinita misericórdia do Mais Misericordioso e Mais Terrível Deus.

Na noite do dia em que levei a cabo essa cruel façanha, fui despertado do sono por gritos de "fogo"! As cortinas de meu leito estavam em chamas. A casa inteira ardia. Foi com grande dificuldade que minha mulher, uma criada e eu mesmo conseguimos escapar ao incêndio. A destruição foi completa. Toda a minha fortuna terrena foi tragada, e entreguei-me, daí por diante, ao desespero. Sei-me superior à fraqueza de buscar estabelecer uma sequência de causa e efeito entre o desastre e a atrocidade, mas como estou relatando um encadeamento de fatos, não desejo que nenhum possível elo seja negligenciado. Visitei as ruínas no dia seguinte ao incêndio. Todas as paredes, com exceção de uma, tinham desabado. A exceção era a parede de um compartimento, não muito grossa, situada mais ou menos no meio da casa e contra a qual permanecera a cabeceira do meu leito. Ali, o estuque havia, em grande parte, resistido à ação do fogo, fato que atribuí a ter sido ele recentemente assentado. Ao redor dessa parede reuniu-se densa multidão, e muitas pessoas pareciam examinar certa porção especial dela com uma atenção muito ávida e minuciosa. As palavras "estranho!", "singular!" e outras expressões semelhantes excitaram minha curiosidade. Aproximei-me e vi, como se gravada em baixo-relevo sobre a superfície branca, a figura de um *gato* gigantesco. Tal impressão exibia nitidez verdadeiramente maravilhosa. Havia uma corda em redor do pescoço do animal.

Quando, pela primeira vez, contemplei a aparição — pois não podia considerá-la senão isso —, meu espanto e meu terror foram extremos. Mas, afinal, a reflexão veio em meu auxílio. O gato, lembrava-me, tinha sido enforcado num jardim junto da casa. Ao alarme de fogo, esse jardim se enchera imediatamente de povo, e alguém devia ter cortado a corda que prendia o animal à árvore e o lançara, por uma janela aberta, para dentro de meu quarto. Isso fora provavelmente feito com o propósito de despertar-me. A queda de outras paredes tinha comprimido a vítima de minha crueldade contra a massa do estuque recentemente colocada, cuja cal, com as chamas e o amoníaco do cadáver, traçara, então, a imagem tal como a vi.

Embora assim eu procurasse explicar de pronto à minha razão, se não de todo à minha consciência, o surpreendente fato que acabo de narrar, nem por isso deixou ele de causar profunda impressão em minha imaginação. Por meses, não pude livrar-me do fantasma do gato e, durante esse período, voltava-me ao espírito um quase sentimento que parecia remorso, mas não o era. Cheguei a ponto de lamentar a perda do animal e de procurar, entre as tascas ordinárias que eu então habitualmente frequentava, outro bicho da mesma espécie e de aparência algo semelhante, para preencher-lhe a vaga.

Certa noite, meio embrutecido, sentado num antro mais que infame, minha atenção foi de súbito atraída para um objeto preto em repouso sobre um dos imensos barris de genebra ou de rum que constituíam a principal mobília da sala. Estivera a olhar fixamente para o topo daquele barril durante alguns minutos, e o que agora me causava surpresa era o fato de não haver percebido mais cedo o tal objeto sobre ele. Aproximei-me e toquei-o com a mão. Era um gato preto, um gato bem grande, tão grande como Plutão, e muito parecido com ele em todos os aspectos, menos um. Plutão não tinha pelos brancos em parte alguma do corpo, mas aquele gato tinha uma extensa, embora imprecisa, mancha branca cobrindo-lhe quase toda a região do peito. Logo que o toquei, ele imediatamente se levantou, ronronou alto, esfregou-se contra minha mão e pareceu deliciado com minhas atenções. Era, pois, aquela a criatura mesma que eu procurava. Sem perda de tempo, propus-me a comprá-lo ao taverneiro, mas ele me disse que o animal não lhe pertencia, que nada sabia a seu respeito e que nunca o vira antes.

Continuei minhas carícias e, quando me preparei para voltar para casa, o animal deu mostras de querer acompanhar-me. Deixei que assim o fizesse, curvando-me às vezes e dando-lhe palmadinhas enquanto caminhava. Ao chegar à casa, ele imediatamente se familiarizou com ela e se tornou desde logo grande favorito de minha mulher.

De minha parte, depressa comecei a perceber em mim antipatia contra ele. Isso era precisamente o oposto do que eu tinha previsto, mas — não sei como ou por que assim era — sua evidente amizade por mim bastante me desgostava e aborrecia. Pouco a pouco, esses sentimentos de desgosto e aborrecimento elevaram-se à amargura do ódio. Evitava o animal; certa sensação de vergonha e a lembrança de minha antiga e cruel façanha impediam-me de maltratá-lo fisicamente. Durante algumas semanas, não o surrei nem usei de violência contra ele, mas gradualmente, bem gradualmente, passei a olhá-lo com indizível aversão e a esquivar-me em silêncio a sua odiosa presença, como a um sopro de pestilência.

O que sem dúvida aumentou meu ódio pelo animal foi a descoberta, na manhã seguinte àquela em que o trouxera para casa, de que, como Plutão, também ele fora privado de um de seus olhos. Essa circunstância, porém, só o recomendava ao carinho de minha mulher, pois ela, como já disse, possuía em alto grau aquela humanidade de sentimentos que fora um dia meu traço distintivo e a fonte de muitos dos meus mais simples e puros prazeres.

Minha aversão pelo gato, porém, parecia fazer aumentar a predileção dele por mim. Acompanhava meus passos com tal pertinácia que seria difícil fazer o leitor compreender. Em qualquer parte onde me sentasse, ele se enroscava sob minha cadeira ou pulava sobre meus joelhos, cobrindo-me com suas carícias repugnantes. Se me erguia para andar, ele se metia entre meus pés, quase me derrubando, ou cravava suas longas e agudas garras em minhas roupas, subindo dessa maneira até meu peito. Nessas ocasiões, embora ansiasse por destruí-lo com uma pancada, era impedido de fazê-lo, em parte pela recordação de meu crime anterior, mas sobretudo, permitam-me confessá-lo sem demora, por absoluto *pavor* do animal.

Esse pavor não era exatamente um pavor de mal físico e, contudo, não saberia como defini-lo de outra forma. Tenho quase vergonha de confessar — sim, mesmo nesta cela de criminoso —, tenho quase vergonha de confessar que o terror e o horror que o animal me inspirava tinham sido aumentados por uma das mais simples quimeras que seria possível conceber. Minha mulher chamara-me mais de uma vez a atenção para a natureza da mancha de pelo branco de que falei, e que constituía a única diferença visível entre o animal estranho e o que eu havia matado. O leitor lembrará que essa mancha, embora extensa, era a princípio bem imprecisa, mas, por leves gradações — gradações quase imperceptíveis e que, durante muito tempo, a razão forcejou por rejeitar como imaginárias —, tinha afinal ganhado uma rigorosa precisão de contorno. Era agora a reprodução de um objeto que tremo em nomear — e por isso, acima de tudo, eu detestava e temia o monstro e, tivesse tido *a coragem para tanto*, ter-me-ia livrado dele —, era agora, digo, a imagem de uma coisa horrenda, de uma coisa apavorante, de uma FORCA! Oh, lutuosa e terrível máquina de Horror e de Crime, de Agonia e Morte!

Agora, eu estava em verdade desgraçado, mais desgraçado que a própria desgraça humana. E um *bronco animal*, cujo companheiro eu havia destruído com desprezo, um *bronco animal* preparava para *mim* — para mim, homem formado à imagem do Deus Altíssimo — tanta angústia intolerável! Ai de mim! Nem de dia nem de noite, daí por diante, pude gozar das bênçãos do repouso. Durante o dia, o bicho não me largava um só momento. De noite, eu despertava a cada instante de sonhos de indizível pavor, para sentir o quente hálito *daquela coisa* no meu rosto, bem como seu enorme peso, encarnação de pesadelo que eu não tinha forças para repelir, oprimindo-me eternamente o coração!

Sob a pressão de tormentos tais como esses, os fracos restos de bondade que havia em mim sucumbiram. Pensamentos malignos tornaram-se meus únicos companheiros, os mais negros e maléficos, chegando ao ódio de todas as coisas e de toda a humanidade, ao passo que minha resignada esposa era a mais constante e mais paciente vítima das súbitas, frequentes e ingovernáveis explosões de uma fúria a que então me abandonava cegamente.

Certo dia, ela me acompanhou, para alguma tarefa doméstica, até a adega do velho prédio que nossa pobreza nos compelira a habitar. O gato seguiu-me pelos degraus abaixo e, quase me lançando ao chão, exasperou-me até a loucura. Erguendo um machado e esquecendo-me, em minha cólera, do medo pueril que tinha até ali segurado minha mão, descarreguei um golpe no animal que teria sem dúvida sido fatal, caso eu o houvesse assestado como desejava. Mas esse golpe foi detido pela mão de minha mulher. Levado por essa intervenção a uma raiva mais do que demoníaca, livrei meu braço do seu aperto e enterrei o machado em seu crânio. Ela caiu morta instantaneamente, sem um gemido.

Executado tão horrendo crime, entreguei-me em seguida e com inteira dedicação à tarefa de ocultar o corpo. Sabia não ser possível removê-lo da casa, nem de dia nem de noite, sem correr o risco de ser observado pelos vizinhos. Muitos planos me atravessaram a mente. Em dado momento, pensei em cortar o cadáver em pedaços miúdos e queimá-los. Em outro, resolvi cavar uma cova para ele no chão da adega. Depois, deliberei lançá-lo no poço do pátio; imaginei metê-lo numa caixa, como se fosse mercadoria, com os cuidados usuais, e mandar um carregador retirá-lo da casa. Finalmente, cheguei ao que considerei um expediente bem melhor que qualquer desses. Decidi emparedá-lo na adega, como se diz que os monges da Idade Média emparedavam suas vítimas.

Para tal propósito estava a adega bem adaptada. Suas paredes eram de construção descuidada e tinham sido ultimamente rebocadas por completo com uma massa grosseira, cujo endurecimento a umidade da atmosfera impedira. Além disso, em uma das paredes havia uma saliência originada por uma falsa chaminé ou lareira que fora tapada de modo a parecer-se com o resto da adega. Não tive dúvidas de que poderia de pronto retirar os tijolos naquele ponto, introduzir o cadáver e emparedar tudo como antes, de modo que olhar algum pudesse descobrir qualquer coisa suspeita.

E não me enganei nesse cálculo. Por meio de um gancho, desalojei facilmente os tijolos e, tendo cuidadosamente depositado o corpo contra a parede interna, sustentei-o nessa posição, enquanto com pequeno trabalho reconstruí a estrutura inteira como estava antes. Tendo conseguido argamassa, areia e fibra, com todas as precauções possíveis preparei um estuque que não podia ser distinguido do antigo e, com ele, recobri com cuidado o novo entijolamento. Quando terminei, senti-me satisfeito por estar tudo em ordem. A parede não apresentava a menor aparência de ter sido modificada. O entulho do chão foi varrido com a mais minuciosa cautela. Triunfante, olhei em torno e disse a mim mesmo: “Aqui, pelo menos, meu trabalho não foi em vão!”.

Tratei, em seguida, de procurar o animal que fora causa de tamanha desgraça, pois, afinal, resolvera decididamente matá-lo. Se tivesse podido encontrá-lo naquele instante, não poderia haver dúvida a respeito de sua sorte. Mas parecia que o manhoso animal ficara alarmado com a violência de minha cólera anterior e evitava aparecer, dada a minha raiva atual. É impossível descrever ou imaginar a profunda, a abençoada sensação de alívio que a ausência da detestada criatura causava no meu íntimo. Não me apareceu durante a noite. E, assim, por uma noite pelo menos, desde que ele havia entrado na casa, dormi profunda e tranquilamente. Sim, *dormi*, mesmo com o peso de uma morte na alma.

O segundo e o terceiro dia se passaram e, no entanto, meu carrasco não apareceu. Mais uma vez respirei como um homem livre. Aterrorizado, o monstro abandonara a casa para sempre! Não mais o veria! Minha felicidade era total! Muito pouco me perturbava a culpa por minha negra ação. Alguns interrogatórios foram feitos, e prontamente respondidos. Dera-se mesmo uma busca, mas, é claro, nada seria encontrado. Considerava assegurada minha futura felicidade.

No quarto dia depois do assassinato, chegou à casa, bastante inesperadamente, um grupo de policiais que procedeu de novo a rigorosa investigação do recinto. Seguro, porém, da impenetrabilidade de meu esconderijo, não senti a menor perturbação. Nenhum escaninho ou recanto deixaram inexplorado. Por fim, pela terceira ou quarta vez, desceram à adega. Nenhum músculo meu estremeceu. Meu coração batia calmamente, como o de quem dorme o sono da inocência. Caminhava pela adega de ponta a ponta; cruzei os braços no peito e passeava tranquilo para lá e para cá. Os policiais ficaram inteiramente satisfeitos e aprontaram-se para partir. O júbilo de meu coração era demasiado forte para ser contido. Ardia por dizer pelo menos uma palavra, a modo de triunfo, e para tornar indubitavelmente segura a certeza neles de minha inculpabilidade.

— Senhores — disse, por fim, quando o grupo subia a escada. — Sinto-me encantado por ter desfeito suas suspeitas; desejo a todos saúde e um pouco mais de cortesia. A propósito, cavalheiros, esta é uma casa muito bem construída — no meu violento desejo de dizer alguma coisa com desembaraço, eu mal sabia o que dizia —, posso afirmar que é uma casa *excelentemente* bem construída. Estas paredes (já vão indo, senhores?), estas paredes foram solidamente edificadas.

E aí, por simples frenesi de bravata, bati pesadamente, com uma bengala que tinha na mão, justamente naquela parte do entijolamento por trás da qual estava o cadáver da mulher do meu coração. Mas possa Deus proteger-me e livrar-me das garras do Demônio! Apenas mergulhou no silêncio a repercussão de minhas pancadas, e logo me respondeu uma voz de dentro do túmulo, um gemido a princípio velado e entrecortado, como o soluçar de uma criança, que depois rapidamente se avolumou num grito prolongado, alto e contínuo, extremamente anormal e inumano, um urro, um guincho lamentoso, meio de horror e meio de triunfo, como só do inferno se poderia erguer, a um só tempo, das gargantas dos danados em sua agonia e dos demônios exultantes na danação.

Loucura seria falar de meus próprios pensamentos. Desfalecendo, recuei até a parede oposta. Durante um minuto o grupo que se achava na escada ficou imóvel, no paroxismo do medo e do pavor. Logo depois, uma dúzia de braços robustos se atarefava em desmanchar a parede, que caiu inteiriça. O cadáver, já grandemente decomposto e manchado de coágulos de sangue, erguia-se ereto aos olhos dos espectadores. Sobre sua cabeça, com a boca vermelha escancarada e o ígneo olho solitário, estava assentado o horrendo animal, cuja astúcia me induzira ao crime e cuja voz delatora me havia apontado ao carrasco. Eu havia emparedado o monstro no túmulo!

"The Black Cat", 1843

O SISTEMA DO DOUTOR ALCATRÃO E DO PROFESSOR PENA

COMO ESTIVESSE, no outono de 18..., a viajar nas províncias do extremo sul da França, levou-me a estrada que eu seguia a alguns quilômetros de certa casa de saúde de que em Paris muito ouvira falar por médicos de minha amizade. Como também jamais até então houvesse visitado estabelecimento algum desse gênero, entendi que a ocasião era excelente demais para que a deixasse escapar e, assim, propus a um companheiro de viagem (cavalheiro a quem por acaso conhecera alguns dias antes) que nos desviássemos da diretriz traçada durante uma hora, ou pouco mais, para examinarmos aquele manicômio. Mas ele recusou a proposta; estava muito apressado, alegou-me, e, depois, objetou ainda, a vista dos alienados era coisa que lhe inspirava verdadeiro horror. Pediu-me, contudo, que não sacrificasse as satisfações de minha curiosidade a uma intenção de cortesia para com um companheiro ocasional de jornada. Continuaria o caminho, mas tão devagar que eu poderia naquele mesmo dia apanhá-lo de novo, se não no dia seguinte. Quando nos despedimos, acudiu-me uma dúvida ao espírito: não me seria um tanto difícil entrar no tal instituto? E assim lhe exprimi meus receios. Respondeu-me que, com efeito, poderia eu encontrar dificuldades, a menos que conhecesse pessoalmente o diretor, certo dr. Maillard, porque o regimento das casas de alienados como aquela era, em geral, muito mais severo do que o dos hospícios públicos. Quanto a ele, acrescentou, travara havia alguns meses relações com o dr. Maillard. Assim sendo, podia pelo menos prestar-me o serviço de me acompanhar até o portão do manicômio, para me apresentar. Mas só isso, pois sua aversão aos espetáculos da demência lhe vedava a entrada na casa.

Agradeci e, desviando-me da estrada real, entramos num

atalho gramado que, no fim de meia hora, se perdia em espesso bosque, recobrindo a base de uma montanha. Havíamos feito mais de três quilômetros através dessa mataria úmida e sombria quando avistamos a casa de saúde. Era um castelo de arquitetura excêntrica, muito estragado, que, a julgar pelo aspecto de vetustez e deterioração, mal poderia ter condições de habitabilidade. Senti-me realmente assustado com sua feição e, detendo o cavalo, quase tive ímpetos de voltar por onde viera. Envergonhei-me, porém, de tal fraqueza e continuei.

A caminho do portão, percebi que ele estava entreaberto e avistei um vulto de homem que nos espiava pela fresta. Logo depois, adiantava-se esse sujeito, interpelando meu companheiro e pedindo-lhe que apeasse. Era o próprio sr. Maillard, verdadeiro cavalheiro dos tempos d'antanho, boa presença, nobre aspecto, maneiras finíssimas, além de um certo ar de gravidade, dignidade e prestígio, desses que causam a mais viva impressão.

Meu amigo me apresentou, explicando-lhe o quanto eu desejava visitar o estabelecimento, e o sr. Maillard lhe prometeu satisfazer-me do melhor modo. Assim, ele se despediu e, desde então, jamais tornamos a nos avistar.

Pediu-me o diretor que entrasse em pequeno parlatório excessivamente bem cuidado e onde percebi, dentre outros índices de apurado gosto, muitos livros, desenhos, vasos com flores e instrumentos musicais. Ardia alegremente na chaminé um belo fogo. Ao piano, cantando uma ária de Bellini, estava sentada uma moça muito bonita, que interrompeu a música ao chegarmos e me acolheu com a mais graciosa cortesia. Falava baixo e havia em seus modos qualquer coisa de esquisito. Pareceu-me perceber em sua expressão fisionômica sinais de pesar; havia, contudo, em sua palidez excessiva qualquer coisa que não deixava de ter certo encanto. Vestia luto pesado e como que me incutiu um sentimento misto de respeito, interesse e admiração.

Ouvira eu em Paris que o instituto do sr. Maillard se guiava pelo que vulgarmente é chamado de "sistema de brandura", nele se evitando o emprego de qualquer castigo; mesmo a reclusão era empregada apenas como medida excepcional. Os enfermos, secretamente vigiados, gozavam aparentemente de grande liberdade, podendo, na maioria dos casos, circular pela casa e pelos jardins, vestidos exatamente como as pessoas que gozam de boa saúde mental.

Como todas essas coisas me impressionassem, eu prestava muita atenção a tudo quanto falava em presença da moça, pois nada me assegurava de que ela estivesse em seu perfeito juízo, e havia, com efeito, em seu olhar, certo brilho estranho que quase me induzia a crer que ela não tinha uma mente sã. Restringi, pois, minhas observações a generalidades ou a assuntos que julguei incapazes de desagradar uma louca ou mesmo de a excitar. A tudo quanto falei, respondeu-me de modo perfeitamente sensato, e suas observações mostravam até sólido bom senso. Meus longos estudos sobre a psicologia da demência haviam me ensinado, porém, a não me fiar em semelhantes provas de saúde mental. Assim, continuei durante toda a entrevista a usar da prudência com que a encetara.

Nesse momento, apareceu elegantíssimo criado envergando vistosa libré. Trazia uma bandeja de frutas, vinhos e refrescos, de que me servi com gosto, e a senhora logo deixou o parlatório. Quando partiu, voltei os olhos para meu anfitrião, interrogativamente.

— Não! — respondeu-me. — Oh, não, é pessoa de minha família, minha sobrinha, mulher cheia de perfeições.

— Peço-lhe mil perdões da suspeita — redargui-lhe —, mas o senhor mesmo há de me relevar a confusão feita. A excelente administração de sua casa é bem conhecida em Paris, e pensei que podia suceder... apesar de tudo... o senhor me entende...

— Oh, sim! Não se incomode. Ou, antes, é a mim que caberia agradecer-lhe a louvabilíssima prudência agora demonstrada. Entre jovens, é raro verificarmos previdência dessa ordem e, mais de uma vez, já vimos ocorrer deploráveis incidentes devidos à leviandade de nossos visitantes. Nos primeiros tempos da aplicação do meu sistema, quando meus doentes tinham o direito de passear onde e quando quisessem, eram eles com frequência vítimas de perigosas crises, graças à irreflexão de pessoas convidadas a visitar este instituto. Assim, vi-me forçado a impor um sistema de rigoroso exclusivismo, fazendo com que aqui só pudessem entrar pessoas cuja discrição fosse inatacável.

— Como? Nos *primeiros tempos* da aplicação de seu sistema? — disse eu, a repetir-lhe as palavras. — Refere-se isto ao fato de que seu "sistema de brandura", que tanto ouvi gabar, cessou de ser aplicado neste instituto?

— Já há algumas semanas — respondeu meu interlocutor — decidimos abandoná-lo de vez.

— É mesmo? O senhor me espanta!

— Julgamos absolutamente indispensável — disse-me ele suspirando — voltar aos velhos processos psiquiátricos. O sistema de brandura era um *perigo* constante, iminente e terrível, e suas vantagens foram demais encarecidas. Duvido, senhor, que jamais se haja feito tentativa mais justa do que a que nesta casa se realizou. Tudo quanto razoavelmente podia sugerir o sentimento de humanidade, nós o pusemos em prática. Sinto muito que o senhor não nos haja visitado em época mais afastada. Poderia julgar o caso por si próprio. Suponho, aliás, que tenha ciência perfeita do tratamento pela brandura, em todos os seus pormenores?

— Nem tanto assim. O que dele sei é de terceira ou quarta mão.

— Vou, pois, definir o sistema em seus termos gerais: baseava-se na *anuência*. Não contrariávamos nenhuma das fantasias que passavam pelo cérebro do doente. Pelo contrário, nós não só as toleravamos, como até mesmo as encorajávamos, e assim pudemos operar grande número de curas radicais. Não há raciocínio que afete tanto a razão enfraquecida de um louco quanto a *redução* ao absurdo. Tivemos, por exemplo, homens que se julgavam frangos. O tratamento consistia, então, em reconhecer, em aceitar o caso como fato positivo — acusar o enfermo de estupidez não constitui exatamente um reconhecimento do fato — e, a partir daí, recusar-lhe durante uma semana inteira qualquer alimentação diversa da dos frangos. Graças a esse método, bastavam-nos uns punhados de milho e cascalho para operarmos milagres.

— E essa espécie de aquiescência era tudo?

— Não, tudo, não! Tínhamos também grande fé nas distrações de natureza simples, como a música, a dança, os exercícios físicos em geral, as cartas, certas categorias de livros etc. Fingíamos tratar cada indivíduo de uma doença física normal, e jamais pronunciávamos a palavra demência. Ponto de grande importância era dar a cada louco a incumbência de superintender as ações dos demais dementes. Fingir confiar na inteligência ou na discrição de um louco é dominar-lhe corpo e alma. Era assim que podíamos dispensar um corpo de guardas assaz dispendioso.

— E não se empregava aqui punição de espécie alguma?

— De espécie alguma.

— Nunca se encarceravam os doentes?

— Muito raramente. De tempos em tempos, sucedendo que a moléstia de algum deles se agravasse até atingir uma crise, ou virando de repente em loucura furiosa, nós o transportávamos para uma célula secreta, de modo que a desordem de suas faculdades não influísse sobre os demais doentes. Assim, nós o sequestrávamos até que pudéssemos devolvê-lo aos parentes ou aos amigos, porque nada queremos com loucos furiosos. Em geral, eram transferidos para manicômios públicos.

— E agora que tudo isto foi mudado, o senhor pensa ter procedido do modo mais acertado?

— Oh, certamente. Tinha o sistema inconvenientes e até perigos. Atualmente, e graças a Deus, está condenado em todas as casas de saúde da França.

— Pois eu estou muito surpreso do que o senhor me conta, porque considerava como certo que não existia melhor método para o tratamento da loucura em toda a extensão do nosso país.

— O senhor ainda é moço, meu amigo! — replicou meu anfitrião. — Tempo virá, porém, em que poderá o senhor julgar por si mesmo o que vai pelo mundo afora, sem se fiar nos falatórios do povo. Não creia em nada do que lhe contarem, nem creia senão na metade do que puder ver. Relativamente às nossas casas de saúde, é certo que algum ignorante zombou de sua boa-fé. Depois do jantar, quando o senhor estiver suficientemente descansado da fadiga da viagem, terei o maior prazer em levá-lo a percorrer nosso instituto. Assim, poderá apreciar um sistema que, a meu ver, e no de todas as pessoas que já lhe viram os resultados, é, de todos que até hoje se idearam, o mais eficaz.

— Então é sistema seu? — perguntei. — Sistema que o senhor mesmo imaginou?

— Com orgulho — respondeu ele —, confesso que é mesmo meu, pelo menos até certo ponto.

Durante uma hora ou duas, conversei com o dr. Maillard, que nesse lapso de tempo me fez ver os jardins e culturas de seu estabelecimento.

— Não posso — disse-me ele — mostrar-lhe os meus doentes de imediato. Para um espírito sensível, há sempre qualquer coisa de mais ou menos repugnante nessas espécies de exibições, e não desejo privá-lo do apetite para o jantar. Porque vamos jantar juntos: quero oferecer-lhe vitela *à la St. Meneboult* e couve-flor com *sauce veloutée*; depois, um bom copo de *Clos de Vougeôt*. Aí ficarão seus nervos assaz fortalecidos.

Às seis horas vieram anunciar o jantar, e meu anfitrião me fez entrar numa vasta sala onde se reuniam numerosos convivas, ao todo umas vinte e cinco ou trinta pessoas. Aparentemente, era gente de fino trato e por certo de educação elevada, embora os trajes, pelo que me pareceu, revelassem extravagante riqueza e mesmo um pouco do apuro faustoso da velha corte francesa. Observei que as senhoras se achavam em maioria. Eram dois terços do número dos convidados, e notei ainda que algumas delas não estavam de todo vestidas daquele modo que as parisienses consideram ser do bom gosto da moda. Por exemplo, vi várias delas, decerto com seus setenta anos de idade, adornadas com incrível profusão de joias: anéis, pulseiras e brincos, mostrando seios e braços escandalosamente nus. Reparei que muito poucos desses vestidos assentavam bem; antes, adaptavam-se mal em sua maioria aos corpos daquelas que os envergavam. Descobri também, na assistência, a interessante mocinha a quem no pequeno parlatório o dr. Maillard me apresentara, mas tive enorme surpresa ao vê-la mal-amanhada num vasto vestido de abas, com sapatos de salto alto e um boné seboso de renda de Bruxelas, demasiado grande para sua cabeça, tanto que imprimia ao rosto ridícula impressão de pequenez. À primeira vez em que a avistara, estava de luto pesado, como contei, e esse vestuário lhe assentava maravilhosamente bem. Havia, em suma, tal extravagância na roupa de toda aquela gente que ao pensamento me voltou a ideia primitiva do "sistema de brandura", fazendo-me pensar que o sr. Maillard queria até o fim do jantar manter-me as ilusões, receoso de que me causasse desagradável sensação durante a refeição perceber que estava à mesa em companhia de lunáticos. Lembrei-me também de que em Paris me haviam falado dos provincianos meridionais como gente singularmente excêntrica e encasquetada de ideias velhas. Conversando, porém, com alguns dos convivas, senti logo que minhas apreensões se dissipavam por completo.

Embora não de todo desprovido de conforto e largueza, não tinha o salão de jantar todas as elegâncias desejáveis. Assim, faltava-lhe o tapete ao assoalho, coisa que aliás em França sucede com frequência. E também cortinas às janelas; os postigos, quando fechados, tinham sólidas trancas de ferro fixadas transversalmente, segundo o sistema das portas das lojas. Observei que a sala por si formava uma das alas do castelo, e que as janelas ocupavam, assim, três dos lados do paralelogramo, achando-se a porta no quarto. Não havia, ao todo, menos de dez janelas.

A mesa estava esplendidamente servida, coberta de baixela de prata e sobrecarregada de mil e uma gulodices, em profusão absolutamente bárbara. Jamais me avistara com tão monstruoso desperdício de todas as boas coisas da vida! Na distribuição do serviço é que havia bem pouco gosto. E meus olhos, acostumados às suavidades de luz, sentiram-se cruelmente ofendidos pelo brilho prodigioso de uma multidão de velas em candelabros de prata, colocados sobre a mesa e disseminados por toda a sala, onde houvesse lugar. Quem servia eram diversos criados muito ativos. Sobre uma grande mesa, no fundo da sala, estavam sentados sete ou oito pessoas com rabecas, flautas, trombones e um tambor. Esses tipos, de tempos em tempos durante o banquete, me cansaram muito com seus ruídos de variedade infinita, pretendendo-se música, o que, aliás, parecia causar vivo prazer aos ouvintes — menos a mim!

Em suma, não me era possível deixar de pensar que havia *esquisitices*, muitas esquisitices, naquilo que estava vendo. Mas, vamos e venhamos, o mundo comporta gente de toda laia, cuja mentalidade é a mais diversa, guiando-se por uma série de hábitos absolutamente convencionais. Ademais, eu já viajara muito para que não pusesse em prática o princípio do *nihil admirari*. Assim sendo, tranquilamente sentado à direita de meu anfitrião, e incitado por valente apetite, fiz honra àquela esplêndida papança.

Travava-se conversa geral e animada. As damas, segundo seu hábito, falavam a valer. Percebi logo que quase toda a assistência se compunha de gente bem educada, e que meu anfitrião, por si só, era um repertório vivo de anedotas alegres. Parecia muito orgulhoso quando falava de sua posição de diretor de uma casa de saúde. Com grande surpresa, notei que a conversa descambava para o terreno da discussão sobre a demência, sendo a alienação o tema preferido de todos os convivas.

— Tínhamos outrora aqui certo sujeito — contou um senhor gorduchinho, sentado à minha direita — que se julgava um bule. E, seja dito entre parênteses, não é de fato notável que essa mania especial se revele frequente na cabeça dos loucos? Não há em França um só hospício talvez em que não exista algum bule humano. O nosso era de fabricação britânica, e um de seus cuidados pela manhã era de se arear diariamente com uma camurça e alvaiade!

— E depois — disse um compridão, bem defronte de mim —, tivemos, não há muito, um sujeito que se encasquetara nos miolos de que virara burro, o que, falando metaforicamente, dirá o senhor, era perfeitamente exato. Que doente cansativo! Tínhamos um trabalho infernal para o impedir de se exceder, em todos os sentidos. Durante muito tempo, queria comer apenas capim. Só o curamos quando conseguimos convencê-lo que era mesmo burro e que devia pastar. E o pior é que, a todo momento, queria escoicear. O senhor quer ver como ele fazia? Olhe, era assim... era assim... com os calcanhares.

— Senhor de Kock, eu lhe seria muito grata se o senhor pudesse conter-se — interrompeu uma velha sentada ao lado do demonstrador. — Guarde seus pontapés para si! Já me estragou o vestido de brocado! É-lhe assim indispensável, diga-me, ilustrar sua demonstração com argumentos materiais dessa estirpe? Nosso amigo, aqui presente, compreenderia tudo à perfeição sem tal exemplificação física. Realmente, o senhor é quase tão burro como o pobre insano acreditava sê-lo. Seus processos são tão perfeitos e tão exatamente semelhantes aos dos asnos que chegam a assombrar. Digo-lhe com a máxima sinceridade.

— Mil perdões, senhorita, mil perdões! — retrucou o sr. de Kock, assim interpelado. — Não era a minha intenção ofender a Vossa Excelência. Senhorita Laplace, o sr. de Kock solicita a honra de beber em companhia de Vossa Excelência.

E, assim falando, levantou-se o sr. de Kock, curvou-se, beijou cerimoniosamente a própria mão e trocou um brinde com a senhorita Laplace.

— Permita-me, prezado amigo — disse o sr. Maillard, interpelando-me —, permita que lhe ofereça um pouco desta vitela *à la St. Menehoult*; estou certo de que vai achá-la particularmente deliciosa.

Três robustos criados tinham, então, conseguido pôr sobre a mesa, sem maior acidente, um prato enorme, que mais parecia uma canoa do que uma travessa. Ele continha o que eu supunha ser o *monstrum, horrendum, informe, ingens, cui lumen ademptum*.* Mais atento exame confirmou-me, no entanto, que se tratava apenas de uma vitelinha assada inteira, dobrada sobre os joelhos, com uma maçã nos dentes à moda da Inglaterra, mas quando ali servem coelhos e lebres.

— Não, muito obrigado — retruquei-lhe. — Para lhe di-

* "Um monstro horrendo, disforme, enorme, a quem falta um olho." Trata-se do ciclope Polifemo, como descrito por Virgílio na *Eneida*. (N. E.)

zer a verdade, não sou particularmente fã da vitela *à la Sainte*... como é mesmo que o senhor diz? Pois acho que não me cai bem. Assim, vou pedir-lhe que em seu lugar me mande servir um pouco de coelho.

Havia na mesa uns tantos pratos secundários, com umas carnes que pareciam de coelho feito à moda trivial francesa, petisco delicioso que muito recomendo.

— Pedro! — gritou o dr. Maillard —, troque o prato do cavalheiro e dê-lhe um pedaço de coelho-gato.

— Como? Do quê? — observei-lhe.

— Deste coelho-gato!

— Se é assim, agradeço-lhe. Pensando bem, prefiro não comê-lo. Vou servir-me de um pouco deste presunto.

De fato, pensei com meus botões, com essa gente da província ninguém sabe o que lhe é servido. Não quero provar o tal coelho-gato, do mesmo modo como não quereria experimentar algum gato à moda de coelho.

— E depois — observou um personagem de aspecto cadavérico, colocado à ponta da mesa, e a retomar o fio da conversa recém-interrompida —, entre outras esquisitices que aqui tivemos citam-se as de um enfermo que teimava em se ter à conta de queijo de Córdoba. Andava por toda parte sempre armado de faca e convidava os amigos a lhe cortarem uma fatia, para poder apreciar o gosto que ele tinha!

— Mas que louco varrido! — interrompeu outro convidado. — Não se compara, no entanto, àquele indivíduo que nós todos, exceção feita a este cavalheiro de fora, conhecemos. Quero lembrar aquele tipo que se julgava garrafa de champanhe e espocava sempre com um estouro e um silvo, deste modo...

Ao que o demonstrador, com a máxima grosseria, a meu ver, afundou o polegar direito sob a bochecha esquerda e sacou-o bruscamente a seguir, produzindo o barulho do estouro da rolha que solta; depois, ainda, com ágil e apropriado movimento da língua nos dentes, soltou agudo silvo a imitar a espumarada da champanhe. Tais modos, bem o percebi, não foram muito apreciados pelo dr. Maillard, que no entanto nada disse.

Quem prosseguiu com a palavra foi um sujeitinho magérrimo que usava enorme peruca.

— Havia também aqui — contou-nos — certo imbecil que julgava ser rã, bicho com o qual, seja dito entre parênteses, parecia consideravelmente. Eis o que eu desejava que o senhor tivesse visto! — disse-me o narrador, fitando-me. — Seria coisa que o senhor certamente apreciaria ter visto! Causar-lhe-ia prazer perceber como ele tomava atitudes naturais. Olhe, se o tal tipo não era realmente uma rã, garanto-lhe que muito melhor seria que o fosse. Verdadeira infelicidade até que não o fosse! Coaxava mais ou menos assim: ó!... o!... o!... gh...! ó!... ó!... gh! Uma nota de grande musicalidade, um si bemol perfeitíssimo. E quando ele abria os braços sobre a mesa? Olhe, deste modo! Ou quando começava a virar os olhos? Olhe, preste bem atenção, deste jeito! Depois, punha-se a piscar com extrema rapidez. Uma coisa eu lhe garanto, e com toda a certeza: o senhor ficaria absolutamente admirado ante o gênio daquele homem!

— Disso não duvido — observei.

— Havia aqui também — narrou outro conviva — um tal Petit Gaillard que julgava ser uma pitada de rapé! O que o desesperava era não caber entre o próprio polegar e o indicador!

— Agora, senhores, homem verdadeiramente genial era o Jules Desoulières, a quem enlouqueceu a ideia de que virara abóbora! Vivia a perseguir o cozinheiro, para que o pusesse em picadinho, coisa a que nosso mestre se recusava, indignado. Quanto a mim, não ouso negar que um picadinho *à la* Desoulières não constituísse manjar dos mais delicados.

— O senhor me espanta — observei, a olhar o sr. Maillard de modo interrogativo.

— Ha, ha, ha! — disse ele. — He, he, he! Hi, hi, hi! Ho, ho ho! Hu, hu hu! Muito boa! Não se espante, *mon ami*. Nosso amigo aqui é muito espirituoso, um *drôle*.* Apenas não o tome ao pé da letra.

* Pândego. (N. E.)

— Oh — adiantou outro conviva. — Por aqui também conhecemos um tal Bouffon Le Grand, outra personagem espantosa, absolutamente extraordinária no gênero. O amor lhe atrapalhou o cérebro e nele encasquetou-se a ideia de que possuía duas cabeças. Uma era a de Cícero; a outra era composta: Demóstenes da fronte à boca, lorde Brougham daí ao queixo. Quem sabe se não teria mesmo razão? O fato é que, com real persuasão, a todos convencia de que estava certo, pois era homem de grandíssima eloquência. Apaixonado pela oratória, não se furtava a demonstrar seu talento. Por exemplo, tinha o costume de pular sobre a mesa, deste modo...

Nesse momento, um amigo do orador, sentado a seu lado, pôs-lhe a mão ao ombro e segredou-lhe umas palavras ao ouvido, o que o levou a calar-se de imediato e a recair sentado em sua cadeira.

— E depois — relatou o amigo, o tal que falara baixinho —, tivemos também Boullard, o pião. Chamavam-lhe pião porque o vimos às voltas com a mania, esquisita talvez, mas não inteiramente destituída de bom senso, de se julgar metamorfoseado em pião. O senhor arrebentaria de riso se o visse virar à roda. Piruetava num só calcanhar horas e horas, deste modo, veja o senhor...

Aí, o amigo, a quem havia pouco tinha interrompido, falando-lhe ao ouvido, prestou-lhe exatamente o mesmo serviço.

— Mas, então — gritou, estridente, uma velhota —, além de louco, o tal sr. Boullard era muito estúpido. Porque, permita que lhe observe, quem é que até hoje ouviu falar de um pião humano? Que coisa absurda! O senhor sabe que a senhora Joyeuse era pessoa bem mais sensata. Tinha também, certamente, as suas caraminholas, mas coisas inspiradas pelo bom senso e capazes de dar prazer a quantos tinham a honra de com ela privar. Após madura reflexão, descobrira que, por acidente, havia sido transformada em galo novo. Em sua qualidade de galo, comportava-se normalmente. Batia asas, assim... com prodigioso esforço, e, quanto a seu canto, era delicioso. Có... có... ri... có... ooo! Có... có... ri... có... ooo!

— Senhora Joyeuse, por obséquio, queira comportar-se bem! — interrompeu-a o nosso anfitrião colérico. — Se a senhora não quiser proceder como uma pessoa educada deve fazê-lo, pode sair já da mesa. Escolha!

A tal senhora (que me espantei de ouvir chamar *Joyeuse*, quando ela acabara de falar a respeito de pessoa assim chamada) corou até os olhos e mostrou-se profundamente humilhada da reprimenda. Baixou a cabeça e não proferiu mais uma só sílaba. Outra senhora, mais moça, foi quem reatou a conversa. Era a moça bonita do parlatório.

— Oh! — exclamou. — A senhora Joyeuse *era* louca, mas havia muito critério nas ideias de Eugénie Salsafette. Muito jovem e linda, de ar modesto e melancólico, entendia que a moda atual era indecente. Assim, queria trajar-se pondo-se para fora das roupas, em vez de se pôr dentro delas. Isso, aliás, é coisa facílima de se executar. Querem ver? Basta fazer assim... e assim... e, depois...

— Meu Deus, senhorita Salsafette! — gritaram muitas vozes juntas. — O que está fazendo? Pare! Já chega! Vemos bem como é que se faz! Basta!

E já diversos convivas se precipitavam para impedir que a senhorita Salsafette se pusesse em pé de igualdade com a Vênus de Milo, quando esse fim desejável foi alcançado, súbita e eficazmente, por uma série de gritos horríveis, ou mesmo urros, provindos de um cômodo da parte central do edifício.

Senti os nervos abaladíssimos com esses urros, mas, quanto aos demais convivas, devo dizer que sua atitude me inspirou verdadeira comiseração. Jamais vi gente sensata tão absolutamente espavorida. Ficaram todos de palidez cadavérica. Encolhiam-se sobre as cadeiras e tremiam como desesperados, balbuciavam coisas desconexas, de puro terror, e pareciam esperar, do modo mais compungido, a repetição daquele som. Ocorreu ele de novo, mais alto e mais próximo; e, depois, uma terceira vez, agora muito mais forte, fortíssimo; e, por fim, uma quarta vez, mas com vigor atenuado. À vista do amortecimento aparente da tempestade, voltou a assistência à serenidade e à animação, e as anedotas recomeçaram cada vez mais vivazes. Ousei indagar da causa de tão estranha perturbação.

— Coisa à toa — explicou o sr. Maillard. — Já estamos acostumados a essas coisas e não lhes atribuímos a menor importância. A intervalos certos, os loucos põem-se a urrar em uníssono, um como que a excitar o outro, como é tão frequente à noite entre os cães. Acontece também, às vezes, de esse concerto de uivos ser seguido de uma tentativa simultânea de evasão. Isso naturalmente causa apreensões.

— E quantos tem agora o senhor encarcerados?

— Neste momento, no máximo uns dez.

— E mulheres, sobretudo, não?

— Pelo contrário! Todos homens, e, digo-lhe, cada grandalhão!

— Curioso! Sempre ouvi dizer que a maioria dos alienados pertence ao sexo frágil.

— Em geral, sim, mas nem sempre. Há algum tempo, aqui tínhamos vinte e sete enfermos e, deles, nada menos de dezoito mulheres. Mas de uns tempos para cá as coisas mudaram muito, como o senhor vê.

— Sim, sim! Mudaram muito mesmo, como o senhor vê — interrompeu o cavalheiro que quase quebrara as tíbias da srta. Laplace.

— Sim, sim! Mudaram muito mesmo, como o senhor vê! — buzinou em coro toda a assistência.

— Prendam a língua! Todos! Ouviram? — gritou o nosso anfitrião numa verdadeira explosão de cólera.

À vista dessa intimação, toda a assembleia observou, durante cerca de um segundo, verdadeiro silêncio de morte. Houve mesmo uma senhora que obedeceu ao sr. Maillard seguindo ao pé da letra a injunção, a saber: puxou a língua para fora, língua, aliás, compridíssima, e segurou-a com as duas mãos, assim se mantendo com a máxima resignação até o fim do banquete!

— Esta senhora — observei ao sr. Maillard, em voz baixa —, esta excelente senhora, que tanto falava havia pouco e nos atroava com seu cocoricó, é pessoa inofensiva, não? Inteiramente inofensiva, não é?

— Inofensiva? — exclamou ele em tom de sincera surpresa. — Como? Que *pode* o senhor querer dizer com isso?

— Que, quando muito, está ligeiramente enferma — respondi-lhe, a tocar a testa com a ponta do indicador. — Suponho não seja doente perigosa, hein?

— Santo Deus! Que está o senhor aí a pensar? Esta senhora é minha velha e especial amiga madame Joyeuse, pessoa tão sã de espírito quanto eu. Tem lá suas pequenas excentricidades, sem dúvida, mas isso é próprio de todas as velhas, sobretudo das muito velhas, sempre mais ou menos esquisitonas.

— Sem dúvida — respondi-lhe —, sem dúvida! E o resto destas senhoras e destes cavalheiros...

— São todos amigos e guardas — interrompeu-me o sr. Maillard, empertigando-se altaneiro. — Meus excelentes amigos e auxiliares.

— Como? Todos? As mulheres também? Todas?

— Mas certamente. Nada poderíamos fazer sem as mulheres. Para os loucos, são os melhores enfermeiros, têm um jeito especial, o senhor não o ignora. Nos olhos, dispõem de efeitos maravilhosos, qualquer coisa que lembra a fascinação das serpentes, o senhor bem o sabe...

— Por certo — redargui-lhe —, não resta dúvida! Mas se comportam de modo algo esquisito, não? Têm certo ar, talvez? O senhor não pensa assim?

— Esquisito! Como? Acredita *mesmo* nisso? Para bem dizer, não somos pudicos aqui no Sul. Fazemos de bom grado tudo que nos passa pela cabeça, gozamos a vida e todas essas coisas... o senhor compreende...

— Perfeitamente, perfeitamente...

— E, depois, este *Clos de Vougeôt* é talvez um pouco inebriante demais, compreende? Um pouco *forte*, não é?

— Claro, claro! Entre parênteses, doutor, você disse que seu sistema agora adotado era o da severidade rigorosa, em vez do famoso "método da brandura". Certo?

— De modo algum! A reclusão é taxativamente rigorosa, mas o tratamento, o tratamento médico, entenda-se, é até agradável aos doentes.

— E esse novo sistema é de sua invenção?

— Em parte. Algumas coisas devem ser atribuídas ao professor Alcatrão, de quem o senhor já deve ter ouvido falar. Há, porém, em meu plano, modificações que me sinto feliz em propalar como obra pertencente de direito ao célebre Pena, sábio que, se não me engano, o senhor teve o ensejo de conhecer intimamente.

— Sinto-me bem envergonhado de o confessar — repliquei —, mas jamais, até este momento, tinha ouvido pronunciar os nomes dessas celebridades.

— Santo Deus! — exclamou meu anfitrião, recuando bruscamente a cadeira e alçando as mãos ao céu. — Não terei ouvido errado? O senhor decerto não terá dito que nunca ouviu falar do erudito doutor Alcatrão nem do famoso professor Pena?

— Vejo-me forçado a proclamar minha ignorância, mas acho que a verdade a tudo sobrepuja. Sinto-me, porém, humilhadíssimo pelo fato de desconhecer a obra desses dois vultos, certamente extraordinários. Vou tratar de lhes encontrar os escritos, que pretendo ler com a máxima atenção. Senhor Maillard, o senhor *realmente*, preciso confessá-lo, me faz corar de mim mesmo.

E era verdade.

— Não falemos mais disso, jovem e excelente amigo — respondeu-me o doutor, apertando-me a mão. — Vamos beber cordialmente um cálice deste Sauterne.

Bebemos, e todos os convivas nos seguiram sem restrições. Tagarelavam, gracejavam, riam, cometiam mil extravagâncias. Enquanto isso, as rabecas miavam, o tambor estrugia em seus rataplans, os trombones urravam como touros de Falaris. E como as coisas cada vez mais se exaltassem, à medida que o vinho corria, tornou-se aquele ambiente um verdadeiro pandemônio. Entrementes, continuávamos, o sr. Maillard e eu, o nosso colóquio, separados que nos achávamos um do outro por uma série de garrafas de Sauterne e de Vougeôt. Precisávamos berrar, já que qualquer palavra pronunciada em tom comum tinha tanta probabilidade de ser ouvida quanto a voz de um peixe no fundo do Niágara.

— Doutor — gritei-lhe —, antes do jantar o senhor me falava dos perigos do antigo "sistema de brandura". Por quê?

— Sim, havia às vezes perigo, e dos maiores. Não é possível estar atento aos caprichos dos dementes e, em minha opinião, que é também a do doutor Alcatrão e do professor Pena, não é nunca prudente deixá-los passear livremente e sem vigilância. Um louco pode ser *abrandado*, como se diz, durante algum tempo, mas, em suma, é sempre capaz de se tornar agressivo. E, além de tudo, sua astúcia é enorme e proverbial. Se tem algum projeto em vista, sabe escondê-lo com maravilhosa hipocrisia. A habilidade com que, então, finge a saúde mental oferece ao estudo do metafísico um dos mais curiosos problemas psíquicos. Quando um louco simula estar *inteiramente* bom, é mais que tempo, fique certo, de o mandar meter em camisa de força.

— Mas o *perigo*, meu caro doutor... de que perigo o senhor falava? Em sua experiência, desde que a casa está sob sua direção, ocorreram-lhe motivos materiais, práticos, que o induzam a considerar a liberdade perigosa num caso de demência?

— Aqui? Em minha experiência? Oh, sim, com certeza posso lhe dizer que sim! Por exemplo, não faz *muito* tempo, aqui ocorreu uma circunstância muito esquisita. O "sistema de brandura", que o senhor conhece, estava então em uso, e os doentes viviam soltos. Comportavam-se notavelmente bem, a ponto de que qualquer pessoa criteriosa poderia deduzir desse juízo a prova de que entre aquela gente se tramava algum plano demoníaco. E, realmente, um belo dia, pela manhã, os guardas se viram amarrados de pés e mãos nas celas, onde os loucos começaram a vigiá-los como se dementes fossem *os guardas*! Veja só isto!

— Não me diga! Nunca, em toda a minha vida, ouvi falar de absurdo igual.

— Pois é fato. E tudo aconteceu graças a um idiota, um louco que, não sei como, se metera na cabeça haver inventado o melhor sistema de governo deste mundo, governo de loucos, entenda-se. Desejava, suponho, experimentar o invento, e assim persuadiu aos demais doentes, que se juntaram a ele numa conspiração para derrubar a autoridade constituída.

— E conseguiu-o realmente?

— Sem dúvida! Os guardas e aqueles a quem antes vigiavam tiveram de trocar de lugar. Com uma diferença importante, contudo: se os loucos tinham estado livres, os guardas, por sua vez, foram imediatamente trancados nas celas e tratados, aborrece-me ter de confessá-lo, de modo muito rude.

— Mas presumo que uma contrarrevolução se efetuou prontamente. Uma tal situação não pode ter perdurado muito tempo. Os camponeses da vizinhança, os visitantes do estabelecimento na certa deram o alarme.

— Nesse ponto, engana-se o senhor. O chefe dos rebeldes era por demais astuto para que algo assim pudesse acontecer. Daquele momento em diante, não admitiu nenhum visitante, exceção feita, certo dia, de um moço de fisionomia muito estúpida, que não lhe podia inspirar nenhuma desconfiança. Por isso, permitiu-lhe a visita da casa, como para variar um pouco e divertir-se à sua custa. Tão logo o desfrutou bastante, deixou que fosse tratar da vida.

— E *quanto tempo* durou o reinado dos loucos?

— Ah, muito tempo, realmente! Com certeza um mês, ou mesmo mais, não sei dizê-lo. Entrementes, trataram os doidos de tirar a barriga da miséria, coisa que se compreende bem. Mandaram às favas as roupas velhas e sovadas e avançaram à vontade no guarda-roupa e nas joias dos funcionários. As adegas do castelo estavam bem providas de vinhos, e esses demônios de loucos sabem beber como gente grande. Ah, posso afiançar-lhe que viveram à tripa forra, comeram a estourar e beberam a valer!

— E o tratamento? Qual o sistema especial posto em prática pelo chefe dos revoltados?

— Bem, quanto a isso, um demente não é necessariamente um palerma, como já tive o ensejo de lhe observar. Na minha humilde opinião, o novo método mostrou-se muito superior ao anterior. Sistema realmente ótimo, simples, asseado, sem complicações, realmente delicioso... era...

Nesse momento, as observações de meu interlocutor foram bruscamente interrompidas por nova série de gritos da mesma natureza dos que já nos haviam desconcertado. Dessa vez pareciam, contudo, provir de gente que se aproximava com rapidez.

— Meu Deus! — exclamei. — Será que os loucos conseguiram fugir?

— Receio bem que o senhor tenha razão — respondeu-me o sr. Maillard, agora excessivamente pálido.

Mal terminara a frase, grandes clamores e imprecações estrugiram sob as janelas. Tornou-se evidente que vários indivíduos pretendiam entrar à força em nossa sala. Abalroavam a porta com um objeto que devia ser algum martelo enorme ou uma espécie de aríete. Os postigos estavam sendo sacudidos e empurrados com extrema violência.

Daí se seguiu uma cena da mais horrível confusão. Com grande pasmo, notei que o sr. Maillard se atirou sob o aparador, quando eu esperava maior firmeza de sua parte. Os membros da orquestra, que havia um quarto de hora pareciam demasiado bêbados para o desempenho de suas funções, ergueram-se eletrizados, saltando sobre os instrumentos. Segundos depois, empoleirados sobre a mesa, atacavam os compassos do hino nacional, executado não direi com musicalidade, mas de um modo que revelava energia sobre-humana, e isso durante todo o tempo que durou o tumulto.

Foi então que o senhor a quem pouco antes haviam impedido de pular sobre a mesa, saltou por sua conta e risco no meio das garrafas e dos copos. E logo que se viu comodamente instalado, encetou um discurso que, sem dúvida, teria sido considerável notável peça oratória, houvesse ali quem pudesse ouvi-lo. Ao mesmo tempo, o homem que tinha predileção pelos piões pôs-se a girar pelo cômodo de braços abertos e em ângulo reto com o corpo, e com tamanha habilidade que parecia uma piorra verdadeira, derribando e fazendo focinhar quantos encontrava pela frente. Logo depois, ouvindo eu incríveis estouros e silvos inauditos de champanhe, descobri que provinham do indivíduo que durante o jantar fizera papel de garrafa. Enquanto isso, coaxava o homem-rã com todas as forças, como se a salvação de sua alma dependesse de cada nota emitida. E, dominando o tumulto de todos esses ruídos diversos, alçava-se o zurro ininterrupto de um burro. Quanto a minha velha amiga, madame Joyeuse, ela parecia às voltas com tão horrível perplexidade que a pobre quase me fazia chorar. De pé num canto, perto da chaminé, contentava-se em cantar com todo o estridor: cocoricó! cocoricó!

Afinal, ocorreu o surto supremo, a catástrofe do drama. Como os gritos, os uivos e os cocoricós eram as únicas formas de resistência, os únicos obstáculos opostos aos esforços dos assaltantes, foram as duas janelas arrombadas com muita rapidez e quase simultaneamente. Jamais poderei esquecer as sensações de estupefação e horror, quando pela janela vi saltar e precipitar-se em roldão sobre nós, agitando pés, mãos, garras, verdadeiro exército de monstros berradores, que a princípio tomei como chipanzés ou orangotangos, aqueles grandes e negros bugios do Cabo da Boa Esperança.

Recebi tremendo murro que me atirou sob um sofá. Ali fiquei, muito quietinho, cerca de uns quinze minutos, durante os quais observei com a maior atenção o que se passava na sala. Por fim obtive, com o *desenlace*, uma explicação satisfatória da tragédia. Contando-me a história do louco que excitara os companheiros à revolta, narrara-me o sr. Maillard o próprio caso. Dois ou três anos antes, esse senhor fora diretor do instituto. Depois, se lhe haviam desarranjado os miolos, e ele passara à categoria de enfermo. Essa circunstância, meu companheiro de viagem a ignorava. Os guardas, que eram dez, haviam sido dominados, alcatroados, empenados e, depois, cuidadosamente trancafiados nos porões. Mais de um mês ali haviam vivido encarcerados e, durante todo esse período, o sr. Maillard generosamente lhes concedera não só uma ração de alcatrão e penas (a base de seu famoso "sistema"), como também um pouco de pão e água em abundância. Desta última, todo dia uma bomba lhes esguichava a ração sob forma de violenta ducha. Por fim, como um desses infelizes houvesse conseguido evadir-se, pudera libertar os demais.

O "sistema de brandura", com modificações importantes, voltou a ser praticado no instituto, mas não pude deixar de reconhecer, concordando com o dr. Maillard, que seu próprio "tratamento" era um sistema curativo único. E como ele próprio observara com inteira justeza, tratava-se de um tratamento "simples, asseado, sem complicação alguma".

Resta-me agora apenas acrescentar algumas palavras a esta história. Por mais que eu haja procurado as obras do dr. *Alcatrão* e do prof. *Pena* pelas bibliotecas da Europa, até agora, malgrado mil esforços, ainda não pude deitar os olhos a um só exemplar desses tratados tão célebres da psiquiatria contemporânea.

"The System of Doctor Tarr and Professor Fether", 1845

O BARRIL DE AMONTILLADO

Suportei da melhor forma que pude as muitas injúrias de Fortunato, mas quando ele se atreveu a insultar-me, jurei vingança. Os senhores, que conhecem tão bem a natureza de minha alma, não hão de supor que eu tenha pronunciado qualquer ameaça. *Um dia* eu me vingaria — isso era coisa tão definitivamente assentada que excluía qualquer ideia de risco. Eu não só deveria punir, como punir com impunidade. Um insulto permanece sem troco quando os efeitos da vingança atingem ao próprio vingador, ou quando este falha em tornar-se conhecido como tal daquele que o insultou.

Fique entendido que jamais dei oportunidade a Fortunato, quer por palavras, quer por atos, de duvidar de minha boa disposição. Continuei a sorrir-lhe como antes, e ele não percebeu que, *agora*, eu sorria à ideia de matá-lo.

Fortunato tinha um ponto fraco, muito embora sob outros aspectos fosse homem para ser respeitado e mesmo temido. Ele se gabava de ser conhecedor de vinhos. Poucos italianos têm o verdadeiro espírito do virtuose. Quase sempre, o entusiasmo que demonstram nasce da ocasião ou da oportunidade que se lhes apresenta de engambelarem milionários ingleses ou austríacos. No que respeitava ao conhecimento de quadros ou pedras preciosas, Fortunato era tão impostor quanto seus compatriotas, mas, em matéria de vinhos velhos, era sincero. Nesse assunto, aliás, eu mesmo não diferia muito dele — era emérito conhecedor das vindimas italianas e, sempre que podia, procurava enriquecer minha adega.

Foi num entardecer, durante a suprema loucura da estação carnavalesca, que encontrei meu amigo. Saudou-me com excessiva cordialidade; havia estado a beber copiosamente. Fantasiara-se de palhaço. Trazia um traje muito justo, de listas, e a cabeça coberta por um chapéu cônico, cheio de guizos. Fiquei tão encantado em vê-lo que quase lhe quebrei a mão ao apertá-la. Disse-lhe:

— Meu caro Fortunato, que sorte encontrá-lo! Você parece estar admiravelmente bem. Mas recebi um barril de vinho que passa por Amontillado e tenho minhas dúvidas.

— Como? — disse ele. — Amontillado? Um barril? Impossível! Em pleno carnaval?

— Tenho minhas dúvidas — repliquei — e fui tolo a ponto de pagar por ele sem o consultar primeiro. Mas é que não consegui encontrá-lo e fiquei com medo de perder um bom negócio.

— Amontillado!

— Tenho minhas dúvidas.

— Amontillado!

— E quero esclarecê-las.

— Amontillado!

— Caso você tenha algum compromisso, vou procurar Luchesi. Se existe alguém de senso crítico, é ele. Ele me dirá...

— Luchesi é incapaz de distinguir um Amontillado de um Sherry.

— E, no entanto, alguns tolos diriam que o paladar dele se compara ao seu.

— Vamos lá.

— Para onde?

— Para sua adega.

— Não, meu amigo. Não quero abusar de sua boa vontade. Percebo que você tem um compromisso. Luchesi...

— Não tenho compromisso nenhum. Vamos.

— Não, meu amigo. Não é pelo compromisso, mas porque vejo estar você severamente resfriado. A adega é insuportavelmente úmida. Está cheia de incrustações de salitre.

— Vamos mesmo assim. O resfriado não é nada. Amontillado! Aproveitaram-se de você. E, quanto a Luchesi, ele é incapaz de distinguir um Sherry de um Amontillado.

Assim falando, Fortunato apossou-se de meu braço. Colocando sobre o rosto uma máscara de seda preta e envolvendo-me numa *roquelaure*, apressei-me a guiá-lo a meu palácio.

Não havia criados em casa; tinham ido divertir-se. Eu lhes havia dito que não voltaria senão de manhã e tinha-lhes dado ordens explícitas de não se ausentarem da casa. Tais ordens eram suficientes, sabia-o bem, para fazê-los desaparecer de imediato, tão logo eu lhes voltasse as costas.

Tirando duas tochas de seus suportes, e entregando uma a Fortunato, guiei-o através de várias séries de quartos até o arco que levava à adega subterrânea. Desci uma longa e sinuosa escada, pedindo a Fortunato que tivesse cuidado ao acompanhar-me. Chegamos, por fim, ao pé da escada e paramos, por um instante, sobre o chão úmido das catacumbas dos Montresor.

O modo de andar de meu amigo não era firme, e os guizos de seu chapéu tilintavam a cada passo.

— O barril — disse ele.

— Está logo adiante — respondi. — Mas observe o fino rendilhado que brilha nas paredes desta cava.

Ele se virou para mim e olhou-me nos olhos com duas órbitas opacas que destilavam a reuma da embriaguez.

— Salitre? — perguntou, por fim.

— Salitre — repliquei. — Há quanto tempo você está com essa tosse?

— Cof! Cof! Cof! — Cof! Cof! Cof! — Cof! Cof! Cof! — Cof! Cof! Cof! — Cof! Cof! Cof!

Meu pobre amigo esteve impossibilitado de responder por muitos minutos.

— Não é nada — disse ele, afinal.

— Venha — acrescentei com decisão —, vamos voltar; sua saúde é preciosa. Você é rico, respeitado, admirado, amado; é feliz, como um dia eu também o fui. Sua falta será sentida; a minha, não. Vamos voltar; você ficará doente e eu não quero responsabilizar-me por isso. Ademais, há Luchesi...

— Chega — redarguiu ele. — A tosse não tem importância, não me matará. Não morrerei de uma simples tosse.

— Claro, claro — respondi —, e na verdade não tive intenção de alarmá-lo desnecessariamente, mas você deve tomar todo cuidado. Um trago deste Médoc nos defenderá da umidade.

Quebrei o gargalo de uma garrafa, que retirei de uma longa fileira de outras, semelhantes, empilhadas no chão.

— Beba — disse, oferecendo-lhe o vinho.

Com um olhar de soslaio, ele o levou aos lábios. Fez uma pausa e assentiu para mim amigavelmente, enquanto os guizos tilintavam.

— Bebo — disse ele — aos mortos que repousam à nossa volta.

— E eu, à sua longa vida.

Ele de novo me tomou pelo braço e continuamos.

— Estas cavas são amplas — observou.

— Os Montresor — repliquei — eram uma família grande e numerosa.

— Não me lembro de seu brasão.

— Um enorme pé humano de ouro sobre um campo azul; o pé esmaga uma serpente cujos dentes estão encravados no calcanhar.

— E a legenda?

— *Nemo me impune lacessit.**

— Bom! — disse ele.

O vinho fizera seus olhos brilhantes, e os guizos tilintavam.

Minha própria imaginação aquecera-se com o Médoc. Havíamos passado por paredes de esqueletos empilhados de mistura com tonéis e quartilhas, até as mais profundas alcovas das catacumbas. Fiz nova pausa e, dessa vez, atrevi-me a segurar Fortunato pelo braço, acima do cotovelo.

— O salitre! — disse eu —, veja como aumenta. Pende como musgo das paredes. Estamos abaixo do leito do rio. As gotas de umidade pingam entre os ossos. Venha, voltemos antes que seja tarde demais. Sua tosse...

* Ninguém me fere impunemente. (N. E.)

— Não é nada — disse ele. — Continuemos. Mas, antes, outro trago do Médoc.

Quebrei o gargalo e estendi-lhe uma garrafa de De Grâve. Esvaziou-a de um só fôlego. Seus olhos queimavam com brilho ardente. Riu e atirou a garrafa para cima, com um gesto que não entendi.

Olhei-o surpreendido. Ele repetiu o movimento grotesco.

— Você não compreende? — disse.

— Não — repliquei-lhe.

— Então é porque não pertence à irmandade.

— Como?

— Você não é maçom.

— Sim, sim — disse-lhe. — Sim, sim.

— Você? Impossível! Um maçom?

— Um maçom — respondi.

— Dê-me um sinal — ele pediu.

— Ei-lo — retruquei, extraindo uma colher de pedreiro de sob as pregas da minha *roquelaure*.

— Você graceja! — exclamou, recuando alguns passos. — Mas vamos ao Amontillado.

— Assim seja — disse eu, guardando a ferramenta sob a capa e, de novo, oferecendo-lhe o braço. Ele se apoiou sobre mim pesadamente. Continuamos nosso caminho, à procura do Amontillado. Passamos por uma série de arcos baixos, descemos, prosseguimos e, descendo novamente, chegamos a uma cripta profunda, cujo ar confinado enfraquecia a chama de nossas tochas.

Na extremidade mais afastada dessa cripta havia outra, menos espaçosa. Suas paredes estavam ocultas por uma pilha de despojos humanos que subia até a abóbada, à maneira das grandes catacumbas de Paris. Três lados da cripta interior estavam assim ornamentados. No quarto, os ossos haviam sido derrubados ao chão e jaziam promiscuamente, formando, em certo ponto, um monte de alguma altura. Na parede, exposta pela remoção dos ossos, percebemos ainda mais uma alcova, de pouco mais de um metro de profundidade, uns noventa centímetros de largura e cerca de dois metros de altura. Parecia não ter sido construída para qualquer fim especial, e sim originada meramente do intervalo entre duas das colossais colunas que suportavam o teto da catacumba, sendo o seu fundo uma das paredes circunscritas, de sólido granito.

Foi em vão que, erguendo a tocha de luz mortiça, Fortunato tentou esquadrinhar as profundezas da alcova. O fraco clarão não nos permitia ver-lhe o fundo.

— Continue — disse eu. — Aí dentro está o Amontillado. Quanto a Luchesi...

— É um ignorante — interrompeu meu amigo, conforme avançava, seguido de perto por mim. Num instante, alcançou a extremidade do nicho e, encontrando seu avanço obstado por uma rocha, parou, estupidamente surpreso. Um momento depois, eu já o tinha algemado ao granito. Soldados a este, havia dois grampos de ferro distantes sessenta centímetros um do outro, em sentido horizontal. De um deles pendia uma corrente curta; do outro, um cadeado. Enrolados os grilhões ao redor de seu pulso, foi coisa de poucos segundos algemá-lo. Ele estava atônito demais para resistir. Retirando a chave do cadeado, saí do recesso.

— Passe a mão nas paredes — disse-lhe eu — e não poderá deixar de sentir o salitre. É *muito* úmido, na verdade. Mais uma vez, deixe-me *implorar-lhe* que volte. Não? Então, vejo-me positivamente forçado a abandoná-lo. Mas, antes disso, devo prestar-lhe todos os pequenos obséquios ao meu alcance.

— O Amontillado — balbuciou meu amigo, ainda não recuperado do espanto.

— Certo — repliquei —, o Amontillado.

Ditas essas palavras, pus-me em atividade por entre a pilha de ossos de que já falei. Atirando-os para o lado, deixei a descoberto certa quantidade de pedras para construção e argamassa. Com esses materiais, e com a ajuda da minha colher de pedreiro, comecei a emparedar com vigor a entrada do nicho.

Tinha apenas assentado a primeira camada de alvenaria quando descobri que a embriaguez de Fortunato havia em grande parte se dissipado. A primeira indicação que tive disso foi um grito surdo e lamentoso vindo das profundezas da alcova. *Não era* o grito de um bêbado. Houve, depois, um longo e obstinado silêncio. Assentei a segunda camada, e a terceira, e a quarta; ouvi, então, o agitar furioso da corrente. O ruído prolongou-se por vários minutos, durante os quais, para ouvi-lo com maior satisfação, interrompi o trabalho e sentei-me sobre os ossos. Quando, por fim, o ruído acalmou-se, retomei a ferramenta e terminei sem interrupção a quinta, a sexta e a sétima camadas. A parede erguia-se agora à altura de meu peito. Fiz nova pausa e, levantando a tocha por sobre a alvenaria, lancei seus débeis raios luminosos sobre a figura lá dentro.

Uma sucessão de gritos altos e agudos, arrancados subitamente da garganta do vulto algemado, pareceu empurrar-me para trás. Por breve momento, hesitei — e tremi. Saquei minha espada e comecei a apalpar com ela a alcova, mas um pensamento instantâneo tranquilizou-me. Pousei a mão sobre a sólida estrutura da catacumba e senti-me satisfeito. Voltei à parede. Respondi aos gritos do que clamava. Fiz-lhes eco, ajudei-os, ultrapassei-os em volume e intensidade. Fiz tudo isso, e o gritador calou-se.

Era agora meia-noite, e minha tarefa chegava ao fim. Completara a oitava, a nona e a décima camadas. Terminara a maior parte da décima primeira e última; faltava apenas assentar a última pedra. Lutei contra seu peso e consegui colocá-la parcialmente no lugar que lhe era destinado. Mas, nesse momento, veio do nicho um riso surdo que fez meus cabelos se eriçarem. O riso foi seguido por uma voz triste, que tive dificuldade em identificar como a do nobre Fortunato. Disse a voz:

— Ha! ha! ha! He! he! he! Boa brincadeira, muito boa, na verdade, uma piada excelente. Daremos boas risadas no palácio, he! he! he!, quando estivermos bebendo nosso vinho, he! he! he!

— O Amontillado! — disse eu.

— He! he! he! He! he! he! Sim, o Amontillado. Mas não está ficando tarde? Não estarão nos esperando no palácio lady Fortunato e os outros? Vamos embora.

— Sim — disse eu —, vamos embora.

— *Pelo amor de Deus, Montresor!*

— Sim — disse eu —, pelo amor de Deus!

Mas esperei em vão por resposta a essas palavras. Impacientei-me. Chamei alto:

— Fortunato!

Nenhuma resposta. Chamei de novo:

— Fortunato!

Nenhuma resposta ainda. Enfiei uma tocha pela abertura que restara e deixei-a cair dentro do recesso. De volta, ouviu-se apenas um tilintar de guizos. Eu já estava nauseado pela umidade das catacumbas. Apressei-me a terminar o trabalho. Forcei a última pedra até assentá-la no lugar certo e cimentei-a. Contra a alvenaria recém-terminada, reempilhei o velho monte de ossos. Há meio século que mortal algum os perturba. *In pace requiescat!*

"The Cask of Amontillado", 1846

O POÇO E O PÊNDULO

Impia tortorum longas hic turba furores
Sanguinis innocui, non satiata, aluit.
Sospite nunc patria, fracto nunc funeris antro,
*Mors ubi dira fuit vita salusque patent.**
(Quadra composta para os portões de um mercado a ser levantado no sítio do Clube dos Jacobinos, em Paris.)

EU ESTAVA EXAUSTO, exausto até a morte por aquela longa agonia. E quando eles, afinal, me desacorrentaram e me foi permitido sentar, senti que ia perdendo os sentidos. A sentença — a terrível sentença de morte — foi o último enunciado distinto que me chegou aos ouvidos. Depois dele, o som das vozes inquisitoriais pareceu fundir-se num zumbido fantástico e indeterminado. Trazia-me à alma a ideia de *rotação*, talvez por uma fantasiosa associação com a mó de uma roda de moinho. Isso durou apenas pouco tempo, pois logo em seguida nada mais ouvi. Contudo, durante algum tempo, eu via — mas com que terrível exagero! Eu via os lábios dos juízes vestidos de preto. Pareciam-me brancos, mais brancos do que a folha de papel sobre a qual traço estas palavras, delgados até o grotesco; delgados pela intensidade de sua expressão de firmeza, de imutável resolução, de severo desprezo pela dor humana. Eu percebia que os decretos do que, para mim, representava o Destino estavam saindo daqueles lábios. Via-os estorcerem-se num movimento letal. Via-os articularem as sílabas do meu nome, e estremecia por não ouvir nenhum som em seguida. Via também, durante alguns momentos de delirante horror, a ondulação leve e quase impercep-

* Aqui, a turba ímpia de carrascos, insaciada, alimentou sua sede violenta de sangue inocente. Agora que nossa pátria está salva e o antro fúnebre foi demolido, reina a vida e a saúde onde reinava a cruel morte. (N. E.)

tível dos panejamentos negros que revestiam as paredes da sala. E, depois, meu olhar caiu sobre as sete grandes velas em cima da mesa. A princípio, elas tomaram o aspecto da Caridade, e pareciam anjos brancos e esbeltos, que me salvariam; depois, de súbito, sobreveio-me ao espírito uma náusea das mais mortais, e senti cada uma das fibras de meu corpo vibrar, como se eu tivesse tocado o fio de uma pilha galvânica, enquanto os vultos angélicos se transformavam em espectros insignificantes, com cabeças de chama, e eu via bem que deles não teria socorro. Então, insinuou-se em minha imaginação, como rica nota musical, a ideia do tranquilo repouso de que haveria de desfrutar na sepultura. Tal ideia chegou doce e furtivamente, e parece ter surgido muito tempo antes que pudesse ser completamente apreciada. Mas, no momento mesmo em que meu espírito começava, enfim, a senti-la propriamente e a acarinhá-la, os vultos dos juízes desapareceram da minha frente como por mágica; as altas tochas reduziram-se a nada; suas chamas se apagaram por completo; o negror da treva sobreveio. Todas as sensações pareceram ter sido engolidas num louco e precipitado mergulho, como se a alma se afundasse no Hades. E o universo não era mais do que noite, silêncio e imobilidade.

Eu tinha desmaiado; no entanto, não direi que havia perdido totalmente a consciência. Não tentarei definir nem descrever o que dela restou. Todavia, nem tudo estava ainda perdido. No sono mais profundo — não! No delírio — não! Num desmaio — não! Na morte — não! Nem mesmo no túmulo tudo está perdido. De outra forma, não haveria imortalidade para o homem. Ao despertar do mais profundo dos sonos, quebramos a teia delgada de algum sonho. Um segundo depois, porém, por mais fraca que tenha sido essa teia, não nos lembramos de ter sonhado. No retorno à vida, depois de um desmaio, há duas fases: em primeiro lugar, o sentimento da existência mental ou espiritual; em segundo, o da existência física. Parece provável que se, ao atingirmos a segunda fase, pudéssemos evocar as impressões da primeira, verificaríamos serem elas ricas em recordações do abismo transposto. E esse abismo — que é? Como distinguir, ao menos, suas sombras das do túmulo? Mas se, por um lado, as impressões daquilo que denominei a primeira fase não são reevocadas à vontade, por outro, não é certo que, depois de longo intervalo, elas aparecem espontaneamente, enquanto nos maravilhamos, conjecturando de onde poderiam ter vindo? Aquele que nunca desmaiou jamais será capaz de descobrir palácios estranhos e rostos esquisitamente familiares em brasas ardentes; jamais contemplará a flutuar, no meio do espaço, as tristes visões que a maioria não pode distinguir; jamais meditará sobre o perfume de alguma flor desconhecida; jamais sentirá seu cérebro perturbado pelo sentido de alguma cadência musical que, até então, não lhe detivera a atenção.

Entre as frequentes e intensas tentativas de recordar, entre as lutas encarniçadas para recolher alguns vestígios daquele estado de aparente aniquilamento no qual minha alma havia mergulhado, momento houve em que eu sonhava ser bem-sucedido; houve períodos breves, muito breves, quando conjurei remembranças que a lucidez de uma época posterior assegura-me terem conexão tão somente com aquele estado de aparente aniquilamento. Essas sombras de memória falam indistintamente de altas figuras que se erguiam e me arrastavam em silêncio... para baixo, cada vez mais baixo, até que uma odiosa vertigem me oprimiu à simples ideia daquela descida interminável. Falam-me, também, de um vago horror no coração, por causa daquele mesmo sossego desnatural do coração. Depois, sobrevém uma sensação de súbita imobilidade em todas as coisas, como se aqueles que me transportavam (cortejo espectral!) houvessem, em sua descida, ultrapassado os limites do ilimitado e se detido em razão do extremo cansaço da tarefa. Em seguida, evoco a monotonia e a humildade; e, depois, tudo é *loucura* — a loucura de uma memória que se agita entre coisas repelentes.

Bem de súbito voltaram à minha alma o movimento e o som — o tumultuoso movimento do coração, e, em meus ouvidos, o som de suas batidas. Depois, uma pausa em que tudo desaparece. Depois, novamente o som, o movimento e o tato — uma sensação formigante invadindo-me o corpo. Depois, a simples consciência da existência, sem pensamentos — condição que durou muito tempo. Depois, bem de súbito, *o pensamento* e um terror arrepiante, e um esforço ardente de compreender meu verdadeiro estado. Depois, um forte desejo de recair na insensibilidade. Depois, uma precipitada revivescência da alma, e um esforço bem-sucedido de mover-me. E, agora, a plena lembrança do processo, dos juízes, dos panejamentos negros, da sentença, da exaustão, do desmaio. Por fim, completo esquecimento de tudo quanto se seguiu; de tudo que um dia posterior e a extrema ardência de esforços me habilitaram a vagamente recordar.

Até aqui, não tinha aberto os olhos. Sentia que estava deitado de costas, desamarrado. Estiquei a mão, e ela caiu pesadamente sobre algo úmido e duro. Deixei que ela ali ficasse alguns minutos, enquanto me esforçava por descobrir onde poderia estar e *o que* eu poderia ser. Ansiava por servir-me dos olhos, mas não ousava fazê-lo. Receava o primeiro olhar para os objetos que me cercavam. Não que eu temesse olhar para coisas horríveis, mas horrorizava-me o receio de que *nada* houvesse para ver. Por fim, com fero desespero no coração, abri rapidamente os olhos. Meus piores pensamentos, então, confirmaram-se. O negror da noite eterna rodeava-me. Esforcei-me por respirar. A intensidade das trevas parecia oprimir-me e sufocar-me. A atmosfera estava intoleravelmente confinada. Conservei-me ainda tranquilamente deitado, fazendo esforços para exercitar minha razão. Recordei os processos inquisitoriais e tentei, a partir desse ponto, deduzir minha verdadeira condição. A sentença fora pronunciada; parecia-me que um longuíssimo intervalo de tempo havia, desde então, decorrido. Contudo, nem por um momento supus que estivesse realmente morto. Tal suposição, malgrado o que lemos em romances, é de todo incompatível com a existência real — mas, onde estava eu e em que estado me encontrava? Sabia que os condenados à morte pereciam comumente em autos de fé, e um deles ocorrera bem na noite do dia do meu julgamento. Tinha eu sido reenviado para meu calabouço à espera do próximo sacrifício, que não seria realizado senão dali a muitos meses? Vi logo que não podia ser isso. As vítimas haviam sido requisitadas imediatamente. Além do mais, meu calabouço, assim como todas as celas de condenados em Toledo, tinha chão de pedra e não era inteiramente privado de luz.

De súbito, uma terrível ideia lançou-me o sangue em torrentes ao coração e, por um breve período de tempo, mais uma vez recaí na insensibilidade. Voltando a mim, pus-me de pé de um salto, tremendo convulsivamente em todas as fibras. Estendi os braços de forma desordenada, acima e em torno de mim, em todas as direções. Não senti nada; no entanto, temia dar um passo, com receio de ser impedido de fazê-lo pelas paredes de um túmulo. Transpirava por todos os poros, e o suor se detinha em grossas bagas frias em minha fronte. A agonia da incerteza tornou-se, afinal, intolerável e, com cautela, movi-me para diante, com os braços estendidos, os olhos saltando-me das órbitas, na esperança de apanhar algum débil raio de luz. Dei vários passos, mas tudo era ainda escuridão e vazio. Respirei mais livremente. Parecia evidente que minha sorte não era, pelo menos, a mais odiosa das mortes.

E então, como continuasse ainda a caminhar cautelosamente para diante, vieram-me em tropel à memória mil vagos boatos a respeito dos horrores de Toledo. Narravam-se estranhas coisas dos calabouços (eu sempre as considerara fábulas), coisas, no entanto, estranhas e espantosas demais para serem repetidas, a não ser num sussurro. Estava eu destinado a morrer de fome naquele mundo subterrâneo das trevas? Ou que sorte, talvez mesmo mais temível, me esperava? Conhecia muito bem o caráter de meus juízes para duvidar de que o resultado seria a morte, e morte de insólita acritude. O modo e a hora eram tudo que me ocupava ou me perturbava.

Minhas mãos estendidas encontraram, afinal, um sólido obstáculo. Era uma parede, aparentemente de pedra, muito lisa, viscosa e fria. Fui acompanhando-a, caminhando com toda a cuidadosa desconfiança que certas narrativas antigas tinham-me inspirado. Esse processo, porém, não me proporcionava meios de verificar as dimensões do calabouço, pois eu podia fazer-lhe o percurso e voltar ao ponto de onde partira sem dar por isso, tão perfeitamente uniforme parecia a parede. Assim sendo, procurei a faca que havia estado em meu bolso quando me levaram à sala inquisitorial, mas ela não estava mais lá. Haviam trocado minhas roupas por uma camisola de sarja grosseira. Pensara em enfiar a lâmina em alguma pequena fenda da parede, de modo a identificar meu ponto de partida. A dificuldade, não obstante, era apenas vulgar, embora, na desordem de minha imaginação, parecesse a princípio insuperável. Rasguei uma parte do debrum da roupa e coloquei o fragmento bem estendido em um ângulo reto com a parede. Tateando meu caminho em torno da prisão, não poderia deixar de encontrar aquele trapo ao completar o circuito. Pelo menos, assim pensava eu, mas não contara com a extensão do calabouço, nem com minha própria fraqueza. O chão estava úmido e escorregadio. Cambaleante, caminhei para a frente durante algum tempo, mas tropecei e caí. Minha excessiva fadiga induziu-me a permanecer deitado, e logo o sonho se apoderou de mim naquele estado.

Ao despertar e estender um braço, achei a meu lado um pão e uma bilha d'água. Estava demasiado exausto para refletir sobre essa circunstância, mas comi e bebi com avidez. Logo depois, recomecei minha volta em torno da prisão e, com muito trabalho, cheguei enfim ao pedaço de sarja. Até o momento em que caíra, havia eu contado cinquenta e dois passos e, ao recomeçar minha caminhada, contara quarenta e oito mais, quando então cheguei ao trapo. Havia, pois, ao todo, uns cem passos. E admitindo dois passos para cada metro, presumi que o calabouço tivesse uns cinquenta metros de circuito. Encontrara, porém, muitos ângulos na parede e, desse modo, não me era possível formar ideia de qual fosse a forma do sepulcro, pois sepulcro não podia deixar eu de supor que fosse.

Não tinha grande interesse — nem certamente esperança — naquelas pesquisas, mas vaga curiosidade me impelia a continuá-las. Deixando a parede, resolvi atravessar a área do recinto. A princípio, procedi com extrema cautela, pois o chão, embora parecesse de material sólido, era traiçoeiro e lodoso. Afinal, porém, tomei coragem e não hesitei em caminhar com firmeza, tentando atravessar em linha reta tanto quanto possível. Havia avançado uns dez passos dessa maneira, quando o resto do debrum rasgado de minha roupa se enroscou em minhas pernas. Pisei nele e caí violentamente de bruços.

Na confusão que se seguiu à minha queda, não percebi uma circunstância um tanto surpreendente, que, contudo, poucos segundos depois, e enquanto jazia ainda prostrado, reteve minha atenção. Era a seguinte: meu queixo pousava sobre o chão da prisão, mas meus lábios e a parte superior de minha cabeça, embora aparentemente colocados em menor elevação que o queixo, nada tocavam. Ao mesmo tempo, minha testa parecia banhada de um vapor viscoso, e o cheiro característico de fungos podres subiu-me às narinas. Estendi o braço e estremeci ao descobrir que havia caído mesmo à beira de um poço circular, cuja fundura, sem dúvida, não tinha meios de avaliar no momento. Apalpando a parede logo abaixo da borda, consegui deslocar um pequeno fragmento e deixei-o cair dentro do abismo. Durante muitos segundos, prestei ouvidos a suas repercussões, ao bater de encontro aos lados da abertura durante a queda. Por fim, ouvi um lúgubre mergulho n'água, seguido de ruidosos ecos. No mesmo momento, ouviu-se um som semelhante ao de uma porta, tão depressa aberta quão rapidamente fechada acima de minha cabeça, enquanto um fraco e súbito clarão luzia em meio da escuridão e, com a mesma rapidez, desaparecia.

Vi claramente o destino que me fora preparado e congratulei-me com o acidente oportuno que me salvara. Um passo a mais, e o mundo não mais me veria. E a morte, por pouco evitada, era daquela mesma natureza que eu considerara fabulosa e absurda nas histórias a respeito da Inquisição. Para as vítimas de sua tirania, havia a escolha da morte por meio das mais cruéis agonias físicas, ou da morte mediante os mais odiosos horrores morais. Eu havia sido reservado para esta última. O longo sofrimento tinha relaxado meus nervos, a ponto de eu tremer ao som de minha própria voz e me tornar, sob todos os aspectos, material apropriado para as espécies de tortura que me aguardavam. Com os membros todos trêmulos, tateei meu caminho de volta à parede, resolvido a ali perecer antes que arriscar-me aos terrores dos poços, que minha imaginação agora desdobrava em muitos, espalhados em todas as direções, no calabouço. Em outro estado de espírito, poderia ter tido a coragem de dar fim imediato às minhas misérias, deixando-me cair dentro de um daqueles abismos. Mas, naquele momento, era eu o mais completo dos covardes. Tampouco podia esquecer o que lera a respeito daqueles poços: que a *súbita* extinção da vida não estava incluída nos horrendos planos dos inquisidores.

A agitação do espírito conservou-me desperto por muitas e longas horas, mas, afinal, mergulhei de novo no sono. Ao despertar, encontrei a meu lado, como da outra vez, um pão e uma bilha d'água. Sede ardente me consumia, e esvaziei a vasilha de um trago. A água deveria conter alguma droga, porque, tão logo terminara de bebê-la, senti-me irresistivelmente sonolento. Um sono profundo se apoderou de mim — sono semelhante ao da morte. Quanto tempo durou ele, não sei dizê-lo, mas quando, mais uma vez, descerrei os olhos, os objetos que me cercavam estavam visíveis. Graças a uma luz viva e sulfúrea, cuja origem não pude a princípio determinar, estava capacitado a ver a extensão e o aspecto da prisão.

Havia-me enganado, e muito, quanto a seu tamanho. O circuito completo de suas paredes não excedia vinte e cinco metros. Por alguns minutos, esse fato originou em meu espírito um mundo de inútil perturbação; inútil, de fato, pois que coisas havia de menor importância nas terríveis circunstâncias que me cercavam que as simples dimensões de meu calabouço? Mas minha alma interessava-se com ardor por bagatelas, e ocupei-me em tentar explicar o erro que havia cometido nas minhas medidas. A verdade, afinal, jorrou luminosa. Em minha primeira tentativa de exploração, havia eu contado cinquenta e dois passos até o momento em que caí. Deveria achar-me, então, à distância de um passo, ou dois, do pedaço de sarja; na verdade, havia quase completado o circuito do túmulo. Adormeci então e, ao acordar, devo ter voltado sobre meus passos anteriores, supondo assim que a volta da prisão era quase o dobro do que era na realidade. Minha confusão de espírito impediu-me de observar que começara minha volta com a parede à esquerda e a terminara com a parede à direita. Enganara-me, também, a respeito da forma do recinto. Ao tatear meu caminho, descobrira muitos ângulos e daí deduzi a ideia de grande irregularidade, tão poderoso é o efeito da escuridão absoluta sobre alguém que desperta do letargo ou do sono. Os ângulos eram apenas os de umas poucas e ligeiras depressões, ou nichos, a intervalos desiguais. Era quadrada a forma geral da prisão. O que eu tinha tomado por alvenaria parecia, agora, ser ferro ou qualquer outro metal, em enormes chapas, cujas suturas ou juntas ocasionavam aquelas depressões. Toda a superfície desse recinto metálico estava grosseiramente pintada com horríveis e repulsivos emblemas a que a superstição sepulcral dos monges tem dado origem. Figuras de demônios em atitudes ameaçadoras, com formas de esqueletos, e outras imagens mais realisticamente apavorantes se espalhavam por todas as paredes, desfigurando-as. Observei que os contornos daquelas monstruosidades eram bem distintos, mas que as cores pareciam apagadas e borradas, como se por efeito da atmosfera úmida. Notei, também, que o chão era de pedra. No centro, escancarava-se o poço circular, de cujas fauces havia eu escapado, mas era o único que existia no calabouço.

Vi tudo isso indistintamente e com bastante esforço, pois minha situação tinha sofrido grande alteração durante o sono. Encontrava-me agora deitado de costas e bem esticado, numa espécie de armação de madeira de pouca altura. Estava firmemente amarrado a ela por uma comprida correia, semelhante a um loro. Enrolava-se em várias voltas em torno de meus membros e de meu corpo, deixando em liberdade apenas a cabeça e o braço esquerdo, permitindo-me somente à força de muito empenho suprir-me da comida contida em um prato de barro, que jazia a meu lado no chão. Vi, para meu horror, que a bilha d'água tinha sido retirada. Digo para meu horror porque intolerável sede me consumia. Essa sede, parecia ser intenção de meus perseguidores exacerbá-la, pois a comida do prato era carne fortemente temperada.

Olhando para cima, examinei o teto de minha prisão. Tinha uns dez ou doze metros de altura e era construído de maneira idêntica à das paredes laterais. Em um de seus painéis, uma figura bastante singular absorveu-me toda a atenção. Era a pintura do Tempo, tal como é comumente representado, salvo por, em lugar de uma foice, segurar ele aquilo que, a uma olhada casual, supus ser o desenho de um enorme pêndulo, como os que vemos nos relógios antigos. Contudo, havia algo na aparência daquela máquina que me levou a olhá-la mais atentamente. Enquanto a contemplava lá em cima (pois se achava bem por cima de mim), pareceu-me que a via mover-se. Um instante depois, vi isso confirmado. Seu balanço era curto e, sem dúvida, vagaroso. Contemplei-o por alguns minutos, mais maravilhado que amedrontado. Enfim, cansado de observar-lhe o monótono movimento, voltei os olhos para os outros objetos que havia na cela.

Leve ruído atraiu-me a atenção e, olhando para o chão, vi vários ratos enormes atravessando-o. Haviam saído do poço, que se achava bem à vista, à minha direita. No momento mesmo em que os observava, subiram aos bandos, apressadamente e com olhos vorazes, atraídos pelo cheiro da carne. Por isso, era preciso muito esforço e atenção para afugentá-los.

Talvez houvesse decorrido uma meia hora, ou mesmo uma hora (eu só podia medir o tempo imperfeitamente), quando ergui de novo os olhos para cima. O que vi, então, confundiu-me e espantou-me. O balanço do pêndulo tinha aumentado de quase um metro em extensão. Como consequência natural, sua velocidade era, também, muito maior. Mas o que mais me perturbou foi a ideia de que ele havia imperceptivelmente *descido*. Observava agora — e com que horror, é desnecessário dizê-lo — que sua extremidade inferior era formada por um crescente de aço cintilante com cerca de trinta centímetros de comprimento, de ponta a ponta; essas pontas voltavam-se para cima, e o gume de baixo era evidentemente tão afiado quanto o de uma navalha. Também como uma navalha, parecia pesado e maciço, estendendo-se para cima, a começar do gume, numa sólida e larga estrutura. Estava ligado a uma pesada haste de bronze, e o conjunto *assoviava* ao balançar-se no ar.

Não mais pude duvidar da sorte para mim preparada pela habilidade monacal em torturas. Minha descoberta do poço tornara-se conhecida dos agentes da Inquisição — o *poço* cujos horrores tinham sido destinados a um rebelde tão audacioso como eu; o *poço*, tipicamente infernal e considerado, segundo os boatos, o ápice de todos os seus castigos. Pelo mais fortuito dos incidentes, tinha eu evitado a queda dentro dele, e sabia que a surpresa ou a armadilha da tortura constituíam parte importante de todo o grotesco daquelas mortes em masmorra. Não tendo caído, deixava de fazer parte do plano demoníaco atirar-me no abismo e, dessa forma (não havendo alternativa), execução diferente, mais benigna, me aguardava. Mais benigna! Quase sorri em minha agonia ao pensar no uso de tal termo.

De que adianta falar das longas, longas horas de horror mais que mortal durante as quais contei as precipitadas oscilações da lâmina? Centímetro por centímetro, linha a linha, com uma descida somente apreciável a intervalos que pareciam séculos — para baixo, cada vez mais para baixo ela descia! Dias se passaram — pode ser que se tenham passado muitos dias — até que ela se balançasse tão perto de mim que me abanava com seu sopro ácrido. O odor da lâmina afiada entrava-me pelas narinas. Rezei, fatiguei os céus com minhas preces, rogando que descesse mais rápida. Em louco frenesi, lutei por erguer-me ao encontro do balanço da terrível cimitarra. Mas, depois, acalmei-me de repente e fiquei a sorrir para aquela morte cintilante, como uma criança diante de um brinquedo raro.

Seguiu-se outro intervalo de completa insensibilidade. Foi curto, pois, voltando à vida, notei não ter havido descida perceptível no pêndulo. Mas pode ter sido longo, já que eu sabia haver demônios que tomavam nota de meu desmaio e que podiam, à vontade, ter detido a oscilação. Ao recobrar os sentidos, senti-me também muito doente e fraco — quanto, nem seria possível exprimi-lo —, como em consequência de longa inanição. Mesmo em meio às agonias daquele período, a natureza humana ansiava por alimento. Com penoso esforço, estendi o braço esquerdo o mais longe que os laços permitiam, e apoderei-me dos poucos restos que os ratos me haviam deixado. Ao introduzir um pedaço de alimento entre os lábios, atravessou-me o espírito uma imprecisa alegria de esperança. Todavia, que tinha eu a ver com a esperança? Era, como disse, uma ideia imprecisa, dessas que muitos têm e que nunca se completam. Senti que era de alegria — de esperança; mas também senti que perecera ao formar-se. Em vão lutei para aperfeiçoá-la, para reconquistá-la. O prolongado sofrimento tinha quase aniquilado todas as minhas faculdades comuns de pensamento. Eu era um imbecil — um idiota.

A oscilação do pêndulo fazia-se em ângulos retos ao meu comprimento. Vi que o crescente estava disposto para cruzar a zona do coração. Desgastaria a sarja de minha roupa — voltaria e repetiria suas operações — de novo, e ainda de novo. Não obstante o balanço terrivelmente largo (de nove ou dez metros) e o vigor sibilante da descida, suficiente para cortar até mesmo aquelas paredes de ferro, o corte de minha roupa seria tudo quanto, durante alguns minutos, ele conseguiria. Diante desse pensamento, fiz uma pausa. Não ousava ir além dessa reflexão. Demorei-me nela com pertinácia de atenção, como se, assim pausando, pudesse deter ali a descida da lâmina. Obriguei-me a meditar sobre o som a ser produzido pelo crescente ao passar através de minha roupa, sobre a característica e arrepiante sensação que a fricção do pano produz nos nervos. Meditei sobre todas essas frivolidades, até me rilharem os dentes.

Mais baixo — cada vez mais baixo, ele descia com firmeza. Sentia um frenético prazer em contrastar sua velocidade vertical com a velocidade lateral. Para a direita, para a esquerda, para lá e para cá, com o guincho de um espírito danado! Rumo a meu coração com o passo furtivo do tigre! Alternadamente eu ria e urrava, conforme uma ou outra ideia se fizesse predominante.

Para baixo — segura e inexoravelmente para baixo! Oscilava a menos de dez centímetros de meu peito! Eu lutava violenta e furiosamente para libertar meu braço esquerdo, que só estava livre do cotovelo até a mão. Podia apenas, com grande esforço, levar a mão à boca, desde o prato que estava a meu lado, e não mais. Se tivesse podido quebrar os liames acima do cotovelo, teria segurado e tentado deter o pêndulo. Seria o mesmo que tentar deter uma avalanche!

Para baixo — fatal e incessantemente para baixo! Eu arfava e debatia-me a cada oscilação. Encolhia-me convulsivamente a cada balanço. Meus olhos acompanhavam os vaivéns, para cima e para baixo, com a avidez do mais insensato desespero; fechavam-se num espasmo no momento de descida, embora a morte tivesse sido um alívio, e oh! quão inefável! Entretanto, todos os meus nervos tremiam ao pensar quão mínima descaída da máquina bastaria para precipitar aquele machado, agudo e cintilante, sobre meu peito. Era a *esperança* que fazia tremerem os meus nervos, que fazia meu corpo sentir calafrios. Era a *esperança* — a esperança que triunfa sobre o suplício, que sussurra aos ouvidos dos condenados à morte até mesmo nos calabouços da Inquisição!

Vi que umas dez ou doze oscilações poriam a lâmina em contato com minhas roupas e, a essa observação, veio-me de súbito ao espírito toda a aguda e condensada calma do desespero. Pela primeira vez em muitas horas — ou talvez em muitos dias — *pensei*. Ocorreu-me então que a correia ou loro que me envolvia era *inteiriça*. Não estava amarrada por cordas separadas. O primeiro golpe do crescente navalhante, através de qualquer porção da correia, a cortaria de modo tal que eu poderia arrancá-la de mim com a mão esquerda. Mas que terrível seria, nesse caso, a proximidade da lâmina! Quão mortal seria o resultado do mais leve movimento! Seria crível, além disso, que os esbirros do inquisidor não tivessem previsto e prevenido essa possibilidade? Seria provável que a correia cruzasse meu peito no percurso do pêndulo? Receando ver frustrada minha fraca e, ao que parecia, última esperança, elevei a cabeça o bastante para conseguir ver distintamente o meu peito. O loro cingia apertadamente meus membros e meu corpo, em todas as direções, *exceto no caminho do crescente assassino*.

Mal deixara cair a cabeça de novo em sua posição primitiva, cintilou em meu espírito algo que não saberia melhor definir senão como a metade informe daquela ideia de libertação a que já aludi antes, e da qual apenas uma metade flutuava, indeterminada, em meu cérebro quando levei a comida aos lábios abrasados. A ideia inteira fazia-se agora presente — fraca, apenas razoável, apenas definida, mas, mesmo assim, inteira. Pus-me de imediato a tentar executá-la com a nervosa energia do desespero.

Durante muitas horas, a vizinhança imediata da baixa armação de madeira sobre a qual eu jazia estivera literalmente fervilhando de ratos. Eram ferozes, audaciosos, vorazes. Seus olhos vermelhos chispavam sobre mim, como se esperassem apenas minha imobilidade para fazerem de mim sua presa. "A que espécie de alimento" — pensei eu — "estão eles acostumados no poço?"

A despeito de todos os meus esforços para impedi-los, tinham devorado tudo, exceto um restinho do conteúdo do prato. Eu havia contraído o hábito de agitar a mão num movimento de vaivém ou de balança em torno do prato, mas a uniformidade inconsciente do movimento acabou por privá-lo de seu efeito. Em sua voracidade, a bicharia frequentemente ferrava as agudas presas em meus dedos. Com as migalhas da carne gordurosa e temperada que ainda restavam, esfreguei toda a correia, até onde podia alcançar. Depois, erguendo a mão do chão, permaneci imóvel, sem respirar.

A princípio, os vorazes animais ficaram espantados e terrificados com a mudança, com a cessação do movimento. Recuaram alarmados; muitos procuraram o poço. Mas isso foi só por um momento. Eu não contara em vão com sua voracidade. Observando que eu permanecia imóvel, um ou dois dos mais audazes pularam sobre o cavalete e farejaram o loro. Isso pareceu ser o sinal para uma corrida geral. Do poço, precipitaram-se tropas frescas. Agarraram-se à madeira, correram sobre ela e saltaram, às centenas, por cima de meu corpo. Não os perturbou em nada o movimento cronométrico do pêndulo. Evitando-lhe os golpes, ocuparam-se com a correia besuntada de gordura. Apertavam-se uns aos outros, formigavam sobre mim em pilhas sempre crescentes. Torciam-se sobre minha garganta; seus lábios frios procuravam os meus; eu estava semissufocado pelo peso dessa multidão. Um nojo, para o qual o mundo ainda não inventou nome, arfava-me o peito e me enregelava o coração com pesada viscosidade. Mais um minuto, porém, e senti que a luta estaria terminada. Percebi com clareza o afrouxamento da correia. Sabia que, em mais de um lugar, ela já devia estar cortada. Com resolução sobre-humana, permaneci *imóvel*.

Nem errara em meus cálculos, nem havia suportado tudo aquilo em vão. Afinal, senti que estava *livre*. O loro pendia em tiras do meu corpo. Mas o movimento do pêndulo já me comprimia o peito. Dividira a sarja de minha roupa. Cortara a camisa por baixo dela. Mais duas vezes oscilou ele, e uma aguda sensação de dor atravessou-me cada um dos nervos. Chegara, porém, o momento de escapar. A um gesto da mão, meus libertadores fugiram em tumulto. Com um movimento firme — prudente, oblíquo e lento — de encolhimento, deslizei para fora dos laços da correia e do alcance da cimitarra. Naquele momento, ao menos, *eu estava livre*.

Livre! E nas garras da Inquisição! Mal descera de meu leito de horrores para o chão de pedra da prisão, quando o movimento da máquina infernal cessou, e vi-o ser arrastado por alguma força invisível através do teto. Essa foi uma lição que meu coração desesperado aprendeu de cor. Cada movimento meu era indubitavelmente vigiado. Livre! Eu escapara de morrer numa forma de agonia, mas apenas para ser entregue a qualquer outra forma pior do que a morte. Com tal pensamento, girei os olhos nervosamente em volta, sobre as barreiras de aço que me circundavam. Era óbvio que qualquer coisa de incomum, certa mudança que, a princípio, não pude perceber distintamente, tinha ocorrido no aposento. Durante vários minutos de sonhadora e trêmula abstração, perdi-me em vãs e desconexas conjecturas. Nesse período, dei-me conta pela primeira vez da origem da luz sulfurosa que iluminava a cela. Vinha de uma fenda de cerca de um centímetro e meio de largura que se estendia ao redor de toda a prisão, na base das paredes, que assim pareciam, e o eram de fato, inteiramente afastadas do solo. Tentei, sem dúvida inutilmente, olhar por essa abertura.

Ao erguer-me da tentativa, o mistério do aposento logo se impôs à minha compreensão. Observei que, embora os contornos das figuras nas paredes fossem suficientemente distintos, suas cores pareciam manchadas e indefinidas. Essas cores tinham agora adquirido, e o estavam adquirindo, um brilho assustador e muito intenso, que dava às espectrais e diabólicas imagens um aspecto capaz de fazer tremerem nervos até mais firmes que os meus. Olhos de demônio, de vivacidade selvagem e sinistra, contemplavam-me, vindos de mil direções onde antes nenhum fora visível, e eles cintilavam com o lívido clarão de um fogo que eu não podia forçar a imaginação a considerar irreal.

Irreal! Até ao respirar vinha-me às narinas o bafo do vapor de ferro aquecido! Um odor sufocante derramava-se pela prisão! Um brilho mais profundo se fixava a cada momento nos olhos que contemplavam minhas agonias! Uma coloração carmesim mais rica difundia-se sobre as horrendas pinturas de sangue! Ofeguei! Esforcei-me para respirar! Não podia haver dúvidas quanto aos desígnios de meus atormentadores — oh! os mais inflexíveis, os mais demoníacos dos homens! Fugi do metal incandescente para o centro da cela. Ante o pensamento da destruição ígnea que me ameaçava, a ideia do frescor do poço caiu sobre minha alma como um bálsamo. Corri para suas bordas mortais. Lancei para o fundo um olhar tenso. O brilho do teto inflamado iluminava-lhe os mais recônditos recessos. Contudo, por um momento desordenado, o espírito recusou-se a compreender a significação do que eu via. Por fim, impôs-se — abrindo caminho até minha alma — e gravou-se a fogo em minha mente trêmula. Oh! uma voz para falar! Oh! horror! Oh! qualquer horror, menos esse! Com um berro, fugi da margem e enterrei a face nas mãos, chorando amargamente.

O calor aumentava com rapidez e ainda uma vez olhei para cima, a tremer como num acesso de febre. Segunda alteração tinha se verificado na cela, e agora a mudança era evidentemente na *forma*. Como antes, foi em vão que tentei, a princípio, perceber ou compreender o que estava ocorrendo. Mas não me foi dado permanecer em dúvida por muito tempo. A vingança inquisitorial fora apressada por minha dupla fuga, e não havia mais possibilidade de negacear o Rei dos Terrores. O quarto fora quadrado. Notei que dois de seus ângulos de ferro eram agora agudos e dois, consequentemente, obtusos. A terrível diferença aumentava velozmente, com um ruído lamentoso e surdo. Em um instante, o aposento trocara sua forma pela de um losango. Mas a alteração não parou aí, nem desejava ou esperava eu que parasse. Eu poderia ter aplicado as paredes rubras a meu peito como um vestuário de eterna paz. "A morte!" — disse eu. "Qualquer morte, mas não a do poço!" Louco! Não devia ter sabido que o objetivo dos ferros ardentes era impelir-me *para dentro do poço*? Poderia eu resistir a seu fulgor? Ou, mesmo que sim, poderia suportar sua pressão? E, então, mais e mais se achatou o losango, com uma rapidez que não deixava tempo para refletir. Seu centro e, é claro, sua maior largura ficaram mesmo sobre o abismo escancarado. Fugi — mas, fechando-se, as paredes impeliam-me irresistivelmente para diante. Afinal, de meu corpo queimado e torcido, separavam-me não mais que dois centímetros de solo firme do soalho da prisão. Não lutei mais; a agonia de minha alma, porém, exalou-se num grito alto, longo e decisivo de desespero. Senti que oscilava sobre a borda... Desviei os olhos...

Houve um ruído discordante de vozes humanas! Depois, um estrondoso toque, como o de muitas trombetas! E um rugido áspero, como o de mil trovões! Precipitadamente, recuaram as paredes abrasadas. Um braço estendido agarrou o meu quando, desfalecido, eu caía no abismo. Era o do general Lasalle. O exército francês entrara em Toledo. A Inquisição caíra nas mãos de seus inimigos.

"The Pit and the Pendulum", *1842*

A MÁSCARA DA MORTE RUBRA

Por muito tempo a “Morte Rubra” devastara o país. Jamais pestilência alguma fora tão mortífera ou tão terrível. O sangue era seu avatar e seu sinal — a vermelhidão e o horror do sangue. Surgia com dores agudas, súbitas vertigens; depois, vinha profusa sangueira pelos poros e a decomposição. As manchas vermelhas no corpo, em particular no rosto da vítima, estigmatizavam-na, isolando-a da compaixão e da solidariedade de seus semelhantes. A irrupção, o progresso e o desenlace da moléstia eram coisa de apenas meia hora.

Mas o príncipe Próspero sabia-se feliz, intrépido e sagaz. Quando seus domínios começaram a despovoar-se, chamou à sua presença um milheiro de amigos sadios e frívolos, escolhidos entre os fidalgos e damas da corte, e com eles se encerrou numa de suas abadias fortificadas. Era um edifício vasto e magnífico, criação do gosto excêntrico, posto que majestoso, do próprio príncipe. Forte e alta muralha, com portões de ferro, cercava-o por todos os lados. Uma vez lá dentro, os cortesãos, com auxílio de forjas e pesados martelos, rebitaram os ferrolhos, a fim de cortar todos os meios de ingresso ao desespero dos de fora, e de escape, ao frenesi dos de dentro. A abadia estava amplamente abastecida. Com tais precauções, podiam os cortesãos desafiar o contágio. O mundo externo que se arranjasse. Por enquanto, era loucura pensar nele ou afligir-se por sua causa. O príncipe tomara todas as providências para garantir o divertimento dos hóspedes. Contratara bufões, improvisadores, bailarinos, músicos. Beleza, vinho e segurança estavam dentro da abadia. Além de seus muros, campeava a “Morte Rubra”.

Ao fim do quinto ou sexto mês de reclusão, quando mais furiosamente lavrava a pestilência lá fora, o príncipe Próspero decidiu entreter seus amigos com um baile de máscaras de inédita magnificência.

Que cena voluptuosa, essa mascarada! Mas me permitam, primeiramente, falar das salas em que se realizou. Era uma série imperial de sete salões. Na maioria dos palácios, tais séries formam longas perspectivas em linha reta, as portas abrindo-se de par em par, possibilitando a visão de todo o conjunto. Aqui, o caso era diverso, como se devia esperar do gosto bizarro do duque. Os apartamentos estavam dispostos de forma tão irregular que a vista abarcava pouco mais de um por vez. A cada vinte ou trinta metros, havia um cotovelo brusco, proporcionando novas perspectivas. À direita e à esquerda, no meio de cada parede, uma alta e estreita janela gótica abria-se para o corredor fechado que acompanhava as sinuosidades do conjunto. Essas janelas estavam providas de vitrais cuja cor variava de acordo com o tom predominante da decoração da sala para a qual davam. A sala da extremidade oriental, por exemplo, fora decorada em azul, e intensamente azuis eram suas janelas. A segunda sala tinha ornamento e tapeçarias purpúreas; purpúreas eram as vidraças. A terceira fora pintada de verde, sendo também verdes as armações das janelas. A quarta havia sido decorada e iluminada de alaranjado; a quinta, de branco; a sexta, de violeta. O sétimo aposento estava completamente revestido de veludo preto, que, pendendo do teto e ao longo das paredes, caía em dobras pesadas sobre um tapete de mesmo estofo e cor. Nesse aposento, entretanto, a cor das janelas não correspondia à das decorações. Suas vidraças eram vermelhas, de uma escura tonalidade sanguínea. Cumpre notar que em nenhum dos aposentos havia lâmpada ou candelabro pendendo do teto ricamente ornamentado a ouro. Luz alguma emanava de lâmpada ou candelabro em qualquer das salas. Contudo, nos corredores que as acompanhavam, em frente de cada janela, havia um pesado trípode a sustentar um braseiro cuja luz, filtrando-se através dos vitrais, iluminava o aposento, ocasionando uma infinidade de vistosas e fantásticas aparências. Na sala negra, porém, o clarão, infletindo sobre as negras cortinas através dos vitrais sanguíneos, produzia um efeito extremamente lívido, e dava aparência tão estranha à fisionomia dos que ali entrassem que poucos tinham coragem de atravessar-lhe o umbral.

Era nesse mesmo aposento que havia, encostado à parede oeste, um gigantesco relógio de ébano. Seu pêndulo ia e vinha num tique-taque lento, pesado, monótono. Quando o ponteiro dos minutos completava a volta do mostrador, e a hora estava para soar, saía dos brônzeos pulmões do relógio um som limpo, alto, agudo, extremamente musical, mas de ênfase e timbre tão peculiares que, a cada intervalo de hora, os músicos da orquestra viam-se constrangidos a interromper momentaneamente a execução para ouvi-lo. Nesses momentos, era forçoso que os dançarinos parassem de dançar, e um breve desconcerto se apoderava da alegre companhia. Enquanto vibrava o carrilhão do relógio, os mais afoitos empalideciam, e os mais idosos e sensatos passavam a mão pela fronte, como em sonho ou meditação confusa. Tão logo se esvaíam os ecos, um riso ligeiro percorria a assembleia. Os músicos se entreolhavam, sorrindo da própria nervosidade e loucura, fazendo juras sussurradas, uns aos outros, de que o próximo carrilhonar do relógio não mais produziria neles tal comoção. Todavia, sessenta minutos mais tarde (que abrangem três mil e seiscentos segundos do tempo que voa), quando vinha outro carrilhonar do relógio, de novo se dava o mesmo desconcerto, o mesmo tremor, a mesma meditação de antes.

A despeito de tudo isso, a folia ia alegre e magnífica. Os gostos do duque eram originais. Tinha ele olho esperto para cores e efeitos. Desprezava as maneiras da moda em vigor. Seus projetos eram audazes e vivos; suas concepções esplendiam de um lustro bárbaro. Muitos acreditariam tratar-se de um louco. Seus adeptos, porém, sabiam que não. Era preciso ouvi-lo, vê-lo e tocá-lo para *assegurar-se* de seu juízo perfeito.

Em grande parte, ele comandara pessoalmente a caprichosa decoração das salas para a grande *fête*; sob sua orientação, haviam sido escolhidas as fantasias. Sem dúvida, elas eram grotescas. Havia muito brilho, muita pompa, muita coisa fantástica, muito daquilo que, desde então, pode-se ver em *Hernani*. Havia figuras arabescas, com membros e adornos desproporcionados. Havia fantasias delirantes, invenções de louco. Havia muito de belo, de atrevido, de *bizarro*, algo de terrível, capaz em não pouca medida de provocar aversão. Para lá e para cá, nas sete salas, movimentava-se uma multidão de sonhos. E esses sonhos andavam de um canto a outro, impregnando-se do colorido das salas, fazendo a música extravagante da orquestra soar como o eco de seus passos. Mas logo cantava o relógio de ébano na sala aveludada; por um momento, tudo se fazia imobilidade e silêncio, perturbado apenas por aquela voz. Os sonhos paravam, retesados. Porém, quando os ecos do carrilhão se esvaíam — tinham durado apenas um instante —, um frouxo de riso os acompanhava. E, mais uma vez, a música era reiniciada, os sonhos tornavam a viver e a circular mais alegremente que nunca, banhados pelas cores que a luz dos trípodes, atravessando os vitrais, projetava sobre eles. Entretanto, à última das sete salas, ninguém se aventurava, porque, avançando a noite, a luz filtrada pelas rubras vidraças fazia-se mais sanguínea; e a negrura dos panejamentos causava medo. Aqueles cujos pés pisassem o tapete veludoso ouviriam o som abafado do relógio, e o ouviriam mais solenemente enfático que os convivas dos demais salões.

Esses outros salões estavam cheios de gente; neles, pulsava febril o coração da vida. E a folia continuou, rodopiante, até que o relógio começou a bater meia-noite. A música parou, como já descrevi; acalmou-se o rodopio dos dançarinos; e, como antes, uma constrangida imobilidade tomou conta de todas as coisas. Doze foram as badaladas; por isso, os que meditavam entre os foliões tiveram tempo de meditar mais longa e profundamente. E antes que se esvanecesse o eco da última badalada, muitos dos convivas puderam perceber a presença de um novo mascarado, que, até então, não atraíra as atenções. Entre murmúrios, propagou-se a notícia da nova presença; elevou-se da companhia um zum-zum, um rumor de desaprovação e surpresa, a princípio; de terror, de horror e de náusea, depois.

Numa assembleia de fantasmas, como a que descrevi, era de supor que tal agitação não seria causada por aparição vulgar.

Na realidade, a licença carnavalesca da noite fora praticamente ilimitada, mas o novo mascarado excedia em extravagância ao próprio Herodes; ultrapassava, inclusive, os indecisos limites de decoro impostos pelo príncipe. Há fibras no coração dos mais levianos que não podem ser tocadas impunemente. Mesmo para os pervertidos, para quem vida e morte são brinquedos igualmente frívolos, há assuntos sobre os quais não se admitem brincadeiras. Todos os presentes pareciam se dar conta de que, nos trajes e nas atitudes do estranho, nada havia de espirituoso ou de conveniente. Alto e lívido, vestia uma mortalha que o cobria da cabeça aos pés. A máscara que lhe escondia as feições imitava com tanta perfeição a rigidez facial de um cadáver que nem mesmo a um exame atento se perceberia o engano. E, no entanto, tudo isso seria, se não aprovado, ao menos tolerado pelos presentes, não fora a audácia do mascarado em disfarçar-se de Morte Rubra. Suas vestes estavam salpicadas de sangue; sua ampla fronte, assim como toda a face, fora borrifada com horrendas manchas escarlates.

Quando os olhos do príncipe Próspero caíram sobre aquela figura espectral (que, para melhor representar seu papel, caminhava entre os dançarinos com passos lentos e solenes), viram-no ser tomado de convulsões e arrepios de terror ou asco, no primeiro instante; logo depois, porém, seu rosto congestionou-se de raiva.

— Quem se atreve — perguntou roucamente aos cortesãos que o cercavam —, quem se atreve a insultar-nos com essa brincadeira blasfema? Agarrem-no, desmascarem-no! Assim saberemos quem deverá ser enforcado ao amanhecer!

Essas palavras vieram da sala azul, onde se achava o príncipe quando as pronunciou. Ecoavam pelas sete salas, alta e claramente, porque o príncipe era homem destemido e forte, e a música havia cessado, a um gesto seu.

Vieram da sala azul, onde estava o príncipe, rodeado de cortesãos empalidecidos. No primeiro momento que se seguiu à fala do príncipe, houve um ligeiro movimento de avanço do grupo em direção ao intruso. Este se achava perto e, com passos deliberados e firmes, aproximou-se do anfitrião. Mas, devido ao indefinível terror produzido pelo mascarado no ânimo de todos, ninguém se atreveu a agarrá-lo. Sem empecilho, ele se afastou, passando a um metro do lugar onde estava o príncipe. À sua passagem, toda a vasta assembleia, como que movida pelo mesmo impulso, afastou-se do centro das salas para as paredes, e o mascarado pôde seguir seu caminho com desembaraço, e com os mesmos passos solenes e medidos com que passara da sala azul à vermelha, da vermelha à verde, da verde à alaranjada, desta para a branca, e para a violeta, sem que nenhum dos circunstantes tivesse esboçado um gesto para detê-lo. Foi quando, louco de raiva e vergonha da própria e momentânea covardia, o príncipe Próspero cruzou apressadamente as seis salas, sem ninguém a segui-lo: o terror se apoderara de todos. Brandindo o punhal, avançava impetuosa e rapidamente; já estava a três ou quatro passos do vulto que se retirava, quando este, atingindo a extremidade da sala aveludada, virou-se bruscamente e enfrentou seu perseguidor. Nesse instante ouviu-se um grito agudo, e o punhal caiu cintilante no tapete negro, sobre o qual tombou também, instantaneamente e ferido de morte, o príncipe Próspero. Recorrendo à selvática coragem do desespero, um grupo de foliões correu para a sala negra e, agarrando o mascarado, cuja alta figura permanecia ereta e imóvel à sombra do relógio de ébano, detiveram-se eles, horrorizados, ao descobrir que a mortalha e a máscara mortuária que tão rudemente haviam agarrado não continham nenhuma forma tangível.

Só então se reconheceu a presença da Morte Rubra. Viera como um ladrão na noite. E, um a um, caíram os foliões nos ensanguentados salões da orgia, e morreram, conservando a mesma desesperada postura da queda. E a vida do relógio de ébano extinguiu-se simultaneamente com a do último dos foliões. E as chamas dos trípodes apagaram-se. E a Escuridão, a Ruína e a Morte Rubra estenderam seu domínio ilimitado sobre tudo.

"The Masque of the Red Death", *1842*

BERENICE

*Dicebant mihi sodales, si sepulchrum amicae visitarem, curas meas aliquantulum fore levatas.**
Ebn Zaiat

A DESGRAÇA É VARIADA. O infortúnio da terra é multiforme. Estendendo-se pelo vasto horizonte, como o arco-íris, suas cores são como as dele, variadas, distintas e, contudo, intimamente misturadas. Estendendo-se pelo vasto horizonte como o arco-íris! Como é que, da beleza, derivei eu um exemplo de feiura? Da aliança da paz, um símile de tristeza? Mas é que, assim como, na ética, o mal é uma consequência do bem, da alegria nasce, na realidade, a tristeza. Ou a lembrança da felicidade passada é a angústia de hoje, ou as agonias que *existem* agora têm sua origem nos êxtases que *podiam ter existido*.

Meu nome de batismo é Egeu; o de minha família, não o mencionarei. E, no entanto, não há torres no país mais vetustas do que as salas cinzentas e melancólicas do solar de meus avós. Nossa estirpe tem sido chamada uma raça de visionários. Em muitos pormenores notáveis, no caráter da mansão familiar, nos afrescos do salão principal, nas tapeçarias dos dormitórios, nas cinzeladuras de algumas colunas da sala de armas e, mais especialmente, na galeria de pinturas antigas, no estilo da biblioteca e, por fim, na natureza muito peculiar dos livros que ela continha, há evidência mais que suficiente a garantir minha assertiva.

As recordações de meus primeiros anos estão intimamente ligadas àquela biblioteca e a seus volumes, dos quais nada mais direi. Ali morreu minha mãe. Ali nasci. Mas é perda de tempo dizer que eu não havia vivido antes, que a alma não tem existência prévia. Discordam os senhores? Não discutamos o assunto.

* Diziam-me os amigos que, se eu visitasse o túmulo de minha amiga, minhas inquietudes seriam, de alguma forma, mitigadas. (N. E.)

Convencido eu mesmo, não procuro convencer. Há, porém, uma lembrança de forma aérea, de olhos espirituais e expressivos, de sons musicais embora tristes; uma lembrança que jamais será apagada; uma reminiscência parecida a uma sombra, vaga, variável, indefinida, instável; e tão parecida a uma sombra, também, que me vejo na impossibilidade de livrar-me dela enquanto a luz de minha razão existir.

Foi naquele quarto que nasci. Emergindo assim da longa noite daquilo que parecia, mas não era, o nada, para logo cair nas mesmas regiões da terra das fadas, num palácio fantástico, nos estranhos domínios do pensamento monástico e da erudição, não é de estranhar que tenha eu lançado em torno de mim um olhar ardente e espantado, que tenha consumido minha infância nos livros e dissipado minha juventude em devaneios; mas *é* estranho que, com o correr dos anos, e tendo o apogeu da maturidade me encontrado ainda na mansão de meus pais; *é* maravilhoso que a inércia tenha tombado sobre as fontes da minha vida; *é* maravilhoso como total inversão se operou na natureza de meus pensamentos mais comuns. As realidades do mundo me afetavam como visões, e somente como visões, enquanto as loucas ideias da terra dos sonhos tornavam-se, por sua vez, não o estofo de minha existência cotidiana, mas, na realidade, a própria existência em si, completa e unicamente.

Berenice e eu éramos primos e crescemos juntos no solar paterno. Mas crescemos diferentemente: eu, de má saúde e mergulhado na minha melancolia; ela, ágil, graciosa e exuberante de energia; ela, entregue aos passeios pelas encostas da colina; eu, aos estudos no claustro. Eu, encerrado em meu próprio coração e dedicado, de corpo e alma, à mais intensa e penosa meditação; ela, divagando descuidosa pela vida, sem pensar em sombras no seu caminho ou no voo silencioso das horas de asas de corvo. Berenice! — invoco-lhe o nome — Berenice! — e das ruínas sombrias da memória repontam milhares de tumultuosas recordações ao som da invocação! Ah, bem viva tenho agora sua imagem diante de mim, como nos velhos dias de sua jovialidade e alegria! Oh, deslumbrante, porém fantástica beleza! Oh, sílfide entre arbustos de Arnheim! Oh, náiade entre suas fontes! E depois — depois tudo é mistério e horror, uma história que não deveria ser contada. Uma doença, uma fatal doença soprou como o simum sobre seu corpo. E precisamente quando a contemplava, o espírito da metamorfose arrojou-se sobre ela, invadindo-lhe a mente, os hábitos e o caráter, perturbando-lhe, da maneira mais sutil e terrível, a própria personalidade! Ah, o destruidor veio e se foi! E a vítima — onde estava ela? Não a conhecia — ou não mais a conhecia como Berenice!

Entre a numerosa série de males acarretados por aquele fatal e primeiro, que ocasionou uma revolução de tão horrível espécie no ser moral e físico de minha prima, pode-se mencionar como o mais aflitivo e obstinado em sua natureza uma espécie de epilepsia que, não raro, terminava em transe cataléptico, transe muito semelhante à morte efetiva, do qual despertava ela quase sempre de uma maneira assustadoramente súbita. Entrementes, minha própria doença — pois me fora dito que eu não poderia dar-lhe outro nome —, minha própria doença aumentou e assumiu afinal um caráter de monomania, de forma nova e extraordinária; a cada hora e momento crescia em vigor e, por fim, veio a adquirir sobre mim a mais incompreensível ascendência. Essa monomania, se devo assim chamá-la, consistia numa irritabilidade mórbida daquelas faculdades do espírito denominadas pela ciência metafísica "*faculdades da atenção*". É mais que provável não me entenderem, mas temo, deveras, que me seja totalmente impossível transmitir à mente do leitor comum uma ideia adequada daquela nervosa *intensidade de atenção* com que, no meu caso, as faculdades meditativas (para evitar a linguagem técnica) se aplicavam e absorviam na contemplação dos mais vulgares objetos do mundo.

Meditar infatigavelmente longas horas, com a atenção voltada para alguma frase frívola, à margem de um livro ou no seu aspecto tipográfico; ficar absorto durante a melhor parte de um dia de verão na contemplação de uma sombra extravagante, projetada obliquamente sobre a tapeçaria ou sobre o soalho; perder uma noite inteira olhando a chama imóvel de uma lâmpada ou as brasas de um fogão; sonhar dias inteiros com o perfume de uma flor; repetir monotonamente alguma palavra comum, até que o som, à força da repetição frequente, cessasse de representar ao espírito a menor ideia, qualquer que fosse; perder toda a noção de movimento ou de existência física em virtude de uma absoluta quietação do corpo, prolongada e obstinadamente mantida — tais eram os caprichos mais comuns e menos perniciosos provocados por um estado de minhas faculdades mentais não, de fato, absolutamente sem paralelo, mas desafiador, decerto, de qualquer espécie de análise ou explicação.

Sejamos, porém, mais explícitos. A excessiva, ávida e mórbida atenção assim excitada por objetos triviais em sua própria natureza não deve ser confundida, a propósito, com aquela propensão meditativa comum a toda a humanidade e, mais especialmente, do agrado das pessoas de imaginação ardente. Nem era tampouco, como se poderia a princípio supor, um estado extremo ou uma exageração de tal propensão, e sim algo primária e essencialmente distinto e diferente dela. Naquele caso, o sonhador ou entusiasta, estando interessado por um objeto, geralmente *não* trivial, perde imperceptivelmente de vista esse objeto em decorrência de uma imensidade de deduções e sugestões dele provindas, até que, chegando ao fim desse seu sonho acordado, *muitas vezes repleto de voluptuosidade*, descobre estar o *incitamentum*, ou causa primeira de suas meditações, esvanecido e esquecido por completo. No meu caso, porém, o ponto de partida era invariavelmente frívolo, embora assumisse, por força de minha visão doentia, uma importância irreal e refratada. Nenhuma ou poucas reflexões eram feitas, e essas poucas voltavam obstinadamente ao objeto primitivo, como a um centro. As meditações *nunca* eram agradáveis e, ao fim do devaneio, a causa primeira, longe de estar fora de vista, atingira aquele interesse sobrenaturalmente exagerado que era a característica principal da doença. Em resumo, as faculdades da mente mais particularmente exercitadas em mim eram, como já disse antes, as *da atenção*, ao passo que no sonhador-acordado são as *especulativas*.

Naquela época, meus livros, se não contribuíam efetivamente para irritar a moléstia, participavam largamente, como é fácil perceber-se, por sua natureza imaginativa e inconsequente, das qualidades características da própria doença. Bem me lembro, entre outros, do tratado do nobre italiano Coelius Secundus Curio, *De amplitudine beati regni Dei*;* da grande obra de Santo Agostinho, *A cidade de Deus*; do *De carne Christi*, de Tertuliano, no qual a paradoxal sentença: *Mortuus est Dei filius; credibile est quia ineptum est; et sepultus resurrexit; certum est quia impossibile est*,** absorveu todo o meu tempo durante semanas de laboriosa e infrutífera investigação.

Dessa forma, minha razão, perturbada em seu equilíbrio por coisas simplesmente triviais, assemelhava-se àquele penhasco marítimo de que fala Ptolomeu Hefestião, que resistia inabalável aos ataques da violência humana e à fúria ainda mais intensa das águas e dos ventos, mas tremia ao simples toque da flor chamada asfódelo. E embora a um pensador desatento possa parecer fora de dúvida que a alteração produzida no estado *moral* de Berenice pela lastimável moléstia fornecesse motivos vários para o exercício daquela intensa e anormal meditação cuja natureza tive dificuldades em explicar, não foi isso, em absoluto, o que aconteceu. Nos intervalos lúcidos de minha enfermidade, a desgraça que a feria mortificava-me deveras, e me afetava fundamente o coração aquela ruína total de sua vida alegre e doce. Por isso, não deixava de refletir muitas vezes, e com amargura, nas causas prodigiosas que haviam, de forma tão súbita, produzido modificações tão estranhas. Mas essas reflexões não participavam da idiossincrasia de minha doença, e eram as mesmas que teriam ocorrido, em idênticas circunstâncias, à massa or-

* Da grandeza do bem-aventurado reino de Deus. (N. E.)

** O filho de Deus está morto; isto é crível porque é absurdo; o sepultado ressuscitou; isto é certo por ser impossível. (N. E.)

dinária dos homens. Fiel a seu próprio caráter, minha desordem mental preocupava-se com as mudanças menos importantes, ainda que mais chocantes, operadas na constituição física de Berenice, na estranha e verdadeiramente espantosa alteração de sua personalidade.

Nunca, jamais a amara durante os dias mais brilhantes de sua incomparável beleza. Na estranha anomalia de minha existência, os sentimentos *nunca me provinham* do coração: minhas paixões *eram sempre* do espírito. Através do crepúsculo matutino, entre as sombras estriadas da floresta, ao meio-dia, e no silêncio de minha biblioteca, à noite, esvoaçara ela diante de meus olhos, e eu a contemplara não como a viva e respirante Berenice, mas como a Berenice de um sonho; não como um ser da Terra, terreno, mas como a abstração de tal ser; não como coisa para admirar, mas para analisar; não como um objeto de amor, mas como o tema da mais abstrusa, embora inconstante, especulação. E *agora* — agora eu estremecia em sua presença e empalidecia à sua aproximação; embora lamentando amargamente sua decadência e desolada condição, lembrei-me de que ela me amava havia muito e, num momento fatal, falei-lhe em casamento.

Aproximava-se, enfim, o período de nossas núpcias quando, numa tarde de inverno, de um daqueles dias intempestivamente cálidos, sossegados e nevoentos que são a alma da bela Alcíone,* sentei-me no mais recôndito gabinete da biblioteca. Julgava estar sozinho, mas, erguendo a vista, divisei Berenice, em pé à minha frente.

Foi minha própria imaginação excitada, a nevoenta influência da atmosfera, o crepúsculo impreciso do aposento ou as cinzentas roupagens que lhe caíam em torno do corpo — o que, afinal, lhe dera aquele contorno indeciso e vacilante? Não sei

* Como Júpiter, durante o inverno, concedia por duas vezes sete dias de calor, os homens batizaram esse tempo brando e temperado de "a ama de leite da bela Alcíone". — Simônides. (N. E.)

dizê-lo. Ela não disse palavra e eu, por forma alguma, podia emitir uma só sílaba. Um gélido calafrio correu-me pelo corpo, uma sensação de intolerável ansiedade me oprimia, uma curiosidade devoradora invadiu-me a alma e, recostando-me na cadeira, permaneci por algum tempo imóvel e sem respirar, com os olhos fixos em seu vulto. Ai, sua magreza era excessiva e nenhum vestígio da criatura de outrora se vislumbrava numa linha sequer de suas formas. Meu olhar ardente pousou enfim em seu rosto.

A fronte era alta, muito pálida e de uma placidez singular. O cabelo, outrora negro, de azeviche, caía-lhe parcialmente sobre a testa e sombreava as fontes encovadas com numerosos anéis, agora de um amarelo vivo, discordando, por seu caráter fantástico, da melancolia reinante nas feições. Os olhos, sem vida e sem brilho, pareciam desprovidos de pupilas, e desviei involuntariamente a vista de sua fixidez vítrea para contemplar os lábios delgados e contraídos. Entreabriram-se e, num sorriso bem significativo, *os dentes* da Berenice transformada se foram mostrando pouco a pouco. Prouvera a Deus nunca os tivesse visto, ou que, tendo-os visto, tivesse morrido!

O batido de uma porta assustou-me e, erguendo a vista, vi que minha prima havia abandonado o aposento. Mas do aposento desordenado do meu cérebro não havia saído, ai de mim!, nem queria sair o *espectro* branco e horrível de seus dentes. Nem uma mancha se via em sua superfície, nem um matiz no esmalte, nem uma falha nas bordas que aquele breve tempo de seu sorriso não me houvesse gravado na memória. Via-os *agora* até mais distintamente do que os vira *antes*. Os dentes! Os dentes! Estavam aqui e ali e por toda a parte, visíveis, palpáveis, diante de mim. Compridos, estreitos e excessivamente brancos, com os pálidos lábios contraídos sobre eles, como no instante mesmo de seu primeiro e terrível crescimento. Então, desencadeou-se a plena fúria de minha *monomania*, e em vão lutei contra sua estranha e irresistível influência. Os múltiplos objetos do mundo exterior não me despertavam outro pensamento que não fosse o daqueles dentes. Queria-os com frenético desejo. Todos os assuntos e todos os interesses diversos foram absorvidos por aquela exclusiva contemplação. Eles — somente eles estavam presentes aos olhos de meu espírito, e eles, em sua individualidade única, se tornaram a essência de minha vida mental. Via-os sob todos os aspectos. Revolvia-os em todas as suas peculiaridades. Meditava em sua conformação. Refletia na alteração de sua natureza. Estremecia ao atribuir-lhes, na imaginação, faculdades de sentimento, sensação e mesmo, quando desprovidos dos lábios, capacidade de expressão moral. Dizia-se, com razão, de mademoiselle de Sallé "*que tous ses pas étaient des sentiments*";* de Berenice, com mais séria razão acreditava eu "*que toutes ses dents étaient des idées*".** *Idées!* Ah, esse foi o pensamento absurdo que me destruiu! *Des idées!* Ah, *eis por que* eu os cobiçava tão loucamente! Sentia que somente a posse deles poderia restituir-me a paz e devolver-me a razão.

E assim cerrou-se a noite em torno de mim. Vieram as trevas, demoraram, foram embora. E o dia raiou mais uma vez. E os nevoeiros de uma segunda noite tornaram a se adensar a meu redor. E eu ainda continuava sentado, imóvel, naquele quarto solitário, ainda mergulhado em minha meditação, ainda com o *fantasma* dos dentes mantendo sua terrível ascendência sobre mim, a flutuar com a mais viva e hedionda nitidez entre as luzes e sombras mutáveis do aposento. Afinal, explodiu em meio de meus sonhos um grito de horror e de consternação, ao qual se seguiu, depois de uma pausa, o som de vozes aflitas, entremeadas de surdos lamentos de tristeza e pesar. Levantei-me e, escancarando uma das portas da biblioteca, vi, de pé, na antecâmara, uma criada toda em lágrimas, que me disse que Berenice não mais... vivia! Fora tomada de um ataque epiléptico pela manhã e agora, ao cair da noite, a cova estava pronta para

* Que todos os seus passos eram sentimentos. (N. E.)

** Que todos os seus dentes eram ideias. (N. E.)

receber sua ocupante e todos os preparativos do enterro estavam terminados.

Com o coração cheio de angústia, oprimido pelo temor, dirigi-me com repugnância para o quarto de dormir da defunta. Era um quarto vasto, muito escuro, e eu me chocava a cada passo com os preparativos do sepultamento. Os cortinados do leito, disse-me um criado, estavam fechados sobre o ataúde, e naquele ataúde, acrescentou ele em voz baixa, jazia tudo quanto restava de Berenice.

Quem, pois, me perguntou se eu não queria ver o corpo? Não vi moverem-se os lábios de ninguém; entretanto, a pergunta fora realmente feita, e o eco das últimas sílabas ainda se arrastava pelo quarto. Era impossível resistir e, com uma sensação opressiva, dirigi-me a passos tardos para o leito. Ergui de manso as sombrias dobras das cortinas, mas, deixando-as cair de novo, desceram elas sobre meus ombros e, separando-me do mundo dos vivos, me encerraram na mais estreita comunhão com a defunta.

Todo o ar do quarto respirava morte; o cheiro característico do ataúde me fazia mal, e imaginava que um odor deletério exalava já do cadáver. Teria dado mundos para escapar, para livrar-me da perniciosa influência mortuária, para respirar uma vez ainda o ar puro dos céus eternos. Mas, me faleciam as forças para mover-me, meus joelhos tremiam e me sentia como que enraizado no solo, contemplando fixamente o rígido cadáver, estendido ao comprido, no caixão aberto.

Deus do céu! Seria possível? Transviara-se meu cérebro, ou o dedo da defunta se mexera no sudário que a envolvia? Tremendo de inexprimível terror, ergui lentamente os olhos para ver o rosto do cadáver. Haviam-lhe amarrado o queixo com um lenço, que, não sei como, se desatara. Os lábios lívidos se torciam numa espécie de sorriso, e, por entre sua moldura melancólica, os dentes de Berenice, brancos, luzentes, terríveis, me fixavam ainda com uma realidade demasiado vívida. Afastei-me convulsivamente do leito e, sem pronunciar uma palavra, corri como louco para fora daquele quarto de mistério, de horror e de morte.

Achei-me de novo sentado na biblioteca, e de novo estava só. Parecia-me que, havia pouco, despertara de um sonho confuso e agitado. Sabia que era então meia-noite, e bem ciente estava de que, já ao pôr do sol, Berenice tinha sido enterrada. Mas, do que ocorrera durante esse tétrico intervalo, eu não tinha qualquer percepção positiva, ou pelo menos definida. Minha lembrança dele, porém, estava repleta de horror, horror mais horrível porque impreciso, terror mais terrível porque ambíguo. Era uma página espantosa do registro de minha existência, toda escrita com sombrias e medonhas e ininteligíveis recordações. Tentava decifrá-las, mas em vão; e, de vez em quando, como o espírito de um som evadido, parecia-me retinir nos ouvidos o grito agudo e lancinante de uma voz de mulher. Eu fizera alguma coisa; que era, porém? Interrogava-me em voz alta, e os ecos do aposento me respondiam: "*Que era?*".

Sobre a mesa, a meu lado, ardia uma lâmpada e, perto dela, estava uma caixinha. Não era de aspecto digno de nota, eu já a vira antes com frequência, pois pertencia ao médico da família; mas, como fora parar *ali*, sobre minha mesa, e por que estremecia eu ao contemplá-la? Não valia a pena importar-me com tais coisas, de sorte que meus olhos, por fim, caíram sobre as páginas abertas de um livro e sobre uma sentença nelas sublinhada. Eram as palavras singulares, porém simples, do poeta Ebn Zaiat: "*Dicebant mihi sodales, si sepulchrum amicae visitarem, curas meas aliquantulum fore levatas*". Por que, então, ao lê-las, os cabelos de minha cabeça se eriçaram até a ponta, e o sangue de meu corpo congelou-se nas veias?

Uma leve pancada soou na porta da biblioteca e, pálido como o habitante de um sepulcro, um criado entrou na ponta dos pés. Sua fisionomia estava transtornada de pavor, e ele me falou em voz trêmula, rouca e muito baixa. Que disse? Ouvi frases truncadas. Falou-me de um grito selvagem que perturbara o silêncio da noite... do acorrer dos moradores da casa... de uma busca do lugar de onde viera o som. E, depois, sua voz se tornou penetrantemente distinta ao murmurar a respeito de um túmulo violado... de um corpo amortalhado e desfigurado, mas ainda a respirar, ainda palpitante, *ainda vivo*!

Ele apontou para minhas roupas; estavam sujas de barro e de coágulos de sangue. Eu nada falava, e ele pegou-me levemente na mão; havia, gravadas nela, sinais de unhas humanas. Chamou-me, então, a atenção para certo objeto encostado à parede, que contemplei por alguns minutos: era uma pá. Com um grito, saltei para a mesa e agarrei a caixa que sobre ela jazia. Mas não pude arrombá-la; em meu tremor, ela deslizou-me das mãos e caiu com força, quebrando-se em pedaços. E dela, com um som tintinante, rolaram vários instrumentos de cirurgia dentária, de mistura com trinta e duas peças brancas, pequenas, como que de marfim, que se espalharam por todo o assoalho.

"Berenice", 1835

SOMBRA — UMA PARÁBOLA

Sim! Embora eu caminhe pelo vale da Sombra.
Salmo de Davi

VOCÊS, QUE ME LEEM, estão ainda entre os vivos, mas eu, que escrevo, desde há muito ingressei no reino das sombras. Pois, em verdade, coisas estranhas acontecerão, e coisas secretas serão reveladas, e muitos séculos decorrerão antes de os homens terem conhecimento destas memórias. E, quando o tiverem, mostrarão uns descrença, outros dúvida; poucos hão de achar sobre que refletir nas palavras aqui traçadas com pena de ferro.

Foi um ano de terror, e de sentimentos mais intensos que o terror. Sentimentos para os quais até hoje não se achou nome apropriado. Muitos prodígios e sinais haviam ocorrido; em toda parte, sobre mar e terra, a pestilência estendera suas asas negras. Para aqueles versados nos astros, não passara despercebido o aspecto mórbido dos céus. Para mim, Oinos, o grego, assim como para outros, era óbvio que ocorrera a alteração do ano 794 quando, à entrada de Áries, o planeta Júpiter põe-se em conjunção com o rubro anel do terrível Saturno. O espírito peculiar dos céus, se não me engano demais, evidenciava-se não só na órbita física da Terra, como também nas almas, nas imaginações, nas meditações da humanidade.

Ao redor de algumas garrafas de rubro vinho de Quios, entre as quatro paredes de um nobre vestíbulo numa cidade sombria chamada Ptolemais, estávamos sentados, um grupo de sete, à noite. Para nossa câmara não havia outra entrada além de alta porta de bronze, trabalhada pelo artífice Corinos. Fruto de hábil artesanato, fora aferrolhada por dentro. Cortinas negras ocultavam-nos a vista da lua, das estrelas lúridas, das ruas despovoadas, embora não excluíssem o pressentimento e a lembrança do flagelo. Havia coisas à nossa volta das quais não posso dar fiel testemunho — coisas materiais e espirituais — a atmosfera pesada — a sensação de sufocamento — ansiedade — e, sobretudo, aquela terrível condição de existência experimentada pelas pessoas nervosas, quando os sentidos estão vividamente aguçados e o poder de reflexão jaz adormecido. Um peso morto acabrunhava-nos. Oprimia nossos ombros, o mobiliário da sala, as taças de que bebíamos. Todas as coisas estavam opressas e prostradas; todas as coisas, exceto as sete lâmpadas de ferro a iluminar nossa orgia. Elevando-se em filetes de luz, queimavam pálidas e imóveis. No espelho que seu brilho formava sobre a mesa redonda de ébano, cada um de nós revia a palidez do próprio rosto, e um brilho inquieto nos olhos baixos dos demais. Mesmo assim, ríamos e nos alegrávamos de modo histérico; cantávamos as doidas canções de Anacreonte; bebíamos generosamente, embora o vinho nos recordasse o sangue. Pois, além de nós, havia outra pessoa na sala — o jovem Zoilo. Morto, deitado de comprido, ali jazia amortalhado — o gênio e o demônio da cena. Mas, ai, não participava de nossa alegria, salvo pela face, retorcida pela doença, e pelos olhos, nos quais a morte extinguira apenas a meio o fogo da pestilência, e que pareciam, face e olhos, ter por nossa diversão o mesmo interesse que têm os mortos pelas diversões dos prestes a morrer. Embora eu, Oinos, percebesse estarem os olhos do cadáver fixos em mim, ainda assim tentava ignorar-lhes a amargura e, contemplando firmemente as profundezas do espelho de ébano, cantava em voz alta e sonora as canções do filho de Teios. Aos poucos, porém, acabaram-se minhas canções, e os ecos, perdendo-se por entre os negros reposteiros da sala, enfraqueceram, tornaram-se indistintos, calaram-se de todo. Mas, ai, dos mesmos reposteiros por onde se perderam os ecos das canções, emergiu uma sombra escura e indefinível — a mesma sombra que a lua, quando baixa nos céus, desenharia de um homem sobre o chão. Aquela, porém, não era sombra de homem, nem de Deus, nem de coisa alguma conhecida. Tremulando um instante nos reposteiros do quarto, estendeu-se em seguida sobre a superfície da porta de bronze. Mas a sombra era vaga, e sem forma, e indefinida, não era sombra de homem nem de Deus — nem do Deus da Grécia, nem do Deus da Caldeia, nem de qualquer Deus egípcio. E a sombra jazia sobre o brônzeo portal, sob a cornija arqueada, e não se movia, nem dizia palavra: permanecia imóvel e muda. E a porta sobre a qual jazia a sombra, se bem me lembro, estava encostada aos pés do jovem Zoilo amortalhado. E nós, os sete ali reunidos, tendo visto a sombra sair de entre os reposteiros, não ousávamos encará-la; desviávamos os olhos, mirávamos fixamente as profundezas do espelho de ébano. Por fim, eu, Oinos, articulando algumas palavras surdas, indaguei da sombra qual era seu nome e morada. E a sombra respondeu:

— Eu sou a SOMBRA. Minha morada fica perto das catacumbas de Ptolemais, junto daquelas sombrias planícies de Helusion que bordejam o canal sujo de Caronte.

E então nós, os sete, erguemo-nos de nossas cadeiras, horrorizados, trêmulos, enregelados, espavoridos. Porque o tom de voz da sombra não era o tom de voz de nenhum ser individual, mas de uma multidão de seres, e, variando de cadência, de sílaba para sílaba, ecoou confusamente aos nossos ouvidos, com os acentos familiares e inesquecíveis das vozes de milhares de amigos mortos.

"Shadow — A Parable", 1835

O DIABO NO CAMPANÁRIO

Que horas são?
Velho ditado

TODA A GENTE SABE, de modo geral, que o mais belo lugar do mundo é — ou, ai, *era* — o burgo holandês de Vondervotteimittiss. Contudo, visto encontrar-se ele a alguma distância de qualquer das principais estradas, estando de certo modo fora de mão, talvez muito poucos de meus leitores o tenham alguma vez visitado. Em benefício daqueles que não o hajam visitado, portanto, nada mais acertado dar-lhes eu alguns informes a seu respeito. E isso é, de fato, tanto mais necessário quanto, na esperança de conquistar a simpatia pública em favor de seus habitantes, me proponho aqui relatar a história dos acontecimentos calamitosos que recentemente ocorreram dentro dos limites daquele burgo. Ninguém que me conheça duvidará de que o dever assim imposto a mim mesmo será cumprido com o melhor da minha habilidade, com toda aquela severa imparcialidade, todo o exame cauteloso dos fatos e a diligente citação de autoridades que sempre distinguiram aquele que aspira ao título de historiador.

Graças ao auxílio simultâneo de medalhas, manuscritos e inscrições, estou capacitado a afirmar com toda certeza que o burgo de Vondervotteimittiss sempre existiu, desde suas origens, precisamente nas mesmas condições em que até hoje se preserva. A respeito da data de sua origem, porém, lamento só poder falar com aquela espécie de imprecisa precisão que os matemáticos se veem às vezes forçados a usar em relação a certas fórmulas algébricas. No que tange, pois, a sua remota antiguidade, essa data, se assim posso dizer, não pode ser menor que qualquer quantidade determinável.

No que concerne à etimologia da palavra Vondervotteimittiss, confesso-me com pesar igualmente em falta. Em meio duma multidão de opiniões sobre esse delicado ponto, umas argutas, outras eruditas, outras bem o contrário, nada posso selecionar que deva ser considerado satisfatório. Talvez a opinião de Grogswigg, quase coincidente com a de Kroutaplenttey, deva ser prudentemente preferida. É a seguinte: "*Vondervotteimittiss — Vonder, lege Donder — Votteimittiss, quasi und Bleitziz — Bleitziz obsol: pro Blitzen*". Tal derivação, para falar a verdade, é ainda sustentada por alguns restos do fluido elétrico evidentes no alto do campanário da Casa do Conselho Municipal. Não pretendo, contudo, arriscar-me a opinar sobre tese de tanta importância, e devo encaminhar o leitor sequioso de informações ao *Oratiunculae de Rebus Proeter Veteris*, de Dundergutz. Ver também Blunderbuzzard, *De Derivationibus*, pp. 27 a 5010, in-fólio, edição gótica, caracteres vermelhos e negros, com chamadas e sem monograma; consultar também as notas marginais no autógrafo de Stuffundpuff, com os subcomentários de Gruntundguzzell.

Não obstante a obscuridade que, assim, envolve a data da fundação de Vondervotteimittiss e a etimologia de seu nome, não pode haver dúvida, como disse antes, de que o burgo sempre existiu tal como o vemos na época atual. Seu mais velho habitante não pôde recordar-se da mais leve diferença na aparência de qualquer porção dele e, de fato, a simples sugestão de tal possibilidade é considerada um insulto. A aldeia está situada num vale perfeitamente circular, com cerca de quatrocentos metros de circunferência, e é inteiramente cercada de gentis colinas, cujos cumes os habitantes do condado jamais se aventuraram ainda a ultrapassar, dando como razão excelente e suficiente acreditarem não haver absolutamente coisa alguma do outro lado.

Em torno das ourelas do vale (que é completamente plano e todo pavimentado de tijolos lisos), estende-se uma fila contínua de sessenta casinhas. Estas, dando os fundos para as colinas, olham, é claro, para o centro da planura, que fica justamente a sessenta metros da porta de entrada de cada habitação. Cada casa tem um pequeno jardim à frente, com um caminho circular, um relógio de sol e vinte e quatro couves. As próprias construções são tão exatamente parecidas que é impossível distinguir uma da outra. Devido a sua extrema antiguidade, o estilo arquitetônico é um tanto esquisito, mas nem por isso deixa de ser notavelmente pitoresco. As casas são feitas de pequenos tijolos bem cozidos, vermelhos com cantos pretos, de modo que as paredes parecem um tabuleiro de xadrez em grande escala. Os torreões estão voltados para a frente e há cornijas, tão grandes quanto todo o resto da casa, sobre os beirais e as portas principais. As janelas são estreitas e profundas, com pequeninas vidraças e grande quantidade de caixilhos. Nos telhados, são numerosas as telhas com longas pontas arrebitadas. Por toda parte, o madeiramento é de uma cor escura, muito lavrada, mas com pouca variedade de desenhos, pois, desde tempo imemorial, os entalhadores de Vondervotteimittiss nunca foram capazes de entalhar mais do que dois objetos: um relógio de mesa e uma couve. Estes, no entanto, eles os fazem inexcedivelmente bem, e os entremeiam com singular habilidade onde quer que encontrem vaga para o cinzel.

As habitações tanto se parecem por dentro como por fora, e o mobiliário obedece a um só modelo. O chão é de tijolos quadrados, as cadeiras e mesas de madeira preta, com pernas delgadas e curvas, e pés de grifo. As chaminés são altas e largas, e não têm somente relógios e couves insculpidos na frontaria, mas um relógio de verdade, que emite um prodigioso tique-taque, bem no meio e no alto, com um jarro de flores de cada lado, cada um contendo uma couve, como se fossem batedores. Entre cada couve e o relógio há, por sua vez, um homenzinho de porcelana dotado de uma grande barriga, e nela se abre um buraco redondo através do qual se vê o mostrador de um relógio.

As lareiras são largas e profundas, com porta-lenhas grosseiros e retorcidos. Constante fogo se alteia ali, com uma imensa marmita sobre ele, cheia de chucrute e carne de porco, sempre vigiada pela trabalhadeira e boa dona da casa. É uma velhinha gorducha, de olhos azuis e rosto vermelho, usando uma enorme touca semelhante a um pão de açúcar, ornada de fitas vermelhas e amarelas. Seu vestido é de droguete cor de laranja, muito amplo atrás e muito curto na cintura — na verdade, curtíssimo também sob outros aspectos, não passando da metade do comprimento das pernas. Estas e os tornozelos são grossos, mas cobertos por um lindo par de meias verdes. Seus sapatos, de couro cor-de-rosa, são amarrados por um laço de fitas amarelas, pregueadas em forma de couve. Na mão esquerda, ela usa um pesado relojinho holandês e, na direita, empunha um colherão para o chucrute e a carne de porco. A seu lado, aninha-se um gordo gato malhado, trazendo amarrado à cauda, pelos "meninos" e por pilhéria, um dourado relógio de repetição de brinquedo.

Quanto aos meninos da casa, estão todos os três cuidando do porco no jardim. Têm cada um meio metro de altura. Usam chapéus de três pontas, coletes encarnados que lhes caem até as coxas, calções de couro de gamo, meias de lã vermelha, sapatões com grandes fivelas de prata e longos gabões, com grandes botões de madrepérola. Cada um tem também um cachimbo na boca e carrega um pequeno relógio barrigudo na mão direita. Solta uma baforada e dá uma olhadela para o relógio, outra baforada e outra olhadela. O porco — que é corpulento e preguiçoso — está ocupado ora em fossar as folhas esparsas caídas dos pés de couve, ora em dar um pontapé para trás no relógio de repetição que os garotos amarraram-lhe também à cauda, a fim de fazê-lo parecer tão belo quanto o gato. Bem defronte da porta, numa cadeira de braços de espaldar alto, fundo de couro, pernas torneadas e pés de cachorrinho, como os das mesas, está sentado o próprio dono da casa. É um velhinho excessivamente gorducho, com grandes olhos redondos e uma imensa papada. Seu traje se assemelha ao dos meninos; portanto, não preciso dizer nada mais a respeito. Toda a diferença está em que seu cachimbo é um tanto maior do que o deles, e ele pode fazer mais fumaça. Como os garotos, tem um relógio, mas leva-o no bolso. Para falar a verdade, ele tem algo mais importante do que o relógio para cuidar, e o que isso seja passarei a explicar a seguir. Ele se senta com a perna direita sobre o joelho esquerdo, mostra uma fisionomia grave e conserva sempre um dos olhos, pelo menos, resolutamente fixo sobre certo objeto notável no centro do largo.

Esse objeto está situado no campanário da Casa do Conselho Municipal. Os conselheiros são todos homens pequeninos, redondos, gorduchos e inteligentes, com grandes olhos de boi e gordas papadas, além de gabões muito mais compridos e as fivelas dos sapatos muito maiores do que os habitantes comuns de Vondervotteimittiss.

Desde o começo de minha estada no burgo, tiveram eles várias reuniões especiais e adotaram estas três importantes resoluções:

"Que é errado alterar o bom e velho curso das coisas."

"Que nada existe de tolerável fora de Vondervotteimittiss."

"Que juramos fidelidade aos nossos relógios e couves."

Acima da sala de sessões do conselho acha-se a torre e, na torre, o campanário, onde existe, e tem existido desde tempo imemorial, o orgulho e a maravilha da aldeia: o grande relógio do burgo de Vondervotteimittiss. E é para esse objeto que se volvem os olhos dos velhos sentados nas cadeiras de braços de fundo de couro.

O grande relógio tem sete faces, uma em cada um dos sete lados da torre, de modo que pode ser prontamente visto de todos os sítios. Seus mostradores são largos e brancos, e os ponteiros, grossos e negros. Há um sineiro cuja única obrigação é cuidar do campanário, obrigação esta que é a mais perfeita das sinecuras, pois o relógio de Vondervotteimittiss nunca, ao que se saiba, precisou de conserto. Até recentemente, a mera suposição de tal coisa era considerada herética. Desde a mais remota antiguidade de que os arquivos guardem referências, as horas têm sido regularmente batidas pelo grande sino. E, na verdade, a mesma coisa acontecia com todos os relógios de parede e de bolso do burgo. Jamais houve lugar onde se marcasse tão bem a hora certa. Quando o grande badalo achava conveniente dizer "doze horas", todos os seus obedientes seguidores abriam suas gargantas simultaneamente e respondiam como um eco. Em suma, os bons burgueses orgulhavam-se de seu chucrute, mas orgulhavam-se também de seus relógios.

Todas as pessoas que exercem sinecuras são tratadas com mais ou menos respeito, e, como o sineiro de Vondervotteimittiss tivesse a mais perfeita das sinecuras, era o mais perfeitamente respeitado de todos os homens do mundo. É o principal dignatário do burgo, e até os porcos olham para ele com um sentimento de reverência. A aba de seu gabão é *bem mais* comprida; seu cachimbo, as fivelas de seus sapatos, seus olhos e seu estômago, *bem* maiores do que os de qualquer outro velho da aldeia, e quanto a sua papada, é não somente dupla, mas tripla.

Acabo de descrever o feliz estado de Vondervotteimittiss. Que pena que tão lindo quadro devesse algum dia experimentar um revés!

Fazia muito tempo que um velho ditado corria entre seus mais sábios habitantes: "nada de bom pode vir de além das colinas"; e, de fato, parece que as palavras continham em si algo de profético. Anteontem, faltavam cinco para o meio-dia quando apareceu um objeto bastante esquisito no cume da crista leste. Tal ocorrência, por certo, atraiu a atenção de todos, e cada velhinho sentado em sua cadeira de braços de fundo de couro voltou um dos olhos, com um olhar de consternação, para o fenômeno, embora conservando ainda o outro olho no relógio da torre.

Quando faltavam apenas três minutos para o meio-dia, verificou-se que o estranho objeto em questão era um rapazinho bem pequeno e de aparência estrangeira. Ele desceu as colinas a toda carreira, de modo que todos logo puderam vê-lo bem. Era, na realidade, a criatura mais esquisita que jamais fora vista em Vondervotteimittiss. Seu rosto era de uma negra cor de rapé e ostentava um longo nariz adunco, olhos miúdos, boca larga e uma admirável dentadura, que ele parecia ansioso por exibir, escancarando a boca de orelha a orelha. De bigodes e suíças, nada mais se podia ver do restante do rosto. A cabeça estava descoberta, e o cabelo fora cuidadosamente arranjado com papelotes. Seu traje era uma casaca preta, bem apertada, terminando em cauda de andorinha (de um dos bolsos pendia um enorme lenço branco), calções de casimira preta, meias pretas e escarpins de entrada baixa, tendo como laços enormes molhos de fita de cetim preto. Sob um braço, levava um desmedido *chapeau-de-bras* e, debaixo do outro, uma rabeca quase cinco vezes maior que ele próprio. Na mão esquerda, trazia uma tabaqueira de ouro, da qual, enquanto cabriolava colinas abaixo, dando toda sorte de passos mais fantásticos, ia tomando incessantemente pitadas com um ar da maior satisfação possível. Valha-me Deus! Que espetáculo para os honestos burgueses de Vondervotteimittiss!

Para falar claramente, o sujeito tinha, a despeito de seu sorriso, uma espécie de cara audaciosa e sinistra, e, enquanto galopava diretamente rumo à aldeia, o aspecto acalcanhado e esquisito de seus escarpins excitou não poucas suspeitas. E mais de um burguês que o contemplou naquele dia teria dado qualquer coisa por uma olhadela sob o lenço de cambraia branca que pendia tão impertinente do bolso de sua casaca de rabo de andorinha. Mas o que, acima de tudo, causou justa indignação foi que o velhaco peralvilho, enquanto dançava um fandango aqui e dava uma pirueta ali, não parecia ter a mais remota ideia daquilo que se chama *marcar compasso* na dança.

O bom povo do burgo, contudo, mal tivera ocasião de abrir os olhos por completo quando, precisamente ao faltar meio minuto para o meio-dia, o patife saltou, como eu disse, bem no meio deles, deu um *chassez* aqui, um *balancez* ali e, em seguida, depois de uma pirueta e um *pas de zéphyr*, subiu a voo de pombo para o campanário da sede do Conselho Municipal, onde o aterrorizado sineiro se achava sentado, fumando, num estado de dignidade e pavor. Pois o sujeitinho agarrou-o de imediato pelo nariz, deu-lhe um piparote e um puxão, bateu-lhe com o grande *chapeau-de-bras* na cabeça, enfiando-o até os olhos e a boca, e, depois, levantando o rabecão, deu com ele no homem por tanto tempo e tão estrepitosamente que, pelo fato de ser o sineiro tão gordo e a rabeca tão oca, podia-se jurar que havia ali um regimento inteiro de tocadores de bumbos, batendo todos os tantãs do diabo no campanário da torre de Vondervotteimittiss.

Não se sabe a que ato desesperado de vingança podia aquele ataque revoltante ter levado os habitantes, não fosse o decisivo fato de faltar agora apenas meio segundo para o meio-dia. O sino estava quase a bater, e era questão de absoluta e superior necessidade que todos olhassem bem para seus relógios. Era evidente, porém, que, justamente nesse momento, o sujeito lá na torre estava fazendo algo que não lhe competia com o relógio. Mas como este começasse então a bater, ninguém teve tempo de prestar atenção às manobras do tal, porque tinham todos de contar as pancadas do sino, à medida que soavam.

— Uma! — disse o relógio.

— Una! — respondeu em eco de cada um dos velhotes em cada uma das cadeiras de braço e fundo de couro em Vondervotteimittiss. "Una!" disse também o relógio de bolso deles. E "Una"! disse o relógio de sua *vrow*. E "Una!" disseram os relógios dos meninos e os relógios de repetição, nas caudas do gato e do porco.

— Duas! — continuou o grande sino. E:

— Tuas! — repetiram todos os repetidores.

— Três! Quatro! Cinco! Seis! Sete! Oito! Nove! Dez! — disse o sino.

— Drês! Guadro! Tcinco! Tceis! Tcete! Oido! Nofe! Tez! — responderam os outros.

— Onze! — disse o sino grande.

— Ontce! — concordaram os pequenos.

— Doze! — disse o sino.

— Dotce! — replicaram eles, perfeitamente satisfeitos e baixando já o tom de voz.

— E zong dotce horras! — disseram todos os velhinhos, tornando a guardar seus relógios. Mas o sino grande não dera ainda a coisa por terminada.

— TREZE! — disse ele.

— Der Teufel! — disseram ofegantes os velhotes, empalidecendo e deixando cair os cachimbos e as pernas direitas em cima dos joelhos esquerdos. — Der Teufel! — gemiam eles. — Dretce! Dretce! Mein Gott! Zong dretce horras!

Por que tentar descrever a terrível cena que se seguiu? Toda Vondervotteimittiss entregou-se de pronto a lamentável tumulto.

— Gue fai agondetcer ao meu parriga? — berravam todos os rapazes. — Esdou gom vome vaz una horra!

— Gue fai agondetcer ao meu repolhe? — guinchavam as mulheres. — Esdá firando mingau vaz una horra!

— Gue fai agondetcer ao meu gajimbo? — praguejavam todos os velhotes. — Donder und Blitzen! Teve esdar abacato vaz una horra! — e tornaram a encher os cachimbos com grande raiva e, afundando-se nas cadeiras de braço, davam baforadas tão rápidas e violentas que todo o vale encheu-se imediatamente de impenetrável fumaça.

Entrementes, todas as couves ficaram bastante vermelhas, e parecia que o próprio Coisa-Ruim tomara posse de tudo quanto tinha forma de relógio. Os relógios esculpidos nos móveis começaram a dançar como se estivessem enfeitiçados, enquanto os que se achavam sobre as chaminés mal podiam conter-se de furor, batendo tão continuamente as treze horas, com tais pulos e balanços dos pêndulos, que era coisa realmente horrível de se ver. Mas, o pior de tudo era que nem os gatos, nem os porcos podiam suportar por mais tempo a conduta dos relojinhos de repetição amarrados a suas caudas, e davam mostra disso saindo em disparada por toda parte, arranhando, voando de encontro às casas, correndo para baixo dos gabões das pessoas e criando a mais completa, a mais abominável, a mais barulhenta confusão que uma pessoa de juízo pode conceber. E, para tornar as coisas ainda mais angustiosas, o pequeno velhaco malandro, lá na torre, estava evidentemente se excedendo. De vez em quando, podia-se vislumbrar o patife através da fumaça. Achava-se sentado ainda no campanário, em cima do sineiro, que, de costas, jazia espichado. Nos dentes, o infame conservava a corda do sino, que agitava em torno com a cabeça, fazendo tal barulheira que meus ouvidos ainda retinem só de pensar nisso. Em seus joelhos repousava a enorme rabeca, cujas cordas ele tangia fora de qualquer compasso ou tom, com ambas as mãos, procurando exibir-se, o palhaço, a tocar a canção "Judy O'Flannagan and Paddy O'Rafferty".

Estando, pois, as coisas nesse miserável estado, abandonei o lugar cheio de desgosto, e agora faço um apelo a todos os amantes da hora certa e do bom chucrute. Vamos, todos juntos, ao burgo e restauremos a antiga ordem em Vondervotteimittiss, jogando aquele sujeitinho pela torre abaixo.

"The Devil in the Belfry", 1839

A QUEDA DA CASA DE USHER

Son coeur est un luth suspendu;
*Sitôt qu'on le touche, il résonne.**
De Béranger

DURANTE TODO UM DIA PESADO, escuro e mudo de outono, em que nuvens baixas amontoavam-se opressivamente no céu, eu percorri a cavalo um trecho de campo de tristeza singular, e finalmente me encontrei, quando as sombras da noite se avizinhavam, à vista da melancólica Casa de Usher. Não sei como foi — mas, ao primeiro olhar que lancei à construção, uma sensação de insuportável angústia invadiu meu espírito. Digo insuportável porque tal sensação não foi aliviada por nada daquele sentimento, quase agradável em sua poesia, com o qual a mente em geral acolhe mesmo as imagens mais cruéis de desolação ou horror. Olhei para a cena que se abria diante de mim — para a casa simples e para a simples paisagem do domínio, para as paredes frias, para as janelas paradas como olhos vidrados, para algumas moitas de junças e para uns troncos alvacentos de árvores mortas — com uma enorme depressão mental, que só posso comparar com alguma propriedade aos momentos que se sucedem ao despertar de um fumador de ópio, ao momento amargo de retorno à rotina, ao terrível cair do véu. Tinha no coração uma invencível tristeza, na qual nenhum estímulo da imaginação podia descobrir qualquer coisa de sublime. Que era — pensava eu, imóvel —, que era isso que tanto me atormentava na contemplação da Casa de Usher? Era um mistério inteiramente impenetrável; tampouco conseguia compreender as ideias nebulosas que me assaltaram. Fui forçado a contentar-me com a conclusão insatisfatória de que se, por um lado, *há* sem dúvida combinações de coisas simples que têm o poder de

* Seu coração é um alaúde suspenso; tão logo o tocamos, ele ressoa. (N. E.)

assim nos afetar, por outro, a análise desse poder ainda está entre as cogitações além do nosso alcance. Refleti que era possível que um simples arranjo diferente dos pormenores do cenário, das minúcias do quadro, seria suficiente para modificar ou talvez aniquilar sua capacidade de suscitar impressões penosas; assim, procedendo de acordo com essa ideia, dirigi meu cavalo para a borda escarpada de uma lagoa, ou, antes, de um charco sombrio e lúgubre que formava um sereno espelho perto da residência, e olhei para baixo — mas com uma emoção ainda mais profunda do que antes —, para as imagens invertidas das junças cinzentas, e dos troncos espectrais, e das janelas paradas com olhos mortiços.

Apesar de tudo, resolvi então passar algumas semanas naquela mansão de melancolia. Seu proprietário, Roderick Usher, fora um de meus alegres companheiros de infância; mas muitos anos haviam decorrido desde nosso último encontro. Havia pouco, entretanto, uma carta fora ter às minhas mãos num recanto distante do país — uma carta dele, a qual, em seu tom grandemente impertinente, não admitia outra resposta que não minha presença ali. A letra evidenciava sua agitação nervosa. Falava numa doença física aguda — num distúrbio mental que o atormentava — e num grande desejo de ver-me, por ser eu o seu melhor e mesmo único amigo, bem como na esperança de que a satisfação de me tornar a ver trouxesse algum alívio a seus padecimentos. Foi a maneira como tudo isso, e muito mais, me foi dito — foi o *coração* que impregnava aquele pedido que não me permitiu um momento de hesitação; e assim obedeci em seguida ao que, todavia, considerei uma convocação bastante singular.

Embora em nossa meninice tivéssemos sido companheiros muito íntimos, eu realmente sabia pouca coisa do meu amigo. Sua reserva sempre fora excessiva e habitual. Sabia, contudo, que sua família, muito antiga, se distinguia desde tempos imemoriais por uma particular sensibilidade de temperamento, assinalada através de gerações diversas em muitas obras de uma arte exaltada, e que tivera recentemente gestos repetidos de caridade generosa, embora cheia de discrição, manifestando devoção apaixonada pelas sutilezas, talvez mais ainda do que pelas banais belezas ortodoxas, da ciência musical. Eu soubera também do fato muito notável de que o tronco genealógico de Usher, venerável como era, em nenhum período de sua existência dera origem a algum ramo que se conservasse; por outras palavras, que a família inteira só se perpetuava por descendência direta, e sempre se conservara assim, com variações muito temporárias e efêmeras. Enquanto observava mentalmente a perfeita concordância do caráter da propriedade com o suposto caráter dos habitantes, e enquanto especulava sobre a possível influência que um, na longa ronda dos séculos, podia ter exercido sobre o outro, ocorreu-me que essa falta de ramos colaterais, e a consequente transmissão direta, de pai para filho, do patrimônio e do nome, tinha por fim identificado a ambos de tal forma que dissolvera o título original da propriedade na denominação equívoca e estranha de "Casa de Usher" — denominação que parecia incluir, na mente dos camponeses que a usavam, a família e o solar da família.

Já disse que só o efeito da minha experiência um tanto pueril — essa de olhar para o interior da lagoa — bastara para acentuar a mais singular impressão. Não pode haver dúvida de que a consciência do rápido progresso de minha superstição — por que não haveria de dizer assim? — serviu sobretudo para acelerar esse mesmo progresso. Assim, já o sei bastante bem, é a lei paradoxal de todos os sentimentos que têm o terror por base. E podia ter sido unicamente por essa razão que, quando tornei a levantar os olhos para a casa em si, abandonando a contemplação de sua imagem na água, cresceu em minha imaginação uma estranha ideia — uma ideia tão ridícula, na verdade, que só lhe faço alusão aqui para mostrar a intensidade das sensações que me oprimiam. Eu tinha exaltado a imaginação de forma a realmente acreditar que em torno de toda a casa e do terreno flutuava uma atmosfera peculiar a ambos e a sua vizinhança imediata — uma atmosfera que não tinha afinidade com o ar do céu, mas que se havia evolado das árvores senis, das paredes cinzentas, do pântano silente — um vapor pestilento e místico, pesado, inerte, mal perceptível, cor de chumbo.

Repelindo de meu espírito o que *deve* ter sido um sonho, examinei mais de perto o aspecto real do edifício. Sua feição principal parecia ser a de uma antiguidade excessiva. A ação dos séculos fora profunda. Ínfimos fungos cobriam-lhe todo o exterior, formando um debrum finamente tecido que pendia dos beirais. Contudo, estragos mais acentuados não havia. Nenhuma porção de alvenaria ruíra; e parecia haver uma extravagante incompatibilidade entre a ainda perfeita adaptação das partes e a condição precária de cada pedra. Nisso havia algo que me recordava a integridade aparente de uma velha obra de madeira que apodreceu no transcurso de longos anos em algum subterrâneo esquecido, sem receber o contato da atmosfera exterior. Além dessa indicação de velhice extrema, porém, a estrutura dava poucos indícios de instabilidade. Talvez o olho de um observador atento tivesse descoberto a única fenda visível, a qual, estendendo-se do teto, descia em zigue-zague pela parede da fachada até se perder nas águas sombrias do charco.

Reparando nessas coisas, transpus o curto caminho que conduzia à casa. Um criado tomou meu cavalo, e eu penetrei na arcada em estilo gótico do vestíbulo. Outro criado, de passos furtivos, conduziu-me depois, em silêncio e através de muitos corredores escuros e intrincados, para o estúdio de seu amo. Muitas coisas que encontrei pelo caminho contribuíram, não sei como, para acentuar as vagas impressões de que já falei. Se os objetos em torno de mim — se as pinturas do teto, as sombrias tapeçarias das paredes, o negrume de ébano dos soalhos e os fantasmagóricos troféus de armas que retiniam à medida que eu caminhava eram apenas coisas com as quais eu me acostumara na infância, e eu não vacilava em reconhecer tudo aquilo como familiar, admirava-me, no entanto, de achar quão pouco familiares eram as impressões que as imagens ordinárias me despertavam. Numa das escadas, encontrei-me com o médico da família. Sua fisionomia pareceu-me encerrar uma mescla de baixa astúcia e embaraço. Ele cumprimentou-me com alguma trepidação e passou. O criado agora abria uma porta, pondo-me na presença de seu amo.

A peça em que me encontrava era muito espaçosa e alta.

As janelas eram compridas, estreitas e pontudas, posicionadas a uma distância tão grande do sombrio soalho de carvalho que se tornavam inteiramente inacessíveis pela parte de dentro. Débeis raios de luz avermelhada coavam-se através das vidraças e das rótulas, servindo para tornar suficientemente distintos os objetos mais proeminentes em torno; a vista, contudo, esforçava-se em vão por alcançar os cantos mais remotos do aposento ou os recessos do teto, abobadado e cheio de ornatos. Tapeçarias escuras pendiam das paredes. A mobília era profusa, sem conforto, antiquada, e encontrava-se em estado precário. Muitos livros e instrumentos musicais espalhavam-se ao redor, mas não conseguiam dar nenhuma vitalidade ao ambiente. Senti que respirava uma atmosfera de angústia. Um sopro de profunda, penetrante e irremediável tristeza andava no ar e tudo invadia.

À minha entrada, Usher levantou-se do sofá, onde estivera deitado em todo o comprimento, e saudou-me com um calor e uma vivacidade que tinha muito, pensei a princípio, de cordialidade exagerada — do esforço constrangido do homem cansado do mundo. Contudo, um olhar à sua fisionomia convenceu-me de sua perfeita sinceridade. Sentamo-nos e, por alguns momentos, enquanto ele nada disse, eu o contemplei com um sentimento em que se mesclavam piedade e horror. Sem dúvida, homem algum jamais mudara tão terrivelmente, e em tão curto período, como mudara Roderick Usher! Foi com dificuldade que logrei convencer a mim mesmo a identificar a criatura descorada diante de mim com o companheiro de meus tempos de menino e adolescente. Entretanto, os traços de sua face sempre haviam sido notáveis. Um rosto de cor cadavérica, uns olhos grandes, líquidos e luminosos, além de qualquer comparação; lábios um tanto finos e muito pálidos, mas que descreviam uma curva de beleza notável; um nariz com uma delicada feição hebreia, mas com uma largura de narinas incomum em semelhante tipo; um queixo muito bem modelado, cuja pouca proeminência lembrava falta de energia moral; os cabelos, de uma tenuidade e delicadeza de teia — todas essas características, além da expansão irregular acima das fontes, tornavam sua cabeça difícil de ser esquecida. Agora, porém, o simples exagero do caráter predominante dessas feições e de sua expressão habitual constituía uma mudança tamanha que eu como que não tinha certeza de com quem estava falando. A atual palidez cadavérica da pele e o atual brilho milagroso dos olhos, acima de tudo, causavam-me admiração e mesmo pavor. Ademais, os cabelos sedosos tinham crescido à vontade, sem cuidado nenhum, e como, em sua textura de filandras, flutuassem mais do que caíssem pela face, não fui capaz, mesmo fazendo um esforço, de ligar seu aspecto de arabesco com nenhuma ideia de simples humanidade.

As maneiras do meu amigo logo me chamaram a atenção em virtude de uma incoerência — de uma contradição, o que logo descobri advir de uma série de esforços fracos e inúteis para vencer um tremor habitual, uma excessiva agitação nervosa. Para isso, aliás, eu na verdade fora preparado não menos por sua carta do que por certas reminiscências de traços infantis, bem como por conclusões tiradas de seu particular temperamento e constituição física. Seus movimentos eram alternadamente vivazes e pesados. A voz variava rapidamente de uma indecisão trêmula (quando a vitalidade parecia ter se esgotado) a essa espécie de concisão energética, essa elocução abrupta, pesada, lenta e soturna, essa voz gutural, de chumbo, perfeitamente modulada, que pode ser observada nos beberrões perdidos ou nos incorrigíveis tomadores de ópio, durante os períodos de mais intensa excitação.

Foi assim que ele me falou do objeto da minha visita, de seu profundo desejo de me ver e da consolação que esperava receber de mim. Com alguma profundidade, entrou no que julgava ser a natureza de sua doença. Disse que se tratava de um mal constitucional, de família, para o qual já desesperara de encontrar remédio — uma simples afecção nervosa, acrescentou de pronto, que sem dúvida passaria. Manifestava-se através de um número de sensações anormais. Algumas delas, à medida que ele as particularizava, interessaram-me e causaram-me pasmo; entretanto, talvez os termos e a maneira geral de seu modo de narrar exercessem aí alguma influência. Sofria muito de um aguçamento mórbido dos sentidos; o mais insípido alimento era-lhe insuportável; só podia usar roupas de certo tecido; o aroma de toda e qualquer flor lhe era opressivo; seus olhos eram torturados mesmo por uma réstia de luz; e havia apenas alguns sons peculiares, somente de instrumentos de cordas, que não lhe causavam horror.

Compreendi que estava escravizado a uma sensação anormal de medo.

— Vou morrer, disse-me ele, *tenho de* morrer desta deplorável loucura. Aí, e só aí, está o meu fim. Tenho medo dos acontecimentos futuros, não por eles mesmos, mas por seus efeitos. Estremeço à ideia de qualquer incidente, mesmo do mais trivial, que possa influir nesta intolerável agitação de espírito. Na verdade, não tenho aversão ao perigo, exceto no seu efeito absoluto — no terror. Nesta condição lastimável e precária, sinto que mais cedo ou mais tarde chegará a ocasião em que terei de abandonar, a um só tempo, a vida e a razão em alguma luta com o cruel fantasma: O MEDO.

Observei ainda, a intervalos, e por intermédio de alusões ambíguas e fragmentárias, uma outra característica essencial daquele seu estado mental. Ele estava acorrentado por certas impressões supersticiosas relativas à propriedade onde vivia e de onde, por muitos anos, nunca se afastara; impressões relativas, mais especificamente, a uma influência cuja força hipotética era exposta numa linguagem demasiado nebulosa para que a reproduza aqui, uma influência que algumas particularidades da forma e da substância de sua casa de família haviam exercido, à força de um longo sofrimento — disse-me ele —, sobre seu espírito; um efeito que a natureza *física* das paredes e pequenas torres cinzentas, bem como do turvo pântano em que tudo se mirava, tinha finalmente produzido sobre o *moral* de sua vida.

Confessou, entretanto, ainda que com hesitação, que grande parte da angústia que assim o atormentava podia ser atribuída a uma origem mais natural e muito mais palpável: à enfermidade longa e implacável — em verdade, ao aniquilamento iminente de uma irmã ternamente amada, sua única companheira através de longos anos, seu único e último parente na Terra. A morte dela, disse-me com uma amargura de que jamais poderei esquecer-me, o tornaria (a ele, tão desesperado e fraco) o último sobrevivente da velha estirpe dos Usher. Enquanto ele falava, lady Madeline (pois assim era ela chamada) atravessou uma parte remota do aposento e, sem ter notado minha presença, desapareceu. Olhei-a com grande espanto, não isento de receio; e, todavia, achei impossível explicar semelhante impressão. Uma sensação de estupor me oprimiu enquanto meu olhar seguia seus passos de retirada. Quando uma porta enfim se fechou atrás dela, meu olhar procurou instintiva e avidamente a fisionomia do irmão; mas ele escondera o rosto entre as mãos, e só pude perceber que uma palidez mais profunda do que a ordinária se espalhara por seus dedos emaciados, dos quais gotejavam lágrimas ardentes.

O mal de lady Madeline desafiara por muito tempo a habilidade dos médicos. Uma apatia estabilizada, uma lenta e gradual destruição física, assim como frequentes, embora rápidas, afecções de aspecto parcialmente cataléptico compunham o inusitado diagnóstico. Até aquele momento, ela lutara com firmeza contra as investidas do mal e não se resolvera ainda a entregar-se à cama; mas, ao cair da noite do dia de minha chegada à casa, submeteu-se (conforme seu irmão me relatou mais tarde, em indizível agitação) à força deprimente da enfermidade implacável; e compreendi que a visão que eu obtivera de sua pessoa seria provavelmente a última que obteria dela — que, viva, eu jamais a veria de novo.

Durante vários dias depois desse fato, seu nome não foi mencionado nem por Usher nem por mim; e, durante esse período, tive grande trabalho para mitigar a melancolia de meu amigo. Pintávamos e líamos juntos, ou eu escutava, como num sonho, suas extravagantes improvisações ao violão. E assim, à medida que uma intimidade cada vez mais profunda levava-me mais francamente aos recantos de seu espírito, percebi com amargura crescente a inutilidade de todas as tentativas de animar uma mente que impregnava de sombras, qual se tratasse de uma qualidade positiva inerente, todos os objetos do universo moral e físico, como numa constante irradiação de angústia.

Terei sempre a recordação das horas solenes que assim vivi em companhia apenas do senhor da Casa de Usher. Contudo, falharei em qualquer tentativa de transmitir uma ideia do caráter exato dos estudos ou das ocupações em que ele me envolveu. Um idealismo exaltado e altamente inquietante lançava um brilho cintilante sobre tudo. Suas longas melopeias fúnebres andarão para sempre em meus ouvidos. Entre outras coisas, conservei penosamente a recordação de uma singular amplificação, ou antes perversão, de extravagante ária da última valsa de Von Weber. Das pinturas nas quais sua fantasia requintada se comprazia, e que cresciam, pincelada a pincelada, atingindo uma fase na qual eu experimentava profunda emoção, sem lhe saber a causa — dessas pinturas, eu me esforçaria em vão por dar aqui mais do que uma pálida imagem, valendo-me do âmbito da palavra escrita. Pela mais alta simplicidade, pela clareza dos traços, ele atraía e prendia a atenção. Se algum mortal pintou algum dia uma ideia, esse mortal foi Roderick Usher. Para mim, pelo menos, nas circunstâncias que então me cercavam, vinha das puras abstrações que o hipocondríaco intentava lançar na tela uma sensação que jamais se repetiu em mim, nem mesmo na contemplação de certas fantasias de Fuseli, bastante arrebatadas, mas certamente concretas.

Uma das concepções fantasmagóricas de meu amigo que não participava tão rigidamente do espírito de abstração pode ser aqui delineada, embora de maneira precária. Um pequeno quadro apresentava o interior de uma abóbada ou túnel imensamente longo e retangular, com paredes baixas, lisas, brancas e sem interrupção ou ornato. Certos pontos acessórios do desenho serviam para dar a ideia de que essa escavação situava-se a uma profundidade excessiva, abaixo da superfície da terra. Nenhuma saída era visível em nenhuma parte de sua extensão, e não havia nenhuma tocha ou outra fonte artificial de luz; contudo, uma avalanche de raios luminosos invadia tudo, e banhava a cena com um esplendor impróprio e espectral.

Falei há pouco desse estado mórbido do sentido da audição que lhe tornava intolerável qualquer música, exceto certos efeitos de instrumentos de corda. Talvez fossem os estreitos limites do violão em que ele se confinava o que deu origem, em grande parte, ao caráter fantástico de suas composições. Mas a arrebatada *facilidade* de seus *improvisos* não podia ser assim explicada. Tanto a música como a letra dessas extravagantes fantasias (pois ele não raro acompanhava a sua música com improvisos poéticos) só podiam resultar da intensa concentração e atividade mental a que aludi anteriormente como observável apenas em dados momentos da mais elevada exaltação artificial. Recordo com facilidade as palavras de uma rapsódia. Talvez esses versos tenham me impressionado mais profundamente porque, em sua significação mística e íntima, imaginei perceber pela primeira vez uma inteira consciência, por parte de Usher, do vacilar do trono de sua nobre razão. O poema, intitulado "O solar dos espectros", era assim, em essência:

I

Nos nossos vales muito verdes,
Frequentados pelos anjos bons,
Outrora um belo e soberbo solar —
Um radioso palácio — erguia a frontaria.
No domínio do monarca Pensamento,
Ele se elevava!
Jamais serafim algum estendeu as asas.
Sobre palácio que se lhe aproximasse em beleza!

II

Bandeiras amarelas, gloriosas, douradas,
No seu topo flutuavam, ondulavam.
(Isto — tudo isto — ocorreu noutros tempos
Que vão longe)
E cada leve sopro que perpassava,

Naqueles dias suaves,
Ao longo das muralhas embandeiradas,
Era como um perfume alado.

III

Os que cruzavam aquele vale feliz
Viam através de duas janelas luminosas
Espíritos movendo-se musicalmente,
Ao ritmo de um melodioso alaúde,
Em torno de um trono, onde, sentado,
(Como o filho de um deus!)
Numa pompa digna da sua glória,
Aparecia o soberano desse império.

IV

E cintilante de pérolas e rubis
Estava a bela porta do solar
Pela qual passavam, passavam, passavam,
Sempre a rutilar,
Uma multidão de Ecos, cujo doce ofício
Era apenas cantar,
Com vozes de uma beleza inefável,
O espírito e a sabedoria do seu rei.

V

Entes do mal, porém, vestidos de luto,
Assaltaram a alta morada do monarca;
(Ah! choremos, porque jamais outro amanhã
Brilhará sobre esse ser desolado!)
E, em torno da sua mansão, a glória
Que, purpureando-se, desabrochava,
Não é mais que uma vaga recordação de lenda
De uma época amortalhada.

VI

E os viajantes que agora cruzam aquele vale,
Pelas janelas avermelhadas, veem
Grandes formas que se movem fantasticamente
Ao som de uma melodia destoante;
Enquanto, como um rápido rio espectral,
Pela porta pálida,
Uma multidão medonha se precipita sem cessar,
E ri — sem jamais sorrir.

Recordo-me perfeitamente de que sugestões despertadas por essa balada nos levaram a uma corrente de pensamentos que trouxe à tona uma opinião de Usher, a qual menciono não tanto por sua novidade (pois outros homens* assim também pensaram), como pela pertinácia com que ele a defendeu. Tal opinião, em sua forma geral, era a da sensibilidade das coisas vegetais. Mas, em sua fantasia desordenada, a ideia assumira um caráter mais ousado e ia, sob certas condições, até o reino dos não orgânicos. Faltam-me palavras para exprimir toda sua extensão, ou o fervoroso *abandono* de meu amigo a essa ideia. A crença, entretanto, estava ligada (como anteriormente aludi) às pedras cinzentas do lar de seus avós. As condições dessa sensibilidade haviam sido ali, segundo ele imaginava, cumpridas na metódica justaposição das pedras; na ordem de sua disposição, tanto como na dos muitos fungos que se espalhavam por elas, e das árvores existentes no terreno; e, acima de tudo, na longa e intacta duração dessa disposição, assim como em sua reduplicação nas águas paradas do pântano. A prova — a prova da sensibilidade — devia-se observar, disse ele (e aqui estremeci quando ele falou), na condensação gradual, mas certa, da atmosfera própria àquelas águas e paredes. O efeito era perceptível, acrescentou ele, na

* Watson, dr. Percival, Spallanzani e principalmente o bispo de Landaff. Ver *Chemical Essays*, vol. 1.

muda, mas importuna e terrível, influência que durante séculos tinha formado os destinos de sua família e feito dele o que agora eu via: o que ele era. Tais opiniões não necessitam de comentários, e eu não os farei.

Nossos livros — os livros que, através de anos, tinham exercido influência não pequena na vida mental do enfermo, estavam, como se pode prever, em estrita harmonia com esse caráter fantástico. Nós nos debruçávamos juntos sobre obras como "Ververt" e "La Chartreuse", de Gresset; *Belfagor*, de Maquiavel; *Céu e inferno*, de Swedenborg; *A viagem subterrânea de Nicolas Klimm*, de Holberg; a "Quiromancia", de Robert Fludd, Johannes Indagine e de la Chambre; *Viagem ao azul*, de Tieck, e *A cidade do sol*, de Campanella. Um volume favorito era a pequena edição do *Directorium Inquisitorium*, pelo dominicano Eymerich de Girona; e havia trechos em *Pomponius Mela* ante os quais Usher sonhava horas a fio. Seu principal prazer, entretanto, encontrava-se na leitura de um curioso e bastante raro in-quarto em estilo gótico — o manual de uma igreja esquecida —, *Vigiliae Mortuorum secundum Chorum Ecclesiae Maguntinae*.

Não pude deixar de pensar no extravagante ritual desse livro, e em sua provável influência sobre o hipocondríaco, quando, certa noite, tendo-me ele informado bruscamente que lady Madeline falecera, externou a intenção de guardar o cadáver durante uma quinzena (antes do enterro final) numa das numerosas criptas existentes nas paredes principais do edifício. A razão aparente, entretanto, invocada para esse singular procedimento era de natureza que não me compete discutir. O irmão da morta fora levado a essa resolução (assim me disse ele) à vista do caráter extraordinário da enfermidade da defunta, e também por causa da curiosidade ávida e importuna por parte dos médicos dela e da distância em que se encontrava o jazigo da família. Não desejo negar que, quando me lembrei da fisionomia sinistra da pessoa com quem me encontrara na escada no dia de minha chegada à casa, não experimentei desejo algum de me opor ao que me pareceu uma precaução inofensiva e até certo ponto justificável.

A pedido de Usher, ajudei-o pessoalmente nos preparativos para o sepultamento temporário. Posto o corpo num ataúde, nós dois, sozinhos, levamo-lo até seu repouso. A cripta onde o colocamos (e que permanecera fechada por tanto tempo que nossas tochas, quase extintas pela atmosfera opressiva, deram-nos pequena oportunidade para investigação) era pequena, úmida e inteiramente privada de luz; ficava a grande profundidade, imediatamente abaixo da parte do edifício em que estava situado meu próprio quarto de dormir. Em remotas épocas feudais, aquele subterrâneo fora utilizado como cárcere e, em tempos mais próximos, como depósito de pólvora ou alguma outra substância altamente combustível, visto que uma parte do chão e todo o interior de uma longa arcada através da qual chegamos à cripta estavam cuidadosamente forrados com cobre. A porta, de ferro maciço, recebera a mesma proteção. Seu peso enorme causava um rangido de insólita aspereza, irritante, quando ela se movia nos gonzos.

Tendo depositado nossa carga fúnebre sobre uma espécie de catafalco naquela região de horror, afastamos parcialmente a tampa ainda não parafusada do ataúde e olhamos para o rosto da morta. Pela primeira vez, uma notável parecença física entre irmão e irmã chamou minha atenção; e Usher, talvez adivinhando meus pensamentos, murmurou algumas palavras pelas quais soube que a finada e ele tinham sido gêmeos, e que afinidades de uma natureza dificilmente inteligível sempre tinham existido entre os dois. Nossos olhares, todavia, não se conservaram por muito tempo sobre o cadáver, pois não podíamos contemplá-lo sem pavor. A doença que levara ao túmulo aquela mulher em pleno vigor da mocidade deixara, como acontece em todas as moléstias de caráter estritamente cataléptico, a ironia de um leve rubor no seio e no rosto, e aquele sorriso tênue que é tão terrível nos lábios da morte. Recolocamos e parafusamos a tampa, e, depois de fechar a porta de ferro, dirigimo-nos, cansados, para os aposentos um pouco menos lúgubres da parte alta da casa.

Passados alguns dias de grande amargura, uma visível mudança operou-se no aspecto do distúrbio mental de meu amigo.

Suas maneiras habituais alteraram-se. As ocupações ordinárias foram descuradas ou esquecidas. Vagava de sala em sala com passos apressados, desiguais, como que sem destino. A lividez do rosto tomara um tom ainda mais cadavérico — mas a luminosidade dos olhos tinha-se dissipado por completo. A rouquidão ocasional de sua voz não mais se ouvia; e um tremor que parecia causado por medo atroz caracterizava-lhe habitualmente a elocução. Havia ocasiões, na verdade, em que eu julgava que, em incessante agitação, sua mente lutava com algum segredo opressivo, para cuja enunciação ele procurava a coragem necessária. Às vezes, eu era forçado a tudo explicar com os inexplicáveis caprichos da demência, quando o via de olhar perdido e fixo durante longas horas, numa atitude que denotava a mais profunda atenção, como se escutasse algum som imaginário. Não era de admirar que seu estado me inspirasse terror, que quase me contagiasse. Sentia em mim as sorrateiras e bizarras influências das superstições de meu amigo, tão fantásticas quanto impressionantes, penetrando-me de forma lenta, mas segura.

Foi sobretudo ao recolher-se um pouco tarde, na noite do sétimo ou oitavo dia depois do encerramento do corpo de lady Madeline na cripta, que experimentei todo o poder de tais impressões. O sono parecia evitar a minha cama, e as horas passavam num moroso cortejo. Eu lutava por dominar o nervosismo que se apoderara de mim. Procurava fazer-me crer que grande parte, se não a totalidade de minhas impressões, era devida à influência desconcertante da mobília austera e triste do quarto, das tapeçarias escuras e estragadas que, tocadas pelo sopro de uma tempestade iminente, mexiam-se caprichosamente nas paredes e, inquietantes, roçavam nos adornos da cama. Meu empenho foi, porém, infrutífero. Um invencível tremor apoderou-se pouco a pouco de meu corpo, instalando-se por fim em meu coração o íncubo do mais absurdo alarme. Num esforço resfolegante para livrar-me daquilo, soergui-me sobre o travesseiro e, procurando ver através da intensa escuridão reinante no quarto, pus-me à escuta — não sei bem por quê, sei apenas que me compelia uma força instintiva — e ouvi certos sons, baixos e indefiníveis, que, a longos intervalos, provinham não sei de onde entre as pausas da tempestade. Dominado por intensa sensação de pavor, inexplicável e intolerável, vesti-me depressa (pois compreendi que não dormiria mais naquela noite) e procurei erguer-me do lamentável estado em que mergulhara, caminhando apressado para um lado e para outro ao longo do aposento.

Fizera poucas voltas, quando leves passadas numa escada próxima feriram minha atenção. Reconheci-as logo como sendo de Usher. Um instante depois, ele bateu muito de leve em minha porta, e entrou com uma lâmpada na mão. Como de costume, seu rosto apresentava lividez cadavérica — mas, além disso, havia uma espécie de hilaridade demente em seus olhos, e percebia-se uma evidente e contida histeria em seu aspecto. Seu ar apavorou-me, mas tudo era preferível à solidão que eu sofrera ao longo de tantas horas, e quase lhe agradeci a presença como a uma consolação.

— Você não viu isso? — disse bruscamente, depois de ter olhado em torno, em silêncio, durante alguns momentos. — Então você não viu isso? Pois espere, e verá!

Assim falando, e depois de proteger cuidadosamente a lâmpada, ele se apressou na direção de uma das janelas e escancarou-a para a tempestade. A fúria impetuosa da rajada invasora quase nos lançou ao chão. Era, de fato, uma bela noite de tempestade, singular e bizarra em seu horror e em sua beleza. Por certo, um redemoinho percorria com toda a força nossa vizinhança, pois havia frequentes e violentas alterações na direção do vento; e a excessiva densidade das nuvens (baixas a ponto de tocar os torreões da construção) não impedia que percebêssemos a velocidade com que elas fluíam na distância. Digo que nem mesmo a excessiva densidade era capaz de impedir que percebêssemos essas coisas — mas não tínhamos um vislumbre sequer da lua ou das estrelas, nem chegava até nós o resplendor do relâmpago. Ainda assim, a superfície inferior das enormes massas agitadas de vapor, assim como todas as coisas terrestres situadas em nosso entorno imediato, brilhava na claridade anormal de uma exalação gasosa de pouca luminosidade, mas distintamente visível, que flutuava no ar e envolvia a casa.

— Você não deve... você não pode ver isso! — disse-lhe eu, estremecendo e puxando-o suavemente da janela para uma cadeira. — Essas aparências que o espantam são simples fenômenos elétricos não muito raros, e talvez tenham sua origem fantástica nos miasmas do charco. Vamos fechar esta janela; o ar está demasiado frio e perigoso para sua constituição. Aqui está um de seus romances favoritos. Eu lerei e você escutará: assim, venceremos juntos esta noite terrível.

O velho volume que eu agarrara era o *Mad Trist*, de sir Launcelot Canning, mas eu o chamara livro favorito de Usher mais por gracejo do que a sério. Na verdade, havia pouca coisa em sua prolixidade tosca e quase nada imaginosa que pudesse ser de interesse para a espiritualidade e o sublime idealismo de meu amigo. Era, todavia, o único livro imediatamente à mão; e eu alimentava vaga esperança de que a excitação que agora agitava o hipocondríaco pudesse encontrar alívio (pois a história dos distúrbios mentais está cheia de anomalias semelhantes) mesmo nas tolices extremas que eu estava para ler. E a julgar pela concentrada atenção com que ele escutava, ou aparentemente escutava as palavras da narrativa, eu bem que poderia congratular-me pelo êxito de meu intento.

Em minha leitura, chegara àquela parte muito conhecida da história, em que Ethelred, o herói do "Trist", tendo procurado em vão penetrar por meios brandos na habitação do eremita, resolve entrar à força. Nesta altura, o texto diz:

"E Ethelred, que era homem valente e estava agora ainda mais forte em virtude do generoso vinho que tomara, não mais esperou para parlamentar com o eremita, que, na verdade, era de caráter obstinado e maligno, mas, sentindo a chuva nos ombros, e receando o recrudescimento da tempestade, ergueu a maça e, desferindo golpes sobre golpes, abriu rapidamente um rombo na porta por onde podia entrar a sua manopla; e ora puxando a porta tenazmente, ora batendo com fúria, fez tudo em pedaços, levantando grande barulho da madeira seca, que alarmou e repercutiu por toda a floresta."

Ao terminar essa frase, parei e, por um momento, fiquei em

silêncio, porque (embora logo percebesse que minha imaginação excitada me iludira) parecia-me que, de alguma parte muito remota da casa, chegava indistintamente a meus ouvidos o que podia ter sido, em sua exata semelhança de caráter, o eco (sem dúvida um eco sumido, abafado) dos sons que sir Launcelot descrevera havia pouco. Por certo, só a coincidência é que me ferira a atenção; porque, entre os estalidos das janelas e os outros ruídos confundidos e comuns da tempestade sempre crescente, o som em si mesmo nada tinha que pudesse ter-me interessado ou perturbado. Continuei a história:

"Mas o bom campeão Ethelred, penetrando agora pela porta, ficou bastante irritado e confuso por não perceber sinal algum do maligno eremita; em lugar dele, contudo, um dragão escamoso, de aspecto descomunal e língua ígnea, montava guarda diante de um palácio de ouro, com chão de prata; da parede, pendia um brilhante escudo de bronze com esta inscrição:

Quem entrar aqui será vencedor;
Quem matar o dragão apoderar-se-á do escudo.

E Ethelred levantou a maça e abateu-a na cabeça do dragão, que caiu diante dele, exalando um sopro pestilento — seu último alento —, e com um guincho tão horrível, áspero e penetrante que Ethelred tapou os ouvidos com as mãos para fugir àquele som estranho e medonho."

Aqui, fiz outra pausa, e agora com uma impressão de desconcertante estupefação — pois não havia dúvida nenhuma de que naquele momento eu de fato ouvia (embora me fosse impossível precisar de que direção provinha) um som agudo, irritante, prolongado, penetrante como um grito esganiçado, que parecia vir de longe — a reprodução exata daquilo que minha imaginação concebera com relação ao bramido selvagem do dragão, conforme a descrição do escritor.

Ante a ocorrência dessa segunda e extraordinária coincidência, sem dúvida impressionado por mil sensações contraditórias, entre as quais predominavam o pasmo e o terror extremos, ainda conservei suficiente presença de espírito para evitar o agravamento, por contágio, do sensível nervosismo de meu companheiro. Não duvidava de que ele tivesse reparado nos sons de que falei. Com efeito, uma estranha alteração em seu exterior se operara durante os últimos minutos. De uma posição defronte à minha, ele aos poucos torcera a cadeira de modo a ficar com a frente voltada para a porta do quarto, de tal modo que eu podia ver apenas parcialmente suas feições, percebendo que os lábios tremiam como se ele estivesse murmurando alguma coisa inaudível. A cabeça caíra-lhe sobre o peito — eu sabia, porém, que não dormia, uma vez que, por seu perfil, podia ver que conservava os olhos rigidamente abertos. Os movimentos de seu corpo me firmavam também nessa conclusão, pois ele oscilava suave, mas constante e uniformemente. Tendo observado tudo isso num instante, voltei à narrativa de sir Launcelot, que continuava como segue:

"Então, tendo escapado à terrível fúria do dragão, Ethelred voltou-se para o escudo de bronze e pensou na quebra do encanto que pesava sobre ele. Afastou a carcaça para um lado e, pisando o pavimento de prata do castelo, aproximou-se decididamente do lugar de onde pendia o escudo; este, porém, não esperou por sua ação: caiu-lhe aos pés, no chão de prata, com um tinido retumbante, ensurdecedor."

Essas últimas sílabas nem bem haviam passado através de meus lábios, e — como se um escudo de bronze tivesse de fato, naquele momento, caído pesadamente num pavimento de prata — percebi um ruído distinto, profundo, metálico e estridente, embora aparentemente velado. Desatinado, pus-me de pé num salto, mas os movimentos ritmados de Usher não se alteraram. Precipitei-me para a cadeira em que ele estava sentado. Seus olhos estavam fixamente perdidos no espaço, e por todo seu rosto havia uma *rigidez* de pedra. Quando, no entanto, pus a mão sobre seu ombro, um forte estremecimento percorreu-lhe o corpo todo, um sorriso doentio apareceu em seus lábios, e percebi que ele falava com uma voz ininteligível, sumida como um murmúrio, como se ignorasse minha presença. Inclinando-me sobre ele, consegui afinal apanhar a medonha significação de suas palavras.

— Ouve agora? Sim, ouço e *venho ouvindo*. Faz muito, muito tempo, muitos minutos, muitas horas, muitos dias que tenho ouvido isso; mas não ousava... Oh, piedade, piedade para este miserável! Eu não ousava... Eu não ousava falar! *Nós a pusemos viva no túmulo!* Eu não dizia então que meus sentidos estavam aguçados? *Agora* digo a você que ouvi os primeiros e débeis movimentos dela ainda no silencioso ataúde. Eu os ouvi há dias, muitos dias; contudo, não ousei... *não ousei falar!* E agora... esta noite... Ethelred... Ha, ha! A destruição da porta do eremita, e o grito de morte do dragão, e o estrondo do escudo... a abertura de seu ataúde, o ranger dos gonzos de sua prisão, a ressonância das paredes forradas de cobre do subterrâneo! Oh, para onde fugirei? Não irá ela aparecer aqui dentro de um momento? Não se está apressando para censurar minha intenção? Não ouço seus passos lá na escada? Não é isso o terrível e lento pulsar de seu coração? Insensato! — aqui, ele se pôs galvanicamente de pé e gritou estas sílabas, como se fizesse o esforço do último alento: — *Insensato! Eu afirmo que ela agora está de pé atrás da porta!*

Como se na energia sobre-humana de sua elocução houvesse o poder de um sortilégio, as enormes e antiquadas almofadas para as quais ele apontava recuaram com vagar, naquele mesmo instante, suas graves bocas de ébano. Era a obra de uma formidável rajada — mas, escancarada a porta, apareceu, de pé, a figura altaneira e amortalhada de lady Madeline de Usher. Havia sangue em sua veste branca e vestígios de alguma luta feroz em cada parte de seu corpo emagrecido. Por um momento, ela permaneceu, trêmula, a vacilar no umbral — depois, com um pequeno grito lamentoso, caiu pesadamente para dentro, sobre o corpo do irmão, e, em sua violenta e agora final agonia, o que ela arrastou para o chão foi apenas um cadáver, a vítima dos horrores que ele mesmo previra.

Daquele quarto e daquela casa, fugi espantado. A tempestade ainda rugia lá fora com toda a sua fúria, quando me vi enfim atravessando o velho caminho pavimentado. De repente, surgiu ao longo do caminho uma luz estranha, e eu me voltei para ver de onde provinha claridade tão insólita, pois, atrás de mim, só havia a mansão com suas sombras. O resplendor vinha de uma lua no ocaso, grande, da cor do sangue, que agora brilhava vivamente através daquela fenda antes apenas perceptível, da qual já disse que se estendia em zigue-zague desde o telhado do edifício até o alicerce. Enquanto eu olhava, a fenda rapidamente se alargou — houve uma rajada mais impetuosa da ventania — o globo inteiro do satélite invadiu de repente meu campo de visão — e meu cérebro sofreu como um desfalecimento quando vi que as grossas paredes ruíam, despedaçando-se — houve um longo e tumultuoso estrondo, com mil vozes de água — e a profunda e sombria lagoa a meus pés fechou-se sombriamente sobre os destroços da *Casa de Usher*.

"The Fall of the House of Usher", *1839*

O CAIXÃO QUADRANGULAR

HÁ ALGUNS ANOS, viajei de Charleston, na Carolina do Sul, para a cidade de Nova York no belo navio *Independência*, do capitão Hardy. Devíamos viajar no dia 15 do mês de junho, se o tempo permitisse, e, no dia 14, subi a bordo para arranjar algumas coisas em meu camarote.

Achei que íamos ter muitos passageiros, inclusive um número maior de senhoras do que o habitual. Da lista, constavam muitos conhecidos meus e, entre outros nomes, alegrei-me por ver o do dr. Cornélio Wyatt, jovem artista, a quem dedicava eu cordial amizade. Fora meu companheiro de estudos na Universidade C..., onde andávamos sempre juntos. Tinha ele o temperamento comum dos gênios, formando um conjunto de misantropia, sensibilidade e entusiasmo. A essas qualidades, unia ainda o coração mais ardente e mais franco que jamais bateu em peito humano.

Observei que seu nome estava registrado em *três* camarotes e, tendo novamente consultado a lista de passageiros, descobri que ele tinha comprado passagem para si mesmo, para sua mulher e para duas irmãs dele. Os camarotes eram suficientemente espaçosos, tendo cada um dois beliches, um em cima do outro. Os beliches, para falar a verdade, eram tão excessivamente estreitos que neles não cabia mais de uma pessoa; contudo, não podia compreender por que havia *três* camarotes para aquelas quatro pessoas. Encontrava-me eu, justamente naquela época, em um daqueles fantásticos estados de espírito que exacerbam muito além do normal a curiosidade de um homem acerca de qualquer ninharia: e confesso, envergonhado, que me ocupei de uma variedade de conjecturas indelicadas e absurdas a respeito dessa história de camarotes excedentes. Decerto, não era da minha conta; mas, com pertinácia não pequena, esforcei-me pela solução do enigma. Afinal, cheguei a uma conclusão, espantado por não tê-la descoberto antes: "É uma criada, sem dúvida", disse eu. "Que tolice não ter pensado antes em tão evidente solução!" E, mais uma vez, reparei na lista; nela, porém, constatei com clareza que *nenhuma* criada acompanhava o grupo, embora, de fato, levar alguma tivesse sido a intenção original, pois as palavras "e criada" tinham sido escritas a princípio e, depois, riscadas. "Bem, na certa, alguma bagagem adicional", disse então a mim mesmo. "Algo que ele não deseja alojar no porão, algo que deva ficar sob suas vistas. Ah, já sei: uma pintura ou coisa semelhante. Deve ser isso que ele andou negociando com aquele judeu italiano, o Nicolino." Essa ideia me satisfez, e, ao menos naquele momento, pus de parte minha curiosidade.

Eu conhecia muito bem as duas irmãs de Wyatt, e que moças amáveis e inteligentes eram elas! Como ele havia se casado recentemente, eu nunca vira sua mulher. Muitas vezes falara-me a respeito dela, no seu habitual estilo entusiasmado. Descrevia-a como de uma beleza inigualável, muito inteligente e prendada. Sentia-me, por isso, grandemente ansioso por conhecê-la.

No dia em que visitei o navio (dia 14), Wyatt e família ali estavam também para visitá-lo, assim me informou o capitão, e fiquei esperando a bordo uma hora a mais que o pretendido, na expectativa de ser apresentado à jovem esposa, quando então recebi um pedido de desculpa: "A sra. Wyatt estava um pouco indisposta e desistiu de vir a bordo, o que só fará amanhã, à hora da partida".

No dia seguinte, ia eu do meu hotel para o cais, quando o capitão Hardy me encontrou e me disse que, "devido às circunstâncias" (frase estúpida, porém conveniente), achava ele que o *Independência* não viajaria antes de um dia ou dois e que, quando tudo estivesse pronto, mandaria me avisar. Achei aquilo estranho, porque uma brisa constante soprava do sul; mas como as "circunstâncias" não estivessem à vista, embora eu as sondasse com a maior perseverança, nada tinha a fazer senão voltar para casa e digerir minha impaciência à vontade.

Esperei quase uma semana pelo aviso do capitão. Quando afinal chegou, segui de imediato para bordo. O navio estava repleto de passageiros, e tudo se achava em alvoroço, à espera da partida. A família de Wyatt chegou quase dez minutos depois de mim. Eram as duas irmãs, a esposa e o artista; este, em um de seus habituais acessos de melancólica misantropia. Eu, porém, estava por demais habituado a eles para dar-lhes qualquer atenção especial. Wyatt nem sequer me apresentou à esposa, cortesia deixada compulsoriamente a cargo de sua irmã Marian, moça muito delicada e inteligente, que com algumas palavras apressadas tornou-nos conhecidos.

A sra. Wyatt usava um véu cerrado e, quando o ergueu para responder a meu cumprimento, confesso que fiquei profundamente atônito. E muito mais teria ficado, se uma longa experiência não me houvesse advertido a não acreditar com confiança demasiado implícita nas entusiásticas descrições de meu amigo artista, quando se comprazia em comentários a respeito da formosura das mulheres. Sendo o tema beleza, bem sabia eu a facilidade com que ele remontava às regiões do puro ideal.

A verdade é que eu via a sra. Wyatt como uma mulher decididamente comum. Se não era positivamente feia, penso eu que não estava muito longe disso. Mas vestia-se com extremo bom gosto, e não tive dúvida de que conquistara o coração de meu amigo pelas mais duradouras graças da inteligência da alma. Depois de pouquíssimas palavras, dirigiu-se ela de pronto a seu camarote com o sr. Wyatt.

Minha velha curiosidade então retornou. Não havia criada; *isso* era ponto pacífico. Procurei, em consequência, a bagagem extraordinária. Depois de algum tempo de demora, chegou uma carroça ao cais, trazendo um caixão quadrangular de pinho que parecia ser a última coisa que se esperava. Partimos assim que ele chegou, e dentro em pouco saíamos livremente da barra, rumando para o mar.

O aludido caixão era, como eu disse, quadrangular. Tinha cerca de um metro e oitenta de comprimento por setenta centímetros de largura. Observei-o atentamente, de modo a poder ser exato. Ora, aquele formato era *característico* e, logo que o vi, louvei-me pela precisão de minhas suposições. Eu chegara à conclusão, lembro, de que a bagagem excedente de meu amigo, o artista, deveria constar de pinturas ou, pelo menos, de uma pintura; pois eu sabia que ele estivera várias semanas conferenciando com Nicolino. Agora, ali estava um caixão que, dada sua forma, nada mais *podia* conter neste mundo senão uma cópia da *Última ceia* de Leonardo e uma cópia dessa mesma *Última ceia* que Rubini, o moço, fizera em Florença e que, desde algum tempo, eu sabia estar em poder de Nicolino. Considerando, portanto, esse ponto como suficientemente assente, vangloriei-me bastante de minha perspicácia. Que eu soubesse, era a primeira vez que Wyatt me escondia algum de seus segredos artísticos; mas, nesse caso, estava claro que ele pretendia lavrar um tento sobre mim e contrabandear para Nova York um belo quadro sob meu próprio nariz, esperando que eu nada descobrisse a respeito. Pois resolvi lográ-lo e *bem*, ali e para todo o sempre.

Uma coisa, contudo, me incomodava bastante. O caixote não havia sido levado para o camarote excedente, mas depositado no próprio camarote de Wyatt; e ali ficou, aliás, ocupando quase todo o soalho, sem dúvida com enorme desconforto para o artista e sua mulher, tanto mais porque o piche ou a tinta com que fora endereçado, em maiúsculas deitadas, emitia um odor forte, desagradável e, para minha imaginação, assaz repugnante. Na tampa, estavam pintadas as palavras: "Sra. Adelaide Curtis, Albany, Nova York. Sob os cuidados do sr. Cornélio Wyatt. Este lado para cima. Carregar com cuidado".

Agora eu sabia que a sra. Adelaide Curtis era a mãe da mulher do artista, mas naquele momento tomei todo o endereço como um engodo preparado especialmente para mim. Convenci-me, sem dúvida, de que o caixão e seu conteúdo não iriam além do estúdio de meu misantrópico amigo, na rua Chambers, em Nova York.

Durante os primeiros três ou quatro dias, tivemos tempo bom, embora o vento estivesse em calmaria pela frente, tendo mudado de direção para o norte logo depois que perdemos a costa de vista. Os passageiros se achavam, por consequência, em excelente disposição de espírito e de sociabilidade. Devo fazer exceção, porém, de Wyatt e de suas irmãs, que se conduziam secamente e, não podia eu deixar de pensar, com descortesia para com os demais. Não me importei muito com a conduta de *Wyatt*. É fato que ele estava sombrio além do costume, estava mesmo *taciturno*, mas eu já contava com a excentricidade dele. Quanto às irmãs, porém, não havia desculpa. Conservaram-se reclusas em seus camarotes durante a maior parte da travessia, recusando-se por completo, embora eu repetidas vezes instasse com elas, a manter comunicação com qualquer pessoa a bordo.

A própria sra. Wyatt era muito mais agradável. Isto é, era loquaz, e ser loquaz não é pequena recomendação para quem viaja. Tornou-se *excessivamente* íntima da maior parte das senhoras e, para intenso espanto meu, revelou inequívoca disposição de namorar os homens. Divertiu-nos bastante, a todos. Digo "divertiu-nos", e dificilmente saberia explicar-me. A verdade é que logo descobri que muito mais vezes riam *da* sra. Wyatt do que *com* ela. Os cavalheiros pouco falavam a seu respeito, mas as senhoras logo acharam-na "uma criatura cordial, de aparência um tanto comum, decerto pouco educada e decididamente vulgar". O que causava maior espanto era ter Wyatt caído em tal casamento. A explicação geral era o dinheiro, mas essa, bem sabia eu, não era explicação nenhuma, pois Wyatt me dissera que ela não lhe trouxera um único dólar nem esperava receber nenhum dinheiro de fonte alguma. Casara-se — contara-me ele — "por amor, e por amor somente"; e sua esposa era "mais do que digna" de seu amor. Quando pensava nessas manifestações de parte do meu amigo, confesso que era tomado de confusão indescritível. Seria possível que ele tivesse perdido o juízo? Que outra coisa poderia eu pensar? *Ele*, tão refinado, tão intelectual, tão exigente, com tão rara percepção das coisas imperfeitas e tão profundo na apreciação da beleza! Para falar a verdade, a mulher parecia especialmente apaixonada por *ele*, e em particular na ausência de Wyatt, tornando-se ridícula pelas frequentes citações do que havia dito seu "amado marido, o senhor Wyatt". A palavra "marido" parecia estar sempre — para usar uma de suas próprias e delicadas expressões — "na ponta da língua". Entrementes, todos a bordo observavam que ele a evitava da maneira mais saliente e, na maior parte do tempo, fechava-se sozinho em seu camarote, onde, de fato, podia-se dizer que vivia, deixando a mulher em plena liberdade para divertir-se como achasse melhor, na companhia dos passageiros do salão principal.

Minha conclusão, a partir do que eu via e ouvia, era a de que o artista, por algum imprevisto capricho da sorte ou talvez num arroubo de entusiástica e fantástica paixão, fora induzido a unir-se a uma pessoa inteiramente inferior a ele, e de que, como resultado natural, não tardara em sobrevir-lhe um desgosto profundo. Eu o lamentava do fundo do coração, mas não podia, por essa razão, perdoar-lhe inteiramente o sigilo a respeito da *Última ceia*. Por isso, resolvi desforrar-me.

Um dia, subindo ele ao tombadilho, peguei-o pelo braço, como fora sempre meu costume, e fiquei a passear com o amigo para lá e para cá. Seu ar melancólico (que considerei perfeitamente natural nas circunstâncias do momento) parecia conservar-se inabalável. Falou pouco e, assim mesmo, com tristeza e evidente esforço. Aventurei um ou dois gracejos, e ele esboçou uma amarela tentativa de sorriso. Pobre rapaz: quando eu pensava em *sua mulher*, imaginava se ele teria coragem até mesmo para simular algum contentamento. Por fim, aventurei uma investida direta. Decidi começar uma série de insinuações ocultas ou indiretas a respeito do caixão quadrangular, justamente para fazê-lo perceber aos poucos que eu *não* era propriamente o alvo, ou a vítima, daquele seu divertido engodo. Minha primeira observação deu início a uma espécie de carga velada. Disse alguma coisa a respeito da "forma característica *daquele* caixão" e, enquanto pronunciava as palavras, sorria intencionalmente, piscando os olhos e tocando-lhe de leve nas costelas com meu indicador.

A maneira pela qual Wyatt recebeu minha inocente brincadeira convenceu-me de imediato de que ele estava louco. A princípio, olhou para mim, como se achasse impossível compreender o chiste nela contido; mas, à medida que meu intento foi aos poucos abrindo caminho rumo a seu cérebro, os olhos dele pareciam querer saltar fora das órbitas. Depois, ficou vermelhíssimo e horrivelmente pálido e, em seguida, como se divertindo a valer com o que eu havia insinuado, desatou numa gargalhada enorme e desgovernada que, para meu grande espanto, ele manteve, com gradual e crescente vigor, durante dez minutos ou mais. Em conclusão, caiu pesadamente sobre o tombadilho. Quando corri para levantá-lo, tinha ele toda a aparência de estar *morto*.

Pedi socorro e, com bastante dificuldade, conseguimos fazê-lo voltar a si. Ao recobrar os sentidos, pôs-se a falar incoerentemente durante algum tempo. Por fim, nós o sangramos e levamos para a cama. No dia seguinte, estava completamente são, no que se referia à mera saúde física. Do espírito, porém, não digo nada. Evitei-o durante o resto da travessia, a conselho do capitão, que parecia concordar totalmente comigo a respeito da insanidade de Wyatt, mas preveniu-me que não tocasse nesse assunto com pessoa alguma a bordo.

Circunstâncias várias ocorreram logo após aquele ataque de Wyatt, as quais só contribuíram para aumentar a curiosidade de que já estava eu possuído. Entre outras, destaco a seguinte: eu tinha estado nervoso, bebia muito chá verde, forte, e dormia mal à noite; de fato, durante duas noites, não podia dizer propriamente que havia dormido. Ora, meu camarote abria-se para o salão principal, ou sala de jantar, como todos os camarotes de solteiro. Os três cômodos de Wyatt achavam-se no compartimento de trás, apartado do principal por uma pequena porta corrediça, jamais fechada, mesmo à noite. Como quase constantemente estivéssemos a favor do vento, e a brisa não chegasse a ser violenta, o navio inclinava-se mui consideravelmente para sotavento, e quando seu lado de estibordo estava para sotavento, a porta corrediça entre os camarotes abria-se e assim ficava, não se dando ninguém ao cuidado de levantar-se para fechá-la.

Meu beliche, por sua vez, achava-se em tal posição que, quando a porta de meu camarote estava aberta, assim como a porta corrediça em questão (e minha própria porta ficava sempre aberta por causa do calor), podia eu avistar distintamente o interior do compartimento de trás, e justamente a parte dele onde se situavam os camarotes do sr. Wyatt. Pois bem, durante duas noites (não consecutivas), enquanto eu jazia acordado, pude ver com clareza a sra. Wyatt sair furtivamente do camarote do sr. Wyatt às onze horas da noite e entrar no camarote adicional, onde permanecia até a madrugada, quando então, chamada pelo marido, regressava. Era claro que eles estavam virtualmente separados. Tinham aposentos separados, sem dúvida na perspectiva de um divórcio mais permanente; e ali, afinal de contas, pensava eu, estava o mistério do camarote extra.

Havia também outra circunstância que me interessou bastante. Durante as duas noites de vigília em questão, e imediatamente após o desaparecimento da sra. Wyatt no interior do camarote adicional, fui atraído por certos rumores estranhos, cautelosos e sumidos, provindos do aposento de seu marido. Depois de ter ficado à escuta por algum tempo, com ansiosa atenção, consegui por fim apreender perfeitamente sua significação. Eram sons causados pelo artista ao levantar a tampa do caixão quadrangular, com o auxílio de um formão e de um macete, este último com a ponta aparentemente envolta ou amortecida por alguma substância de algodão ou de lã macia.

Dessa forma, imaginei que podia distinguir o momento preciso em que ele despregava a tampa, bem como podia determinar quando ele a abria por completo e quando a depositava sobre o beliche inferior de seu camarote; esta última operação, por exemplo, eu a identifiquei por causa de certas pancadas leves que a tampa deu ao bater contra as extremidades de madeira do beliche, quando ele tentou depositá-la bem devagar, pois não havia lugar para ela no soalho. Depois disso, houve um silêncio mortal e nada mais ouvi, em qualquer outra ocasião, até quase o raiar do dia; a menos que eu faça menção talvez a um leve soluço ou murmúrio, tão contido que era quase inaudível, se é que, na realidade, esse último ruído não se tinha produzido apenas em minha própria imaginação. Digo que *parecia* ele assemelhar-se a um soluço ou suspiro, mas o fato é que podia não ser uma coisa nem outra. Acho, antes, que não passou de um estalido em minhas orelhas. Decerto, o sr. Wyatt estava, como de costume, apenas dando rédeas a uma de suas manias, comprazendo-se num de seus arroubos de entusiasmo artístico. Ou seja, abrira o caixão quadrangular, a fim de passar os olhos no tesouro pictórico que ali se achava. Nada havia nisso, porém, que pudesse fazê-lo *soluçar*. Repito, pois, que deve ter sido simplesmente um capricho de minha própria fantasia, destemperada pelo chá verde do bom capitão Hardy. Precisamente antes do alvorecer, em cada uma das duas noites de que falo, ouvi de modo distinto o sr. Wyatt tornar a colocar a tampa sobre o caixão quadrangular e recolocar os pregos nos lugares, com o auxílio do macete empanado. Tendo feito isso, ele saía de seu camarote, inteiramente vestido, e começava a chamar a sra. Wyatt no dela.

Fazia sete dias que navegávamos e havíamos passado o cabo Hatteras, quando, do sudoeste, sobreveio um vendaval bastante pesado. Estávamos, de certo modo, preparados para ele, pois o tempo já se havia mostrado ameaçador algumas vezes; tudo tinha sido posto em ordem, em cima e embaixo, e quando o vento rapidamente refrescou, colhemos enfim as velas, ficando apenas com a mezena e a gávea do traquete, ambas em duplos rizes.

Nessa aparelhagem, navegamos bem a salvo durante quarenta e oito horas, demonstrando o navio ser, em muitos aspectos, um excelente barco, não fazendo água de modo sensível. Ao fim desse período, porém, as rajadas se tinham transformado em furacão, e nossa vela de popa foi rasgada, lançando-nos de tal forma na cava da vaga que engolimos muitas ondas prodigiosas, uma após a outra. Com esse acidente, perdemos três homens, arrebatados pela água juntamente com a cozinha e quase todas as amuradas de bombordo. Mal tínhamos recuperado a calma, quando a gávea do traquete se estraçalhou, e içamos uma vela de estai, adequada ao tempo, o que permitiu que nos mantivéssemos muito bem durante algumas horas, afrontando o mar muito mais depressa do que antes.

O temporal, contudo, ainda continuava, e não víamos sinais

de que amainasse. Verificou-se, então, que o velame estava mal mareado, esticado em excesso, e, no terceiro dia do vendaval, por volta das cinco horas da tarde, nosso mastro de mezena caiu, depois de uma pesada guinada para barlavento. Durante uma hora ou mais, tentamos em vão desembaraçar-nos dele, por causa do fantástico jogo do navio; e, antes que lográssemos fazê-lo, o carpinteiro veio acima e anunciou que havia mais de um metro de água no porão. Para piorar nossas dificuldades, constatamos que as bombas estavam entupidas e quase imprestáveis.

Tudo agora era confusão e desespero, mas um esforço foi feito para aliviar o navio, lançando ao mar tudo quanto se pôde encontrar de sua carga e cortando os dois mastros restantes. Conseguimos, afinal, fazer tudo isso, mas achávamo-nos ainda impossibilitados de utilizar as bombas, ao mesmo tempo que a entrada de água aumentava muito depressa.

Ao pôr do sol, a violência da tempestade tinha diminuído sensivelmente, e como o mar foi serenando, ainda entretínhamos fracas esperanças de salvar-nos nos escaleres. Às oito da noite, as nuvens se abriram a barlavento, e tivemos a vantagem de uma lua cheia, dom da fortuna que serviu maravilhosamente para soerguer nosso espírito abatido.

Depois de incrível trabalho, conseguimos por fim lançar o escaler sem acidente material, e dentro dele se amontoaram toda a tripulação e a maior parte dos passageiros. Esse grupo afastou-se de pronto e, depois de suportar muitos sofrimentos, chegou afinal a salvo à baía de Ocracocke, no terceiro dia após o desastre.

Catorze passageiros, com o capitão, ficaram a bordo, resolvidos a confiar sua sorte ao escaler da popa. Nós o arriamos sem dificuldade, embora só por milagre evitássemos que mergulhasse ao tocar a água. Levava, quando posto a flutuar, o capitão e sua mulher, o sr. Wyatt e família, e um oficial mexicano com mulher e quatro filhos, além de mim mesmo, acompanhado de um criado negro.

Não tínhamos lugar para mais nada, à exceção de poucos instrumentos absolutamente necessários, algumas provisões e as roupas que usávamos. Ninguém tivera a ideia de nem mesmo tentar salvar alguma outra coisa. Qual não foi, porém, o espanto de todos quando, tendo-nos afastado alguns metros do navio, o sr. Wyatt, de pé na escota de popa, friamente pediu ao capitão Hardy que fizesse voltar o escaler para ir buscar seu caixão quadrangular.

— Sente-se, sr. Wyatt — replicou o capitão, um tanto severamente. — O senhor nos fará ir ao fundo, se não se mantiver quieto. Nossa amurada já está quase dentro d'água.

— O caixão! — vociferou o sr. Wyatt, ainda de pé. — O caixão, digo eu! Capitão Hardy, o senhor não deve, o senhor não *pode* recusar-se. O peso dele é uma ninharia... É quase nada, nada mesmo. Pela mãe que o deu à luz, pelo amor de Deus, pela esperança de sua salvação, imploro-lhe que volte para buscá-lo!

O capitão, por um instante, pareceu comovido pelo fervoroso apelo do artista, mas recuperou sua atitude grave e disse apenas:

— Senhor Wyatt, o senhor está louco. Não posso dar-lhe ouvidos. Sente-se, digo-lhe, ou fará virar o bote. Fique quieto... Agarrem-no! Segurem-no! Ele vai cair ao mar... Pronto, sabia... caiu!

Enquanto o capitão dizia isso, o sr. Wyatt efetivamente pulou fora do bote e, como estivéssemos ainda a sotavento do navio naufragado, conseguiu quase que num esforço sobre-humano agarrar uma corda que pendia das correntes da proa. Num instante, achava-se já a bordo, correndo freneticamente para o camarote.

Entrementes, tínhamos sido arrastados para a popa do navio e, desprotegidos dos ventos, ficamos à mercê das tremendas ondas que ainda rolavam. Fizemos decidido esforço para voltar, mas nosso pequeno barco era como uma pena ao sopro da tempestade. Vimos, num relance, que a sentença do desventurado artista fora lavrada.

À medida que nossa distância da embarcação naufragada aumentava rapidamente, o louco (pois somente assim poderíamos considerá-lo) era visto saindo da escada do tombadilho, arrastando à custa de esforço aparentemente gigantesco o caixão quadrangular. Enquanto o observávamos, no auge do espanto, ele passou várias voltas de uma grossa corda primeiro em torno do caixão e, depois, em torno do próprio corpo. Logo a seguir, corpo e caixão caíram ao mar, desaparecendo súbita e imediatamente para sempre.

Tomados de tristeza, retardamos por um momento nossas remadas, com os olhos fixos naquele ponto. Até que, por fim, nos afastamos. Mantivemo-nos em silêncio durante uma hora. Então, aventurei uma observação.

— Reparou, capitão, como eles afundaram de repente? Não foi isso uma coisa muito singular? Confesso que alimentei alguma fraca esperança de salvação, quando o vi amarrar-se ao caixão e lançar-se ao mar.

— Era natural que afundassem — replicou o capitão —, e sem demora. Em breve, porém, subirão à tona de novo, *quando o sal se derreter*.

— O sal! — exclamei.

— Psiu! — disse o capitão, apontando para a mulher e as irmãs do morto. — Falaremos a esse respeito em ocasião mais oportuna.

Sofremos muito e escapamos por um triz, mas a sorte protegeu-nos, bem como aos nossos companheiros do outro escaler. Mais mortos do que vivos, depois de quatro dias de intensa angústia, chegamos enfim à terra na praia fronteira à ilha de Roanoke. Permanecemos ali uma semana, não fomos maltratados por aqueles que se aproveitam dos náufragos e, por fim, obtivemos passagem para Nova York.

Cerca de um mês depois da perda do *Independência*, encontrei o capitão Hardy na Broadway. Nossa conversa dirigiu-se naturalmente para o desastre e, de modo especial, para a triste sorte do pobre Wyatt. Foi assim que vim a conhecer os seguintes pormenores:

O artista havia comprado passagem para si mesmo, sua mulher, duas irmãs e uma criada. Sua esposa era de fato, como ele a descrevera, a mais perfeita mulher. Na manhã do dia 14 de junho (dia em que visitei pela primeira vez o navio), a mulher adoecera de súbito e morrera. O jovem marido ficou louco de dor, mas circunstâncias imperiosas o impediam de adiar a viagem a Nova York. Era preciso levar para a sogra o cadáver de sua adorável esposa, mas, por outro lado, o universal preconceito que o proibia de fazê-lo tão abertamente era bem conhecido. Nove décimos dos passageiros teriam abandonado o navio, de preferência a seguir viagem com um cadáver.

Nesse dilema, o capitão Hardy resolveu que o corpo, depois de parcialmente embalsamado e coberto de grande quantidade de sal, fosse colocado num caixão de dimensões adequadas e transportado para bordo como mercadoria. Nada deveria ser dito a respeito da morte da senhora; e, como era bem sabido que o sr. Wyatt tinha comprado passagem para a esposa, tornou-se necessário que alguém a substituísse durante a viagem. A criada da morta prestou-se facilmente a fazê-lo. O camarote adicional, de início reservado a essa moça, enquanto vivia sua patroa, foi então conservado. Naquele camarote, dormia todas as noites, é evidente, a pseudoesposa. Durante o dia, representava ela o melhor que podia o papel de sua patroa, que, como fora cuidadosamente apurado, era desconhecida de qualquer dos passageiros.

Meu próprio engano surgiu, bastante naturalmente, de meu temperamento por demais leviano, demasiado curioso e demasiado impulsivo. Mas, nos últimos tempos, é raro que eu durma profundamente à noite. Um rosto me assombra, por mais que eu vire na cama. Há uma risada histérica que para sempre ecoará em meus ouvidos.

"The Oblong Box", 1844

O ESCARAVELHO DE OURO

What ho! what ho! this fellow is dancing mad!
He hath been bitten by the Tarantula.
All in the Wrong*

HÁ ANOS MANTIVE RELAÇÕES COM UM SENHOR chamado William Legrand. Era de uma antiga família protestante e fora muito rico, porém uma série de infortúnios o levara à miséria. Para evitar a humilhação consequente a seus desastres, deixou Nova Orleans, a cidade de seus antepassados, indo residir na ilha de Sullivan, próximo de Charleston, na Carolina do Sul.

Essa ilha é das mais singulares. Constituída de pouco mais do que areia do mar, tem quase cinco quilômetros de comprimento. Sua largura nunca chega a mais de quatrocentos metros. A separá-la do continente, tem apenas uma angra quase imperceptível, que se insinua através de moitas, caniços e lodo, recanto muito procurado pelas galinhas-d'água. A vegetação, como logo se percebe, é pobre, ou melhor, raquítica. Árvores de verdade não há. Na extremidade ocidental, no ponto onde se erguem o forte Moultrie e alguns miseráveis edifícios de madeira, habitados no verão por gente que foge da poeira e das febres de Charleston, veem-se, é verdade, palmeiras anãs; mas toda a ilha, com exceção desse trecho ocidental e de uma faixa branca e desolada que bordeja o mar, está coberta de espessas brenhas de murta odorífera, tão apreciada pelos horticultores ingleses. O arbusto atinge às vezes uma altura de quatro a seis metros, formando um bosque intrincado, quase impenetrável, e impregnando a atmosfera com sua fragrância.

Na parte mais profunda desse bosque, não longe da extremidade, isto é, da porção mais remota da ilha, Legrand cons-

* Vejam! Vejam! Esse rapaz está dançando feito louco! Ele foi mordido pela Tarântula. (Tudo às avessas.) (N. E.)

truiu uma cabana, onde morava quando, por acaso, travamos conhecimento. Esse simples conhecimento transformou-se logo em amizade — porque ele sabia, em sua reclusão, provocar interesse e estima. Verifiquei que meu amigo recebera sólida educação, servida por faculdades espirituais pouco comuns; mas tinha o entusiasmo abafado pela misantropia e vivia sujeito à infeliz alternância entre vivacidade e melancolia. Embora possuísse em casa muitos livros, raramente os abria. Seus principais divertimentos eram caçar e pescar, ou passear pelas praias, através das murtas, em busca de conchas e de exemplares entomológicos — sua coleção destes últimos poderia fazer inveja a um Swammerdamm. Nessas excursões, era sempre acompanhado por um velho negro chamado Júpiter, que fora alforriado antes dos desastres financeiros da família, mas jamais pudera ser induzido, nem por ameaças nem por promessas, a abandonar seu jovem "sinhô Will". Achava que tinha o direito de segui-lo por toda parte. Não é improvável que os parentes de Legrand, julgando-o um tanto maluco, estimassem que o negro persistisse em seu propósito, pois Júpiter seria uma espécie de guardião a vigiar o fugitivo.

Na latitude da ilha de Sullivan, raramente os invernos são rigorosos; é um acontecimento invulgar quando, no fim do ano, o fogo se torna indispensável. Todavia, em meados de outubro de 18..., houve um dia em que o frio se tornou insuportável. Justamente ao pôr do sol, eu seguia por um caminho através das murtas para a cabana de meu amigo, que já não via fazia algumas semanas. Residia, então, em Charleston, a uma distância de pouco mais de catorze quilômetros, e as facilidades para ir e voltar eram menores do que hoje em dia. Chegando à cabana, bati, conforme era meu hábito, e, não obtendo resposta, procurei a chave no lugar onde sabia estar escondida. Abri a porta e entrei. Tive uma surpresa e, com certeza, das mais agradáveis. Um belo fogo crepitava na lareira. Despi o paletó, empurrei a cadeira para junto do fogo e esperei pacientemente pelos donos da casa.

Logo depois de cair a noite, eles chegaram e acolheram-me com toda a cordialidade. Júpiter, escancarando a boca em sorrisos, apressou-se em preparar algumas marrecas para o jantar. Legrand estava numa de suas "crises" de entusiasmo — e que outro nome poderia dar a elas? Encontrara um bivalve desconhecido, constituindo um gênero novo, e mais: apanhara, com o auxílio de Júpiter, um escaravelho que julgava também absolutamente novo, a respeito do qual queria ouvir minha opinião na manhã seguinte.

— E por que não hoje à noite? — perguntei, esfregando as mãos diante do fogo, e mandando mentalmente ao diabo todas as raças de escaravelhos.

— Ah, se soubesse que você estava aqui! — disse Legrand. — Mas fazia muito tempo que não o via! E como poderia adivinhar que viria visitar-me hoje à noite? Ao voltar para casa, encontrei no caminho o tenente G..., lá do forte, e, perturbado com meu achado, emprestei-lhe o escaravelho. Assim, não posso mostrá-lo a você senão amanhã. Fique aqui esta noite, e, ao nascer do sol, mandarei Júpiter buscá-lo. É uma das coisas mais maravilhosas da natureza!

— O quê? O nascer do sol?

— Não, com os diabos! Refiro-me ao escaravelho. É de uma cor de ouro brilhante, grande, quase do tamanho de uma noz das maiores, com duas manchas negras como azeviche numa extremidade do dorso, e mais uma, um pouco maior, na outra. As antenas são...

— De ouro, "sinhozinho" Will! — interrompeu Júpiter. — O escaravelho é todo de ouro; maciço, todo ele, por dentro e por fora, exceto as asas. Nunca vi na minha vida um escaravelho tão pesado!

— Bem, imagino que sim, Jup — replicou Legrand com vivacidade, com demasiada vivacidade talvez —, mas isso não é motivo para deixar queimar as marrecas! A cor do inseto — Legrand voltou-se para mim — parece, de fato, corroborar a ideia de Júpiter. Você decerto nunca viu um brilho metálico tão vivo como o daqueles élitros, mas, na verdade, só poderá dizê-lo amanhã. Enquanto isso, vou dar-lhe uma ideia da forma dele.

E, assim falando, Legrand sentou-se junto a uma mesinha onde havia pena e tinta, mas nenhuma folha de papel. Procurou numa gaveta, mas nada encontrou.

— Não importa — disse ele. — Isto bastará...

E tirou do bolso do paletó uma coisa que me pareceu um antigo pedaço de papel muito sujo, sobre o qual se pôs a desenhar uma espécie de croqui com a pena. Durante esse tempo, mantinha-me junto ao fogo, porque sentia frio. Quando ele terminou o desenho, passou-o às minhas mãos sem se levantar. Nesse instante, ouviu-se um forte grunhido, seguido de arranhões do lado de fora da porta. Júpiter abriu-a, e um enorme cão terra-nova pertencente a Legrand precipitou-se pelo aposento e saltou sobre mim, enchendo-me de festas, porque eu sempre o agradava cada vez que visitava o dono. Terminadas as demonstrações de alegria, olhei para o papel e, para dizer a verdade, fiquei seriamente intrigado com o desenho.

— Sim — disse eu, depois de contemplá-lo por alguns minutos —, é um escaravelho estranho, confesso. É novo para mim; nunca vi nada parecido, a menos que isto seja um crânio ou uma caveira, com que tanto se assemelha!

— Uma caveira! — repetiu Legrand. — Ah, sim, o desenho lembra uma, sem dúvida. As duas manchas negras superiores parecem os olhos, e a maior, embaixo, lembra uma boca, não é? Além disso, a forma do todo é oval.

— Pode ser — repliquei. — Mas creio, Legrand, que você não é bom desenhista. Esperarei até ver o próprio bicho para poder fazer uma ideia justa.

— Ora, não sei bem... — disse ele, um pouco magoado. — Desenho razoavelmente, ou pelo menos deveria fazê-lo, porque tive bons professores, e não sou propriamente uma besta...

— Mas, então, meu caro — respondi —, você está gracejando comigo. Isto é um *crânio* bem desenhado; diria mesmo que é um crânio *perfeito*, de acordo com todos os preceitos da osteologia, e seu escaravelho será o mais singular de todos os escaravelhos do mundo, caso se pareça com isto! Poderíamos mesmo formar sobre o caso surpreendente superstição! Presumo que denominará seu inseto *scarabeus caput hominis*, ou coisa parecida. Nos livros de história natural, há muitas denominações desse gênero. Mas onde estão as antenas de que você falou?

— As antenas! — exclamou Legrand, que parecia inexplicavelmente exaltado. — Na certa, você as está vendo bem aí na sua frente. Eu as desenhei tal como figuram no inseto original, e presumo que estejam bem visíveis.

— Bem, bem, — respondi —, talvez você as tenha desenhado. Mas a verdade é que não as vejo!

E estendi-lhe o papel, sem acrescentar mais nenhuma crítica, porém muito perturbado com a feição que o caso estava tomando. Intrigava-me seu mau humor e, quanto ao desenho do inseto, com certeza *não havia* nele antenas visíveis; o conjunto lembrava fielmente uma caveira vulgar.

Legrand pegou o papel com ar aborrecido e estava a ponto de amassá-lo e lançá-lo ao fogo, quando seu olhar caiu, por acaso, no desenho, e toda sua atenção fixou-se nele. Por um instante, seu rosto tomou uma intensa coloração vermelha; depois, demasiado pálida. Durante alguns minutos, sem nem se mexer, ele continuou a examinar o desenho minuciosamente. Então, levantou-se, tomou um candeeiro da mesa e foi sentar-se numa caixa no outro canto do aposento. Aí, recomeçou a examinar curiosamente o papel, voltando-o em todas as direções. Contudo, não dizia nada, e seu procedimento causava-me extrema perturbação. De todo modo, julguei prudente não exasperá-lo com nenhum comentário, em vista de seu crescente mau humor. Afinal, tirou do bolso uma carteira, meteu nela o desenho e guardou-a com muito cuidado numa escrivaninha, que fechou a chave. Depois disso, voltou a seus modos calmos, e o entusiasmo desaparecera por completo. Seu aspecto traduzia mais concentração do que amuo. À medida que a noite avançava, mais ele se deixava absorver por sua cisma, e não pude arrancá-lo dela de modo nenhum. De início, eu tivera a intenção de passar a noite na cabana, como já o fizera mais de uma vez; contudo, dado o seu mau humor, julguei conveniente partir. Legrand não fez nenhum esforço para deter-me: mas, quando ia saindo, apertou-me a mão com cordialidade maior do que a de hábito.

Mais ou menos um mês depois (e durante esse intervalo não ouvi falar dele), recebi em Charleston uma visita de Júpiter. Jamais vira o velho negro tão abatido, e receei que houvesse sucedido a meu amigo alguma desgraça.

— Bem, Júpiter, o que há de novo? Como vai o seu senhor?

— Para dizer a verdade, "sinhô", ele não vai tão bem quanto deveria ir...

— É mesmo? Lamento ouvir essa notícia. Mas do que se queixa ele?

— Ah, eis a questão! Não se queixa de nada, mas sei que está bem doente.

— *Bem* doente, Júpiter? E por que você não diz logo tudo de uma vez? Está de cama?

— Não, não está de cama! Não se queixa de nada, e é isso mesmo que me dói. Estou muito aflito com o estado do meu pobre "sinhô" Will.

— Júpiter, não entendo nada do que você está dizendo. Seu senhor está doente; mas o que tem ele? Ele não disse o que sente?

— Oh, "sinhô", é inútil quebrar a cabeça com isso. "Sinhô" Will diz que não tem nada, absolutamente nada. Mas, então, por que anda sempre pensativo, de cabeça baixa, ombro caído e pálido como um fantasma? E por que vive sempre a mexer com um mundo de letras?

— Com letras, Júpiter?

— Vive a escrever letras e sinais numa lousa. Sinais esquisitos, como nunca vi. Estou começando a ficar com medo. É preciso que eu esteja sempre a vigiá-lo. Outro dia, ele me escapou antes de o sol nascer e passou o dia inteiro fora. Cortei um bom pedaço de pau para castigá-lo como o diabo quando ele voltasse. Mas, sou uma besta, e não tive coragem. O aspecto dele era tão infeliz!

— Ãhn? Ah, sim, fez bem. Afinal, você precisa ser indulgente para com o pobre rapaz. Não é preciso bater-lhe, Júpiter.

Talvez ele não esteja em condições de suportar isso. Mas você não faz ideia da origem dessa doença ou da mudança de conduta? Ele terá recebido alguma má notícia desde a última vez que estive na cabana?

— Não, "sinhô", não aconteceu nada "desde" então. Aconteceu, sim, "antes" disso. Tenho medo... Foi no dia que o "sinhô" esteve lá.

— Como assim? O que você quer dizer?

— O escaravelho, "sinhô"! Pronto, falei.

— O que tem ele?

— Tenho certeza de que "sinhô" Will foi mordido na cabeça pelo escaravelho de ouro.

— E que motivos você tem para fazer essa suposição?

— Ele tem ferrão, "sinhô", e tem boca também. Nunca vi um escaravelho tão endiabrado. Segura e morde quem dele se aproxima. Foi ao pegá-lo que "sinhô" Will foi mordido, sem dúvida. Eu me lembro da rapidez com que tornou a largá-lo. A cara do bicho não me agradou, desde o primeiro momento. Por isso, nem quis pegá-lo com meus dedos; peguei-o com um pedaço de papel que encontrei. Embrulhei-o com uma parte do papel e tapei a boca do bicho com o resto. Foi assim que peguei nele.

— E acha, então, que seu senhor foi mesmo mordido pelo escaravelho, e que essa mordida o pôs doente?

— Eu não acho, eu sei. Por que, então, ele vive sonhando com ouro, se não foi a mordida? Já ouvi falar desses escaravelhos de ouro antes.

— Mas como você sabe que ele sonha com ouro?

— Como sei? Porque ele fala nisso, mesmo dormindo. É por isso que eu sei!

— Está bem, Júpiter, talvez você tenha razão. Mas a que feliz acaso eu devo a honra de receber sua visita hoje?

— Que quer dizer, "sinhô"?

— Trouxe algum recado de Legrand?

— Não, "sinhô", trouxe isto aqui — e, dizendo isso, Júpiter entregou-me a seguinte nota:

"Meu caro,

Por que não o vejo há tanto tempo? Espero que você não tenha sido tolo a ponto de se ofender com alguma grosseria de minha parte. Mas, não: isso é improvável.

Desde a última vez que nos vimos, ando possuído de grande inquietação. Tenho algumas coisas para dizer-lhe, mas mal sei como dizê-las, ou mesmo se devo dizê-las.

Não me sinto muito bem já há alguns dias, e o pobre velho Júpiter aborrece-me insuportavelmente com todos os seus cuidados e atenções. Pode você crer nisso? Outro dia, ele preparou um grosso pedaço de pau para me bater por eu ter escapado o dia todo sozinho, entre as colinas, no continente. Creio que foi meu mau aspecto que me salvou das cacetadas.

Nada acrescentei a minha coleção depois que nos vimos.

Venha com Júpiter, se puder, e se não achar inconveniente. *Venha* sem falta! Desejo vê-lo *hoje à noite* para um caso grave! Asseguro-lhe que é da mais *alta* importância.

Sempre seu,
William Legrand"

Havia no tom dessa carta algo que me causou forte inquietação. O estilo era absolutamente diferente do estilo habitual de Legrand. Em que diabo pensava ele? Que nova fantasia tomara conta de seu cérebro? Que caso de tão alta importância seria esse? A narrativa de Júpiter não pressagiava nada de bom, e eu receava que o contínuo infortúnio tivesse perturbado a razão de meu amigo. Sem hesitar um instante, preparei-me para partir com o negro.

Chegando ao cais, notei uma foice e três picaretas, todas novas, no fundo do bote em que íamos embarcar.

— Que significa isso, Júpiter? — perguntei.

— Isso é uma foice, "sinhô", e três picaretas.

— Bem o vejo. Mas por que estão aqui?

— "Sinhô" Will disse-me para comprar isso na cidade, e paguei-as bem caro. Custou-nos um dinheiro dos diabos!

— Mas, em nome de tudo que é misterioso, o que seu "sinhô" vai fazer com uma foice e estas picaretas?

— Isso *eu* não sei. E nem ele sabe. Que o diabo me carregue se não estou convencido disso. Mas tudo é obra do escaravelho!

Vendo que não conseguiria obter nenhum esclarecimento de Júpiter, cujo pensamento parecia absorvido pelo escaravelho, entrei no bote e abri as velas. Uma boa e forte brisa nos levou bem depressa à pequena enseada ao norte do forte Moultrie; e, após uma caminhada de cerca de três quilômetros, chegávamos à cabana. Eram quase três horas da tarde. Legrand esperava-nos com viva impaciência. Apertou-me a mão com uma *pressão* nervosa que me alarmou e aumentou minhas suspeitas. Seu rosto apresentava uma palidez de espectro, e os olhos, escavados de natureza, tinham um brilho sobrenatural. Depois de algumas perguntas sobre sua saúde, não achando nada para dizer, perguntei-lhe se o tenente G... lhe devolvera, afinal, o escaravelho.

— Oh, sim — replicou ele, enrubescendo violentamente. — Logo na manhã seguinte... Por nada no mundo me separaria desse escaravelho. Sabe que Júpiter tinha razão no que disse?

— No quê? — perguntei, com triste pressentimento no coração.

— Que era um escaravelho de *ouro verdadeiro*! — disse Legrand com profunda seriedade, o que me causou um choque indizível. — Este escaravelho está destinado a fazer a minha fortuna — continuou com um sorriso de triunfo. — A reintegrar-me nas posses de minha família. É, pois, estranho que eu o tenha em tão alto apreço? Já que a Fortuna quer favorecer-me com ele, não me resta senão empregá-lo convenientemente para chegar ao ouro do qual ele é indício. Júpiter, traga-me o escaravelho!

— O quê? O escaravelho, "sinhô"? Prefiro não me meter com ele. O senhor vai precisar ir buscá-lo.

Legrand, então, levantou-se com ar grave e imponente e trouxe-me o inseto num globo de vidro onde o guardava. Era um soberbo escaravelho, desconhecido nessa época pelos naturalistas e que devia ter grande valor do ponto de vista científico.

Tinha em uma das extremidades do dorso duas manchas negras e redondas, além de outra, de forma alongada. Os élitros eram excessivamente duros e lustrosos, e de fato apresentavam aparência de ouro polido. Sendo o inseto invulgarmente pesado, eu não podia me admirar da opinião de Júpiter. Mas que Legrand concordasse com ela era impossível compreender, e eu não encontrava uma solução para esse enigma.

— Mandei buscar você — disse ele em tom solene, quando terminei de examinar o inseto —, mandei buscá-lo para pedir-lhe conselho e assistência no cumprimento do que sugerem o Destino e o escaravelho.

— Meu caro Legrand — exclamei, interrompendo-o —, você com certeza não está bem, e seria melhor tomar algumas precauções. Vá para o leito. Ficarei aqui alguns dias, até que você se restabeleça. Está com febre e...

— Veja meu pulso — replicou ele.

Tomei-lhe o pulso e, para dizer a verdade, não encontrei o menor sinal de febre.

— Mas bem pode estar doente sem ter febre. Permita-me, somente desta vez, ser o seu médico. Antes de tudo, vá para a cama. Depois...

— Você se engana — interrompeu-me ele. — Estou tão bem quanto o permite meu estado de excitação. Se quer mesmo me fazer bem, procure abrandar esta excitação.

— E o que é preciso para tanto?

— É muito fácil. Júpiter e eu vamos partir para uma expedição nas colinas, no continente, e precisamos de auxílio de uma pessoa de toda confiança. Você é essa pessoa. Quer a nossa expedição fracasse ou triunfe, depois dela estarei livre desta excitação.

— Terei o maior prazer em servi-lo em qualquer coisa — repliquei. — Mas, diga-me, por favor, se esse infernal escaravelho tem qualquer relação com a expedição às colinas?

— Sim, decerto.

— Então, Legrand, é-me impossível cooperar numa empreitada tão claramente absurda.

— Eu lamento muito, muitíssimo mesmo, porque, assim sendo, teremos de fazê-lo só nós dois.

— Só vocês dois? Ah, você com certeza enlouqueceu! Mas, espere: quanto tempo durará sua ausência?

— Provavelmente, a noite toda. Vamos partir imediatamente e, em todo caso, estaremos de volta ao nascer do sol.

— E me promete, sob palavra de honra, que, passado esse capricho do escaravelho... Deus meu!... que satisfeita essa sua curiosidade, você voltará para a cabana e seguirá exatamente as minhas prescrições, como as de seu médico?

— Sim, prometo. E agora partamos, porque não temos tempo a perder.

Muito apreensivo, acompanhei meu amigo. Às quatro horas nos pusemos em marcha, Legrand, Júpiter, o cão e eu. Júpiter carregava a foice e as picaretas; insistia em fazê-lo sozinho, mais por medo, parecia-me, de deixar qualquer das ferramentas ao alcance de seu senhor do que por excesso de empenho ou complacência. Além disso, estava com um mau humor horrível, razão pela qual "escaravelho do diabo!" foi só o que se ouviu dele durante toda a viagem. Quanto a mim, carregava duas lanternas. Legrand contentava-se com o escaravelho, que levava pendurado num cordão, fazendo-o voltear em torno de sua pessoa com ares de mágico. Observando esse supremo sintoma de demência de meu amigo, mal podia conter as lágrimas. Pensei que seria melhor participar da sua fantasia no momento, para, depois, poder tomar providências enérgicas. Todavia, sondava, ainda que em vão, o propósito daquela jornada. Como ele já havia conseguido que eu o acompanhasse, parecia pouco disposto a discutir questões de menor importância. A todas as minhas perguntas, só sabia responder: "Veremos!".

Atravessamos num botezinho a angra da ponta da ilha e subimos pelos barrancos da margem oposta, dirigindo-nos para noroeste através de uma região horrivelmente selvagem e desolada, onde era impossível descobrir traços de pés humanos. Legrand seguia seu roteiro com decisão, parando apenas de tempos em tempos para consultar certas indicações que parecia já ter verificado anteriormente.

Marchamos assim duas horas mais ou menos, e o sol já ia se deitando quando penetramos numa região infinitamente mais sinistra do que todas as que tínhamos visto até então. Era uma espécie de chapada, perto do cimo de uma montanha horrivelmente escarpada, coberta de árvores da raiz ao ápice e cheia de enormes blocos de pedra que pareciam jazer frouxamente no chão, muitos deles apoiados no tronco das árvores, sem o que se precipitariam rumo ao vale mais abaixo. Ravinas profundas, desenvolvendo-se em várias direções, davam à cena um caráter de solenidade ainda mais lúgubre.

A plataforma natural sobre a qual estávamos era tão densa de espinhos que, sem a foice, logo vimos que não poderíamos abrir passagem. Júpiter, obedecendo a seu senhor, começou a abrir caminho até o pé de um tulipeiro gigantesco, que, em companhia de oito ou dez carvalhos, sobrepujava-os todos, bem como todas as demais árvores que eu já vira, tanto na beleza da folhagem e da forma, como na extensão dos galhos e na aparência majestosa que, de modo geral, exibia. Quando chegamos junto a essa árvore, Legrand voltou-se para Júpiter e perguntou se ele era capaz de subir até o cimo. O pobre velho pareceu ligeiramente perturbado com a pergunta e ficou alguns momentos sem responder. Entretanto, aproximou-se do tronco, rodeando-o com atenção. Quando terminou seu exame, disse apenas:

— Sim, "sinhô". Júpiter ainda não viu árvore que não pudesse subir por ela.

— Então suba, vamos, vamos! Depressa, porque logo vai escurecer.

— Até onde preciso subir, "sinhô"? — perguntou Júpiter.

— Trepe primeiramente pelo tronco acima; depois direi que direção tomar. Ah, um momento! Leve este escaravelho com você.

— O escaravelho, "sinhô" Will? O escaravelho de ouro! — exclamou o negro, recuando com terror. — Por que é preciso que leve esse escaravelho comigo? Que me leve o diabo se eu fizer isso!

— Jup, se um negro como você, grande e forte, tem medo de tocar um pequeno inseto como este, morto e inofensivo, então pode levá-lo preso a este cordão. Mas se, de qualquer forma, não quiser levá-lo, vou ser obrigado a rachar sua cabeça com esta foice!

— Meu Deus! Que vai fazer, patrão? — retorquiu Júpiter, envergonhado da sua fraqueza. — Sempre arrumando briga com este velho negro... Estava só brincando! *Eu*, ter medo de um escaravelho? Pouco me importo com o escaravelho!

E, com extrema precaução, Júpiter pegou na ponta do cordão e, com o inseto tão afastado quanto possível, pôs-se a trepar pela árvore.

Quando novo, o tulipeiro, ou *Liriodendron tulipiferum*, a mais bela das árvores americanas, tem o tronco singularmente liso e em geral alcança grande altura sem ramos laterais. Mas quando chega à maturidade, a casca se torna rugosa e desigual, e pequenos rudimentos de ramos se manifestam em grande número pelo tronco. Assim, a escalada, nesse caso, era muito mais difícil na aparência do que na realidade. Abraçando firme o enorme tronco com os braços e os joelhos, apoiando as mãos em certas protuberâncias e os dedos nus dos pés em outras, Júpiter, depois de escapar de cair uma ou duas vezes, subiu pelo fuste até o primeiro grande galho, e parecia dar por encerrada sua missão. Com efeito, o principal *risco* de sua empresa tinha sido vencido, embora o bravo negro estivesse a vinte metros do solo.

— Para que lado devo ir agora, "sinhô" Will? — perguntou ele lá de cima.

— Siga sempre pelo galho mais grosso, o deste lado — respondeu Legrand.

O negro obedeceu prontamente; continuou a subir, cada vez mais alto, até que seu vulto mergulhou na espessura da folhagem. Estava agora invisível. Então, sua voz distante perguntou:

— É preciso subir ainda mais?

— A que altura você está? — perguntou Legrand.

— Tão alto, tão alto — respondeu o negro — que posso ver o céu através do cimo da árvore.

— Não se preocupe com o céu; preste atenção ao que digo: examine o tronco e conte os ramos abaixo de você, deste lado. Quantos já passaram?

— Um, dois, três, quatro, cinco. Já passei por cinco ramos grossos, patrão.

— Então, suba ainda mais um.

Ao fim de alguns minutos, sua voz se fez ouvir novamente. Anunciava que atingira o sétimo ramo.

— Agora, Jup — gritou Legrand, preso de grande agitação —, é preciso encontrar um meio de seguir por esse ramo o mais que puder. Se você vir alguma coisa extraordinária, me avise.

Desde esse momento, desapareceram as dúvidas que eu tinha sobre a demência do meu amigo. Não o considerei mais senão como ferido de alienação mental; e comecei a inquietar-me seriamente pelo modo de fazê-lo voltar à cabana. Enquanto meditava sobre o que poderia fazer, a voz de Júpiter soou de novo.

— Tenho medo de ir mais longe por este galho; é um galho morto, quase todo ele.

— Você disse que é um galho *morto*, Júpiter? — gritou Legrand com voz trêmula de emoção.

— Sim, patrão, muito, perfeitamente morto!

— Em nome dos céus! Que fazer? — perguntou Legrand, que parecia tomado de verdadeiro desespero.

— Que fazer? — disse eu, satisfeito por encontrar o momento de dizer uma coisa razoável. — Voltar para casa e ir dormir. Vamos! Venha! Seja razoável, meu amigo. Já é tarde, e tenho a sua promessa.

— Júpiter! — exclamou ele, sem me dar a menor atenção. — Está me ouvindo?

— Sim, "sinhô" Will, ouço perfeitamente.

— Corte a madeira com a faca e diga se ela está muito podre.

— Podre, patrão, bem podre — respondeu logo o negro.

— Completamente podre. Poderia ir um pouco mais longe, mas sozinho...

— Sozinho? O que você quer dizer?

— Sem o escaravelho. É muito pesado, o escaravelho. Se eu o largasse, o galho poderia aguentar bem comigo. Só o meu peso.

— Idiota do Inferno! — gritou Legrand, aparentemente aliviado. — Que tolice é essa? Se deixar cair o inseto, torço seu pescoço! Preste atenção, Júpiter! Está me ouvindo?

— Sim, "sinhô", não vale a pena maltratar o pobre negro.

— Pois bem, escute-me agora! Se você avançar pelo ramo até onde puder, ganhará de presente um dólar de prata, assim que descer.

— Já me vou pelo galho, "sinhô" Will — respondeu logo o negro. — Estou quase no fim dele!

— *No fim!* — exclamou Legrand, radiante. — Está no fim desse galho?

— Estou no fim, "sinhô"! Oh! Oh! Oh! Senhor Deus! Misericórdia! O que tem aqui nesta árvore?!

— Ah! — gritou Legrand, no cúmulo da alegria. — O que é?

— É só um crânio. Alguém deixou a cabeça aqui na árvore, e os corvos comeram toda a carne!

— Um crânio? Muito bem! Como está preso no galho? O que o segura?

— Oh, preciso ver! Ah! É uma coisa bem esquisita, palavra! É um buraco feito no crânio que o prende ao galho.

— Muito bem, Júpiter. Agora faça o que vou dizer. Está ouvindo?

— Sim, patrão.

— Preste bem atenção! Veja o olho esquerdo da caveira.

— Oh! Oh, é engraçado. Ela não tem olho esquerdo.

— Maldita estupidez! Você sabe distinguir a mão direita da esquerda?

— Sim, sei. Sei tudo isso. A esquerda é a com que racho os paus.

— Sem dúvida, você é canhoto, e seu olho esquerdo está do lado da mão esquerda. Imagino que agora você possa encontrar o olho esquerdo da caveira, ou o lugar onde foi o olho esquerdo. Achou?

Houve um silêncio. Por fim, o negro perguntou:

— O olho esquerdo é do mesmo lado da mão esquerda do crânio? Mas o crânio não tem mão! Bem, não tem importância, encontrei o olho esquerdo. Eis aqui o olho esquerdo! O que faço agora?

— Deixe passar por ele o escaravelho, tão longe quanto possa ir o cordão. Mas tome cuidado em não largar a ponta do cordão!

— Já o fiz, "sinhô" Will. É muito fácil passar o escaravelho pelo buraco. Vai descendo...

Durante todo o diálogo, Júpiter permanecia invisível, mas o inseto que ele deixava passar aparecia agora na ponta do cordão e brilhava como uma esfera de ouro aos últimos raios do sol poente que nos iluminava ainda um pouco. O escaravelho, descendo, emergia dos ramos, e se Júpiter o largasse, ele cairia aos nossos pés.

Legrand imediatamente tomou a foice e abriu na terra um buraco circular de três ou quatro metros de diâmetro, justamente sob o inseto. Tendo terminado o trabalho, ordenou a Júpiter que largasse o cordão e descesse da árvore.

Com o maior cuidado, meu amigo fixou na terra uma pequena estaca, precisamente no ponto onde caíra o escaravelho, e tirou do bolso uma fita métrica. Prendeu uma ponta na árvore, desenrolou-a até a cavilha, continuou assim a desenrolá-la na direção dada por esses dois pontos (a cavilha e o tronco) até a distância de quinze metros. Durante esse tempo, Júpiter limpava o terreno com a foice. No ponto encontrado, ele fincou outra estaca e, tomando-a como centro, descreveu grosseiramente um círculo de um metro e vinte de diâmetro, mais ou menos. Tomou, então, uma picareta, e entregando outra a Júpiter e outra a mim, nos pediu para cavar o mais rápido possível.

Para falar francamente, não sentia nenhum prazer nesse divertimento, porque a noite descia cada vez mais e me sentia fatigado do exercício que fizera. Mas não havia meio de me subtrair. Admirava a prodigiosa serenidade de meu pobre amigo. Se pudesse contar com a ajuda de Júpiter, não teria dúvida em conduzi-lo à força para a cabana. Mas conhecia bem demais o caráter do velho negro para esperar auxílio numa luta pessoal com seu senhor. Não duvidei de que Legrand estava com o cérebro atacado por uma daquelas superstições do Sul relativas a tesouros ocultos, e que essa superstição fora confirmada pelo achado do escaravelho, ou talvez mesmo pela obstinação de Júpiter em sustentar que o escaravelho era de ouro puro. Um espírito fraco poderia bem deixar-se levar por isso — tanto mais se semelhante crendice corroborasse ideias preconcebidas de sua predileção. Depois, lembrei-me das palavras de meu amigo sobre o escaravelho ser "indício da sua fortuna". De modo geral, eu me sentia cruelmente atormentado e embaraçado. Mas, por fim, resolvi fazer da necessidade uma virtude e cavar com vontade para, o mais depressa possível, convencer meu visionário amigo da tolice de sua fantasia.

Acendemos as lanternas e atacamos o trabalho com um zelo que valia bem um objetivo mais racional. E como a luz caía sobre nossas pessoas e nossos utensílios, não pude deixar de pensar que constituíamos um grupo assaz pitoresco e que, se algum estranho nos visse, formularia graves suspeitas sobre nós.

Cavamos rigorosamente durante duas horas. Falávamos pouco. Nosso principal embaraço era causado pelos latidos do cão, que tomava um interesse excessivo pelo trabalho. Depois, tornou-se tão turbulento que receamos que atraísse a atenção de alguém por ali, o que muito preocupava Legrand e o que eu, de minha parte, quase desejava, porque, interrompendo-nos, me permitiria levar meu amigo para casa. Afinal, o caso foi resolvido por Júpiter, que, saltando do buraco com aspecto furioso, amarrou a boca do animal com um dos suspensórios, e voltou triunfante ao trabalho.

Passadas as duas horas, tínhamos atingido uma profundidade de um metro e meio, e nenhum indício de tesouro aparecia. Fizemos uma pausa, e comecei a nutrir esperanças de que a farsa logo terminaria. Entretanto, Legrand, embora desconcertado, limpou a fronte com ar pensativo e retomou o trabalho. Nosso buraco já alcançava um metro e vinte de diâmetro.

Nada apareceu. Meu caçador de ouro, que já me fazia piedade, saltou, enfim, do buraco com o mais vivo desapontamento estampado no rosto e começou a vestir o paletó que deixara ali perto. Quanto a mim, procurei nada dizer no momento. Júpiter, a um sinal de seu senhor, começou a juntar as ferramentas. Feito isso, e desamarrada a boca do cão, tomamos o caminho de casa em profundo silêncio.

Tínhamos dado talvez uma dúzia de passos quando Legrand, soltando uma terrível blasfêmia, salta sobre Júpiter e segura-o pela gola do casaco. O negro, estupefato, escancarou os olhos e a boca, largou os utensílios e caiu de joelhos.

— Celerado! — gritava Legrand entre dentes, furioso. — Negro infernal! Peste de negro! Fale! Responda, e não negue! Qual é seu olho esquerdo?

— Ah, misericórdia, "sinhô" Will! Não é este aqui meu olho esquerdo? — gemia Júpiter, colocando a mão no olho direito. E ali a mantinha, com desespero, como se temesse que o patrão fosse arrancá-lo.

— Bem que desconfiei! Bem o sabia! Diabo! — vociferou Legrand, soltando o negro e dando uma série de saltos de alegria, para grande espanto do preto, que nos olhava. — Vamos! É preciso voltar. A partida não está perdida! — disse meu amigo, e retomou o caminho para a árvore.

Então, ao chegarmos junto à arvore, ele disse ainda:

— Júpiter, venha aqui! O crânio está com a face para cima ou apoiado no galho?

— A face está para cima, patrão, de modo que os corvos puderam comer os olhos.

— Pois bem. Então, foi por este olho ou por este que você soltou o escaravelho?

Legrand tocava ao mesmo tempo nos dois olhos do negro.

— Por este, "sinhô", pelo esquerdo. Juro!

E o pobre negro apontava para o olho direito.

— Vamos, vamos! É preciso recomeçar!

Então comecei a ver na loucura de meu amigo certos indícios de método. Ele retirou a estaca do primitivo lugar onde caíra o escaravelho e levou-a uns sete centímetros e meio a oeste da sua primeira posição. Medindo novamente com um cordão, estendeu-o numa linha de quinze metros, até atingir novo ponto, bem distante do lugar onde tínhamos cavado.

Em torno desse centro foi traçado um círculo um pouco maior do que o primeiro, onde nos pusemos a cavar. Eu estava seriamente fatigado; mas, sem perceber o motivo da mudança, não sentia mais tão grande aversão pelo trabalho que me era imposto. Inexplicavelmente interessava-me pelo trabalho, e creio mesmo que me sentia excitado. Talvez houvesse, na extravagante conduta de Legrand, um certo aspecto de deliberação, certo ar profético que me impressionava. Eu cavava com vigor, e por vezes me surpreendia a procurar avidamente com os olhos o imaginário tesouro que transtornara meu pobre amigo. Num desses momentos, quando já tínhamos trabalhado hora e meia, fomos de novo interrompidos pelos furiosos latidos do cão. Sua inquietação, na primeira vez, fora naturalmente o resultado de um capricho ou de uma alegria. Mas agora ele tomava um tom mais violento e mais característico. Como Júpiter procurasse amordaçá-lo, opôs uma resistência furiosa e, pulando para o buraco, se pôs a cavar freneticamente com as patas. Em alguns segundos, tinha deixado a descoberto uma massa de ossos humanos formando dois esqueletos completos, de mistura com muitos botões de metal e qualquer coisa que nos pareceu retalhos apodrecidos de fazenda. Um ou dois golpes de picareta fizeram saltar dali uma enorme faca espanhola; continuamos cavando e encontramos ainda três ou quatro moedas de ouro e de prata.

Vendo isso, Júpiter mal pôde conter sua alegria, mas o rosto de seu senhor exprimia sério desapontamento. Contudo, pediu que continuássemos a cavar, e, apenas ele acabou de falar, eu tropecei em alguma coisa e caí para a frente: o bico de minha bota se prendera num grosso anel de ferro semioculto na terra fresca.

Retomamos o trabalho com novo ardor, e penso que nunca experimentei em dez minutos tamanha excitação. Durante esse intervalo, desenterramos completamente uma caixa de forma oblonga que, a julgar por sua perfeita conservação e dureza, tinha sido submetida a algum processo de mineralização, talvez por bicloreto de mercúrio. Essa caixa, toda chapeada de ferro, tinha um metro de comprimento por setenta e cinco centímetros de fundo. Dos lados, havia seis anéis de ferro, pelos quais seis pessoas podiam erguê-la. Todos os nossos esforços só conseguiram deslocá-la um pouco. Vimos logo a impossibilidade de carregar tamanho peso. Felizmente, a tampa era segura apenas por dois ferrolhos que, trêmulos e ansiosos, conseguimos fazer correr. No mesmo instante, um tesouro de valor incalculável brilhou, faiscou diante de nós. À luz das lanternas, cintilaram metais e pedras preciosas!

Não tentarei descrever os sentimentos que me assaltaram diante desse tesouro. A estupefação nos dominava. Legrand parecia esgotado pela própria excitação e murmurava rápidas palavras. Quanto a Júpiter, estava tão pálido como podia estar um negro. Parecia fulminado. Logo caiu de joelhos no buraco e mergulhou os braços nus no ouro até o cotovelo, assim deixando-se ficar longo tempo, como se gozasse a volúpia de um banho. Enfim, soltou um suspiro e exclamou, como se falasse para si próprio:

— E tudo isso veio do escaravelho de ouro! O lindo escaravelho de ouro! O pobre escaravelho que eu maldizia, que eu caluniava! Não tem vergonha disso, negro vilão? Hein? Responde!

Foi preciso que eu despertasse, por assim dizer, o senhor e o criado dessa estupefação, dizendo que era necessário levar tudo antes do amanhecer. Não sabíamos que partido tomar e perdemos muito tempo em deliberações, porque tínhamos as ideias em desordem. Finalmente, esvaziamos a caixa, tirando dois terços do seu conteúdo, e tentamos arrancá-la com grande esforço de seu buraco. Os objetos que havíamos tirado foram depositados na relva e confiados à guarda do cão, sob sérias recomendações de Júpiter: o animal não deveria sair dali sob pretexto algum, nem deveria ele abrir a boca. Levando a caixa, pusemo-nos, então, rapidamente a caminho, e chegamos à cabana sem incidentes, mas muito fatigados, à uma hora da madrugada. Esgotados como estávamos, não pudemos voltar logo ao trabalho. Descansamos até as duas horas; depois, voltamos para a montanha munidos de três grandes sacos. Chegamos ao buraco pouco antes das quatro horas, enchemos os sacos e, sem pensar ao menos em tapar o buraco, pusemo-nos de novo em marcha para casa, onde depusemos pela segunda vez nossos fardos preciosos, justamente quando o dia começava a clarear.

Estávamos absolutamente imprestáveis, mas tão excitados que não podíamos repousar. Após um sono inquieto de três ou quatro horas, levantamo-nos, como se houvéssemos combinado antes, para procedermos a um exame do nosso tesouro.

A caixa fora cheia até as bordas, e passamos todo o dia e grande parte da noite a inventariar tudo aquilo. Não havia nenhuma ordem no trabalho; tudo estava empilhado à toa. Quando pudemos fazer uma classificação geral, encontramo-nos na posse de uma fortuna que ultrapassava todas as nossas suposições. Haveria ali, em espécie, mais de quatrocentos e cinquenta mil dólares, estimando o valor pelas cotações daquela época, o mais rigorosamente possível. Em tudo isso, nenhuma parcela de prata. Tudo era ouro antigo, de grande variedade; dinheiro francês, espanhol e alemão, alguns guinéus ingleses e moedas que não conhecíamos, peças grandes e pesadas, tão gastas que não podíamos decifrar as inscrições. Nenhum dinheiro americano. Quanto à avaliação das joias, o caso era mais difícil. Encontramos diamantes, alguns deles belíssimos e de tamanho singular — ao todo, cento e dez, e nenhum pequeno; dezoito rubis de um brilho notável; trezentas e dez esmeraldas, todas admiráveis; vinte e uma safiras e uma opala. Todas essas pedras tinham sido arrancadas de seus encaixes e lançadas na caixa, aos montes, de mistura. Quanto às joias de ouro, pareciam ter sido amassadas a martelo, para não serem reconhecidas. Além disso, havia enorme quantidade de ornamentos em ouro maciço; quase duzentos brincos; belas correntes, em número de trinta, se não me falha a memória; oitenta e três crucifixos grandes e pesados cinco incensadores de ouro de alto preço; dois punhos de espada maravilhosamente trabalhados, e um número incontável de pequenos objetos dos quais já perdi a lembrança. O peso desses valores ia a quase cento e sessenta quilos, e nessa estimativa omiti cento e oitenta e sete relógios de ouro realmente soberbos, dos quais três valiam, cada qual, quinhentos dólares. Muitos eram velhos, sem nenhum valor, como peças de relojoaria, parados e imprestáveis no que dizia respeito ao funcionamento, mas todos ornados de pedrarias. Avaliamos, nessa noite, o conteúdo total da caixa em um milhão e meio de dólares. E, mais tarde, depois de novos exames, compreendemos que tínhamos dado a tudo uma valorização muito baixa. Guardamos para nosso uso pessoal vários objetos preciosos.

Quando, afinal, terminamos o inventário e conseguimos acalmar nossa exaltação, Legrand, que me via morto de impaciência por obter a solução desse prodigioso enigma, explicou-me então o caso com todas as minúcias, discorrendo sobre as circunstâncias que terminaram no descobrimento do tesouro.

— Você se lembra — disse ele — da noite em que lhe mostrei o esboço grosseiro que fiz do escaravelho? Lembra-se também de como fiquei chocado com sua insistência em dizer que meu croqui se parecia com uma caveira? Da primeira vez que você disse isso, tomei-o como um gracejo; depois, lembrei-me das manchas negras do dorso do inseto e reconheci, eu próprio, que sua ideia tinha fundamento. Todavia, suas ironias a respeito do meu modo de desenhar me irritaram, porque me julgo um artista passável. Por isso, quando me devolveu o pergaminho, tive vontade de rasgá-lo e atirá-lo ao fogo.

— Você se refere ao pedaço de papel? — repliquei.

— Não, ele tinha toda a aparência de papel, e eu mesmo, a princípio, supus que o fosse. Mas, ao desenhar de novo, descobri logo que era um pedaço de pergaminho bem fino. Estava muito sujo, como você deve se recordar. No próprio instante em que ia desenhar, meus olhos caíram sobre o desenho que você tinha visto, e pude perceber qual tinha sido minha perturbação quando vi a imagem fiel de uma caveira onde julguei ter desenhado um escaravelho. Durante um momento, me senti muito aturdido para poder pensar com clareza. Sabia que meu croqui era diferente desse novo desenho, em todos os seus pormenores, embora houvesse certa analogia no esboço geral. Tomei, então, um candeeiro e, sentando-me no outro canto do aposento, procedi a uma análise mais atenta do pergaminho. Voltando-o na mão, vi meu próprio esboço pelo reverso, tal como eu o tinha feito. Minha primeira impressão foi simplesmente de surpresa. Havia uma parecença realmente notável no contorno, e era uma coincidência singular esse crânio surgido do outro lado do meu desenho, desconhecido para mim — e um crânio que se parecia exatamente com meu esboço, não só no contorno, como no tamanho. Disse-lhe que essa singularidade de meu desenho me perturbou por um instante. É o efeito comum dessas espécies de coincidências. O espírito se esforça por estabelecer uma relação, uma ligação de causa e efeito e, vendo-se impotente para conseguir compreender, sente uma espécie de paralisia momentânea. Mas, quando voltei desse estupor, fui adquirindo aos poucos uma convicção que me impressionou mais do que essa coincidência. Comecei a me lembrar distintamente que não havia nenhum desenho no pergaminho antes do meu escaravelho. Adquiri a certeza perfeita, porque me lembrava de tê-lo voltado de ambos os lados para, só então, fazer meu desenho num lugar limpo. Se o crânio fosse visível, eu o teria notado logo. Havia ali um mistério que não podia descobrir; mas, no meu cérebro, havia uma espécie de luz nova, singular concepção embrionária da verdade, da qual nossa aventura nos forneceu esplêndida demonstração. Guardei meu pergaminho, decidido a esperar por um momento em que estivesse sozinho, para aí poder me entregar inteiramente à reflexão. Então, quando você se retirou, e mal Júpiter adormeceu, entreguei-me a uma investigação um pouco mais metódica do caso. Antes de tudo, queria saber de que modo esse pergaminho viera às minhas mãos. O lugar onde descobrimos o escaravelho estava ao lado do continente, mais ou menos um quilômetro e meio a leste da ilha, e uma pequena distância acima do nível da maré alta. Quando encontrei o escaravelho, ele me mordeu com tanta força que fui obrigado a largá-lo. Júpiter, com sua prudência habitual, antes de apanhar o inseto, que caíra do seu lado, procurou em redor uma folha ou qualquer coisa parecida para o pegar. Foi nesse momento que seus olhos e os meus caíram sobre o pedaço de pergaminho, que então tomei por papel. Estava meio enterrado na areia, com uma ponta para cima. Perto do lugar onde nos encontrávamos, observei os restos da carcaça de um grande navio, destroços de naufrágio pelo que pude julgar no momento. Esses restos estavam ali provavelmente havia muito, porque mal se percebia a vaga forma do esqueleto de um navio. Júpiter, pois, tomou o pergaminho, com ele envolveu o inseto e me entregou o embrulho. Pouco depois, retomamos o caminho da cabana e encontramos o tenente G... Mostrei-lhe o inseto, e ele pediu-me para mostrá-lo no forte. Consenti, e ele o pôs no bolso do colete, sem o pergaminho que o envolvia e que eu conservara na mão, enquanto ele examinava o escaravelho. Receando talvez que eu mudasse de ideia, ele julgou prudente guardá-lo logo no bolso. O tenente é um apaixonado da história natural e de tudo com que ela se relaciona. É evidente que, sem pensar no que fazia, pus o pergaminho no bolso. Você se recorda que, quando me sentei à mesa para fazer o croqui do escaravelho, não encontrei papel no lugar onde regularmente o tinha. Procurei na gaveta, e nada também. Procurei nos bolsos, esperando encontrar alguma velha carta, quando meus dedos tocaram no pergaminho. Explico minuciosamente toda a série de circunstâncias, porque todas elas se fixaram vivamente em meu espírito. Sem dúvida nenhuma, você há de considerar-me um sonhador, mas eu já tinha estabelecido uma espécie de conexão; tinha unido dois elos de uma grande cadeia. Um navio naufragado na costa e, não longe desse navio, um pergaminho trazendo a figura de um crânio. Naturalmente, você há de perguntar onde está a relação entre as duas coisas. Responderei que o crânio ou caveira é o emblema bem conhecido dos piratas. Em suas batalhas, sempre içavam um pavilhão onde se via uma caveira. Já lhe disse que era um pedaço de pergaminho, e não de papel. O pergaminho é uma coisa durável, quase imperecível.

Devido a esse fato, confia-se ao pergaminho coisas de alta importância, que não se confiaria ao papel. Essa reflexão induziu-me a pensar que aquela caveira deveria ter alguma significação especial, algum sentido singular. Reparei na *forma* do pergaminho, que, apesar de ter um lado destruído por qualquer acidente, bem demonstrava ter tido forma oblonga. Era, pois, o tipo de formato que alguém escolheria para escrever, para consignar um documento importante, uma nota que desejasse conservar por muito tempo e cuidadosamente.

— Mas — interrompi — você disse que o crânio não estava no pergaminho quando desenhou o escaravelho. Como pôde, então, estabelecer uma relação entre o navio e o crânio, já que este último, conforme sua própria confissão, foi desenhado — Deus sabe como e por quem! — posteriormente ao escaravelho?

— Ah! É sobre isso que gira todo o mistério, embora eu tenha tido pouco trabalho em resolver esse ponto do enigma. Meu caminho era seguro e não podia me levar senão a um resultado. Raciocinei assim, por exemplo: quando desenhei um escaravelho, não havia traços de crânio no pergaminho; quando acabei meu desenho, passei-o a você e não o perdi de vista até que você o devolvesse para mim. Consequentemente, não foi você quem desenhou o crânio, e não havia outra pessoa para fazer isso. Não tinha sido, pois, criado por ato humano; e todavia ali estava ele, sob os meus olhos! Cheguei a esse ponto de minhas reflexões e recordei-me de todos os incidentes anteriores com perfeita exatidão. A temperatura estava fria — oh! o feliz, o raro incidente! — e um bom fogo ardia na lareira. Eu estava bastante aquecido para poder trabalhar e sentei-me perto da mesa. Você, no entanto, chegou sua cadeira para perto do fogo, e justamente no momento em que lhe pus o pergaminho na mão, Wolff, meu cão terra-nova, entrou e saltou para seus joelhos. Você acariciou-o com a mão esquerda e procurou afastá-lo, deixando pender a mão direita, a que segurava o pergaminho, entre os joelhos, bem perto do fogo. Julguei, no momento, que a chama o iria atingir, e ia dizer-lhe para tomar cuidado; mas, antes que eu falasse, você o retirou e se pôs a examinar o desenho. Quando compreendi todas essas circunstâncias, não duvidei um só instante de que o *calor* tinha sido o agente que fez aparecer sobre o pergaminho o crânio desenhado, que você viu tão nitidamente. Desde velhos tempos, bem o sabe você, existem preparações químicas por meio das quais se pode escrever, sobre papel ou velino, caracteres que se tornam visíveis pela ação do calor. Emprega-se, às vezes, o cobalto dissolvido em água real quatro vezes além do seu peso. Dá uma tinta verde. O óxido do cobalto, dissolvido em espírito de nitro, dá uma cor rubra. Essas cores desaparecem mais ou menos logo que esfrie o material sobre o qual se escreveu, mas reaparecem quando ele é aquecido. Examinei então a caveira com o maior cuidado possível. Os contornos exteriores, isto é, os mais próximos do bordo do pergaminho, eram muito mais vivos que os outros. Evidentemente, a ação do calor tinha sido imperfeita ou desigual. Avivei mais o fogo e submeti cada parte do pergaminho à ação do calor. Primeiramente, acentuaram-se as linhas um pouco pálidas do crânio; mas, continuando a experiência, vi aparecer, a um canto, no canto diagonalmente oposto ao que estava a caveira, uma figura que supus ser a de uma cabra. Mas, a um exame mais lento, me convenci de que representava um cabrito.*

— Ha! Ha! — exclamei. — Não tenho o direito de zombar de você! Um milhão e meio de dólares! É coisa muito séria para permitir uma zombaria. Mas não vá acrescentar mais um elo à sua cadeia. Não encontrará aí nenhuma relação especial entre os piratas e uma cabra. Você bem sabe: os piratas não tinham nada a ver com cabras. Isso pertence aos fazendeiros, aos criadores...

— Mas acabo de dizer-lhe que a figura não era de uma cabra.

— Ou cabrito, que seja! É quase a mesma coisa...

— Quase, mas não de todo — disse Legrand. — Você já ouviu falar de certo *capitão* Kidd. Considerei logo a figura desse animal como uma espécie de assinatura logogrífica ou hieroglífica. Digo assinatura porque o lugar onde ela estava sugeria

* Em inglês, "kid". (N. T.)

essa ideia. Quanto à caveira, colocada no canto oposto, tinha o aspecto de um sinete. Mas fiquei profundamente desconcertado com a ausência do resto, do corpo em si do documento, do texto do pergaminho.

— Presumo que esperava encontrar uma carta entre o timbre, o sinete e a assinatura.

— Qualquer coisa desse gênero. O fato é que me sentia irresistivelmente tomado do pressentimento de uma imensa sorte iminente. Por quê? Não sei dizer. Afinal, talvez fosse mais um desejo do que uma crença positiva. Mas, creia-me que o absurdo do Júpiter, dizendo que o escaravelho era de ouro puro, teve notável influência sobre minha imaginação! E, além disso, essa série de coincidências era *tão* extraordinária! Já reparou como tudo isso foi fortuito? Tudo aconteceu num só dia, no *único* dia do ano em que o frio demandou o fogo da lareira; e houve a intervenção do cão no momento preciso. Sem uma coisa nem outra, eu não teria descoberto a caveira, nem jamais seria possuidor desse tesouro!

— Vamos! Vamos! Estou em brasas!

— Pois bem; você conhece uma imensidade de histórias que correm, de milhares de rumores vagos relativos aos tesouros escondidos na costa do Atlântico por Kidd e seus asseclas? Afinal, todos esses rumores deviam ter algum fundamento. Eles duraram tanto tempo e circularam com tanta persistência que pensei, então, que o tesouro devia existir e estar *oculto em algum lugar*. Se Kidd tivesse desenterrado o tesouro, esses rumores teriam se extinguido. Observe que as histórias falam de caçadores, e não de descobridores de tesouros. Se o pirata tivesse retomado seu dinheiro, o assunto teria sido esquecido. Pareceu-me que algum acidente, a perda do roteiro, por exemplo, o impediu de reaver o tesouro. Suponho que esse acidente tenha chegado ao conhecimento de seus companheiros, que não sabiam onde estava o tesouro e que, após pesquisas inúteis, sem rumo e sem indicações precisas, deram nascimento a esse rumor universal e a essas lendas tão vulgares. Já ouviu falar de algum grande tesouro que tenha sido desenterrado no litoral?

— Nunca.

— Ora, é notório que Kidd acumulou imensas riquezas. Julguei, pois, como coisa certa que a terra as guardava ainda; e não se perturbe se eu lhe disser que sentia em mim uma esperança — uma esperança que ia quase à certeza: a de que o pergaminho, tão singularmente encontrado, continha a indicação do lugar onde estava essa riqueza!

— E como procedeu você, então?

— Expus de novo o pergaminho ao calor, depois de ter aumentado o fogo, mas nada apareceu. Pensei que a camada de sujeira pudesse, talvez, ser a causa do insucesso. Assim, limpei cuidadosamente o pergaminho, deitando-lhe por cima água quente; depois o meti numa caçarola, com a caveira para baixo, e pus a caçarola sobre carvões em brasa. Ao fim de alguns minutos, a caçarola estava aquecida. Retirei o pergaminho e constatei, com inexprimível alegria, que ele estava marcado em alguns lugares com sinais que pareciam números colocados em linha. Deixei-o mais um pouco na caçarola, durante um minuto, e quando o retirei, estava como vai vê-lo.

Aqui, Legrand, tendo novamente aquecido o pergaminho, submeteu-o ao meu exame. Os caracteres seguintes apareceram em vermelho, grosseiramente traçados entre a caveira e o cabrito:

53‡‡†305))6*;4826)4‡.)4‡);806*;48†8¶60))85;
1‡ (;:‡*8†83(88)5*†;46(;88*96*?;8)*‡(;485);5*†2:
*‡(;4956*2(5*— 4)8¶8*;4069285);)6†8)4‡‡;1(‡9;48
081;8:8‡1;48†85;4)485†528806*81(‡9;48;(88;4(‡?34
;48)4‡;161;:188;‡?;

— Mas — disse eu, devolvendo o pergaminho — não vejo nada claro. Se todos os tesouros de Golconda dependessem de sinais assim, eu com certeza os perderia!

— No entanto — disse Legrand —, a solução não é tão difícil como se imagina à primeira vista. Esses caracteres, como se poderia adivinhar facilmente, formam uma cifra, isto é, apresentam um sentido; mas, conforme o que sabemos sobre Kidd, eu não devia supor que ele fosse capaz de fabricar uma criptografia tão estranha. Julguei, pois, logo de início, que essa era de uma espécie simples, mas que, para a inteligência grosseira de um pirata, pareceria absolutamente insolúvel sem uma chave decifradora.

— E você, de fato, conseguiu decifrá-la?

— Muito facilmente. Tenho decifrado outras, mil vezes mais difíceis e complicadas. As circunstâncias e uma certa inclinação de espírito me têm levado a tomar interesse por esses enigmas, e é realmente improvável que o engenho humano possa criar um enigma que ele próprio não possa, com empenho, solucionar. Assim, uma vez que consegui estabelecer uma série de caracteres legíveis, apenas pensei nas dificuldades da significação. No caso atual — e, em suma, em todos os casos de escrita secreta —, a primeira coisa a concluir é a *língua* do código, porque os princípios da solução, sobretudo quando se trata de caracteres mais simples, dependem do gênio de cada idioma, e podem ser modificados. Em geral, não há outro meio senão tentar a adaptação de línguas conhecidas, até chegar à que dê melhor interpretação ao caso. Mas, nesses caracteres de que nos ocupamos, toda dificuldade estava resolvida pela assinatura. O trocadilho com a palavra "Kidd" só é possível se fazer na língua inglesa. Sem essa circunstância, eu teria começado meus ensaios pelo espanhol e pelo francês, como sendo a língua que um pirata destes mares teria de usar para qualquer coisa secreta dessa natureza. No caso, porém, presumi que o criptograma era em inglês. Note que não há espaços entre as palavras. Se houvesse espaços, a tarefa teria sido bem mais fácil. Eu teria começado por fazer uma coleção e uma análise das palavras mais curtas, e, se tivesse encontrado, como é sempre provável, uma palavra de uma só letra, *a* ou *I* (ou seja, "um" ou "eu"), por exemplo, teria considerado assegurada a solução. Mas, desde que não havia espaços, meu primeiro dever era salientar as letras predominantes, assim como as que encontrasse mais raramente. Contei todas elas e formei este quadro estatístico:

O caractere	8	ocorre	33 vezes
" "	;	"	26 "
" "	4	"	19 "
Os caracteres	‡)	ocorrem	16 "
O caractere	*	ocorre	13 "
" "	5	"	12 "
" "	6	"	11 "
Os caracteres	† 1	ocorrem	8 "
O caractere	0	ocorre	6 "
Os caracteres	9 2	ocorrem	5 "
" "	: 3	"	4 "
O caractere	?	ocorre	3 "
" "	¶	"	2 "
Os caracteres	— .	ocorrem	1 vez

Ora, a letra que se encontra mais frequentemente em inglês é o *e*. As outras se sucedem nesta ordem: *a o i d h n r s t u y c f g l m w b k p q x z*. O *e* predomina tão singularmente que é raro se encontrar uma palavra de certo tamanho em que ele não entre como letra principal. Temos, pois, para começar, uma base de operações que dá alguma coisa mais do que uma simples conjectura. O uso geral que se pode fazer dessa tabela é evidente, mas, nesse caso, ele nos seria de pouca utilidade. Sendo o nosso caractere dominante o "8", começaremos por torná-lo o *e* do alfabeto. Para verificar essa suposição, vejamos se o "8" se encontra duplo, porque o *e* se duplica muito em inglês, como por exemplo nas palavras: *meet*, *fleet*, *speed*, *seen*, *been*, *agree* etc. Ora, no caso presente, vemos que ele dobra cinco vezes, embora seja curto o criptograma. Assim, o "8" representará o *e*. Agora, de todas as *palavras* da língua, *the* é a mais usada. Consequentemente, é preciso verificar se encontraremos essa combinação de três letras repetidas, com o "8" no fim das três. Se encontrarmos repetições desse gênero, elas representarão muito provavelmente a palavra *the*. Feita a verificação, encontramos 7, e os caracteres são ao todo 48. Podemos, pois, supor que o sinal ";" representa *t*; que "4" representa *h* e que "8" representa *e* — o que fica, de novo, confirmado. Demos, pois, um grande passo no caminho da decifração. Determinamos apenas uma palavra, mas essa única nos permite estabelecer um ponto muito mais importante, isto é, os começos e as terminações de outras palavras. Vejamos, por exemplo, o penúltimo caso onde se apresenta a combinação ";48", quase no fim do código; sabemos que o ";" imediatamente após é o começo de uma palavra e, dos seis caracteres que seguem esse *the*, conhecemos nada menos que cinco. Substituamos, pois, esses caracteres pelas letras que eles representam, deixando um espaço para o desconhecido:

t eeth

Devemos primeiramente separar o *th* como não podendo fazer parte da palavra que começa pelo primeiro *t*, pois vimos, experimentando sucessivamente todas as letras do alfabeto para preencher a lacuna, que é impossível formar uma palavra que parta de *th*. Reduziremos, então, nossos caracteres a:

t ee

E, retomando todo o alfabeto, se necessário, encontraremos a palavra *tree* (árvore) como sendo a única versão possível. Ganhamos, assim, uma nova letra, *r*, representada por "(", e duas palavras justapostas: *the tree* (a árvore). Um pouco mais adiante, reencontramos a combinação ";48", servindo-nos como terminação à precedente. Isso nos dá a fórmula seguinte:

the tree ;4(‡? 34 *the*

Ou, substituindo as letras naturais pelos caracteres que já conhecemos:

the tree thr‡?3*h the*

Agora, se substituirmos os caracteres desconhecidos por pontos, teremos:

the tree thr...h the

E a palavra *through* ("através") faz-se logo evidente. Assim, essa descoberta nos dá três letras a mais, *o*, *u* e *g*, representadas por "‡", "?" e "3". Agora, procurando atentamente no criptograma combinações de caracteres conhecidos, encontraremos, não longe do começo, o arranjo seguinte:

83(88, ou *egree*

O que é evidentemente a terminação da palavra *degree* ("grau"), e nos dá ainda uma letra, *d*, representada por †. Quatro letras adiante dessa palavra *degree*, encontramos a combinação:

;46(;88

Dela, traduziremos os caracteres já conhecidos, representando o desconhecido por um traço. Isso nos dá:

th—rtee

A combinação nos sugere imediatamente a palavra *thirteen* ("treze"), e nos fornece duas letras novas, *i* e *n*, representadas por "6" e por "*". Voltemos agora ao começo do criptograma, e encontraremos a combinação:

53‡‡†

Traduzindo-a, como já fizemos, obteremos isto:

—good

O que mostra que a primeira letra é um *a*, e que as duas primeiras palavras são *a good* ("um bom", "uma boa"). É tempo, agora, para evitar confusão, de dispor as normas descobertas sob forma de quadro. Isso nos dará um começo de chave:

5	*representa*	a
†	"	d
8	"	e
3	"	g
4	"	h
6	"	i
*	"	n
‡	"	o
(	"	r
;	"	t
?	"	u

Assim, temos dez letras, as mais importantes, e é inútil prosseguirmos na solução por intermédio de todas essas miudezas. Já lhe disse que os sinais desse gênero são fáceis de decifrar, e dei-lhe um meio explicativo e prático de resolvê-lo, mas fique certo de que o espécime que temos aqui é de categoria das mais simples em criptografia. Resta-me apenas dar-lhe a tradução completa do documento, como se tivéssemos decifrado, sucessivamente, os caracteres. Ei-lo:

*A good glass in the bishop's hostel in the devil's seat forty-one degrees and thirteen minutes northeast and by north main branch seventh limb east side shoot from the left eye of the death's head a bee-line from the tree through the shot fifty feet out.**

* Um bom vidro no hotel do bispo na cadeira do diabo vinte e um graus e treze minutos nordeste quarto de norte principal tronco sétimo ramo do lado leste descer do olho esquerdo da caveira uma linha de prumo da árvore através da bala cinquenta pés ao largo. (N. T.)

— Mas — disse eu — o enigma parece-me agora tão difícil quanto no princípio. Como pôde tirar um sentido qualquer de todo esse palavrório sobre "cadeira do diabo", "caveira" e "hotel do bispo"?

— Concordo — replicou Legrand — que o caso tem um aspecto incompreensível à primeira vista. Meu primeiro cuidado foi tentar encontrar na frase as divisões naturais que estavam no espírito de quem as escreveu.

— A pontuação, é o que quer dizer?

— Ou coisa parecida.

— Mas, com o diabo, como pôde fazer isso?

— Refleti que o escritor *decidiu* juntar suas palavras sem nenhuma divisão, esperando assim tornar a solução mais difícil. Ora, um homem que não seja excessivamente hábil está predisposto, numa tentativa dessas, a ultrapassar o limite. Quando, no decorrer de sua composição, ele chega a uma interrupção de sentido que pediria naturalmente uma pausa ou ponto, está fatalmente inclinado a inserir mais caracteres do que seria usual. Examine este manuscrito, e você descobrirá com facilidade cinco pausas desse gênero, em que os caracteres se acumulam em número excessivo. Seguindo esses indícios, estabeleci a seguinte divisão:

*A good glass in the bishop's hostel in the devil's seat — forty-one degrees and thirteen minutes — northeast and by north — main branch seventh limb east side — shoot from the left eye of the death's-head — a bee-line from the tree through the shot fifty feet out.**

— Malgrado sua divisão, continuo no escuro, sem nada perceber.

* Um bom vidro no hotel do bispo na cadeira do diabo — vinte e um graus e treze minutos — nordeste e quarto de norte — principal tronco sétimo ramo lado leste — descer do olho esquerdo da caveira — uma linha de prumo da árvore através da bala cinquenta pés ao largo. (N. T.)

— Também fiquei assim durante alguns dias — replicou Legrand. — Durante esse tempo, fiz apuradas pesquisas pelas vizinhanças da ilha de Sullivan, à procura de um edifício que devia chamar "Hotel do Bispo", porque não me inquietei com a velha ortografia do pergaminho, que diz *hostel* (estalagem). Não tendo encontrado nenhum indício, estava prestes a ampliar meu universo de pesquisa e proceder de uma maneira mais sistemática, quando uma manhã compreendi que esse "Bishop's Hostel" poderia bem ter relação com uma velha família de nome *Bessop*, que desde tempos imemoriais detinha a posse de um antigo solar, uns seis quilômetros ao norte da ilha. Tinha, pois, um indício, e recomecei minhas pesquisas entre os negros mais velhos desse lugar. Enfim, uma das mulheres, das mais velhas, me disse que tinha ouvido falar de um lugar assim como *Bessop's Castle* (ou "castelo de Bessop"), aonde me poderia levar, mas que não havia nem castelo nem albergue, e sim um grande rochedo. Prometi pagar bem, caso ela me guiasse até o rochedo, e, após alguma hesitação, ela consentiu em me acompanhar. Nós o descobrimos sem grandes dificuldades, nesse mesmo dia, e comecei a examinar o local. O "castelo" consistia numa reunião irregular de picos e rochedos, dos quais um era muito notável pela altura, pelo isolamento e pela configuração quase artificial. Subi ao cimo e lá me senti muito embaraçado pelo que deveria fazer depois. Enquanto cismava, meus olhos caíram sobre uma estreita saliência na face oriental do rochedo, um metro, mais ou menos, abaixo da ponta onde me encontrava. Essa saliência se projetava a cerca de meio metro de altura, e não tinha mais de trinta centímetros de largura. Um nicho, cavado no pico, bem em cima, lhe dava grosseira semelhança com as cadeiras de dorso côncavo de que se serviam os nossos antepassados. Não duvidei que isso fosse a cadeira do diabo, da qual o manuscrito fazia menção, e pareceu-me que já tinha resolvido o segredo do enigma. O "bom vidro", eu sabia, não podia significar senão um "óculo de alcance", porque nossos marinheiros empregam raramente a palavra *glass* com outro sentido. Compreendi em seguida que era preciso usar um óculo de alcance e voltá-lo para um ponto definido, que *não admitia variação*. Ora, as frases "quarenta e um graus e treze minutos — nordeste e quarto de norte", não hesitei um instante em acreditar, deviam dar a direção para apontar o óculo. Fortemente impressionado com todas essas descobertas, precipitei-me para casa, consegui um óculo de alcance e voltei ao rochedo. Deslizei pela saliência e percebi que só podia sentar-me ali em determinada posição. Esse fato confirmou minhas conjecturas. Pensei, então, em me utilizar do óculo. Naturalmente, os *quarenta e um graus e treze minutos* só podiam ser traçados acima do horizonte sensível, pois a direção horizontal estava claramente indicada pelas palavras *nordeste* e *quarto de norte*. Estabeleci essa direção por meio de uma bússola portátil. Depois, apontando o mais exatamente possível, por aproximação, o meu óculo a um ângulo de quarenta e um graus de elevação, pus-me a movê-lo com precaução de cima para baixo e de baixo para cima, até que minha atenção foi atraída por uma espécie de buraco circular na folhagem de uma grande árvore que domina todas as que ali se avistam. No centro desse buraco percebi um ponto branco, mas não pude descobrir logo o que era. Depois de ter ajustado o foco de meu óculo, olhei de novo, e me assegurei de que era um crânio humano! Depois dessa descoberta, que me encheu de contentamento, considerei o enigma resolvido, porque a frase "principal tronco sétimo ramo lado leste" só podia referir-se à posição do crânio na árvore, e "descer do olho esquerdo da caveira" só admitia uma interpretação, pois que se tratava de indicar um tesouro oculto. Compreendi que era preciso deixar cair um peso (ou uma "bala") pelo olho esquerdo do crânio, e que então uma linha de prumo, ou, em outros termos, uma linha reta partindo do ponto mais próximo do tronco e se estendendo por quinze metros (cinquenta pés) *através do peso*, isto é, além do ponto onde cairia o peso, indicaria o local preciso. E nesse local, seria ao menos *provável* que estivesse enterrado algo de valor.

— Tudo isso — disse eu — é excessivamente claro e, ao mesmo tempo, engenhoso, simples e explícito. E quando deixou o "Hotel do Bispo", o que você fez?

— Tendo cuidadosamente marcado minha árvore, voltei para a cabana. Apenas deixei a "cadeira do diabo", o buraco circular desapareceu, e para qualquer lado que me voltasse era impossível vê-lo. O que me pareceu a chave-mestra de engenhosidade em todo esse negócio foi o fato (repeti a experiência e vi que *era* um fato) de que a abertura circular em questão só é visível em um ponto, e esse único ponto de visão é a estreita saliência no flanco do rochedo. Nessa expedição ao "Hotel do Bispo", eu fora acompanhado por Júpiter, que observava desde algumas semanas meu aspecto preocupado e tinha muito cuidado em não me deixar só. Mas, no dia seguinte, levantei-me de madrugada e, disposto a escapar-lhe, corri para a montanha à procura de minha árvore. Após muito trabalho, consegui encontrá-la. Quando voltei para casa, à noite, meu criado estava disposto a me dar uma sova. O restante dessa história, creio, você o conhece tão bem quanto eu.

— Suponho — disse eu — que você errou o ponto na primeira tentativa, quando Júpiter deixou cair o escaravelho pelo olho direito do crânio, em vez do olho esquerdo.

— Justamente. Isso fez uma diferença superior a seis centímetros em relação ao peso, isto é, à posição da cavilha perto da árvore. Se o tesouro estivesse no local marcado pelo "peso", esse erro não teria importância; mas o "peso" e o ponto mais próximo da árvore serviam apenas para estabelecer uma linha de direção. Naturalmente, o erro, pequeno no começo, aumentaria em proporção quinze metros adiante e nos desviaria do local. Não fosse por minha ideia fixa, teríamos perdido o tesouro escondido.

— Mas a sua ênfase; suas atitudes solenes balançando o escaravelho! Quantas coisas bizarras! Julguei-o positivamente um louco. E por que quis deixar cair do crânio esse inseto, em vez de um peso?

— Por Deus! Para ser franco, confesso que me senti um tanto acabrunhado com suas suposições sobre meu estado de espírito e resolvi puni-lo em silêncio, a meu modo, com essa pequenina mistificação! Eis por que balançava o escaravelho, e eis porque queria vê-lo cair do alto da árvore. Uma observação que você me fez sobre seu peso singular me trouxe essa ideia.

— Sim, compreendo. Agora só há um ponto que me embaraça. Como explicar os esqueletos que encontramos no buraco?

— Ah! É uma pergunta que não posso responder melhor do que você. Só vejo uma maneira viável para explicá-la, e minha hipótese implica uma atrocidade tal que é horrível de acreditar. É claro que Kidd — se foi Kidd quem escondeu o tesouro, do que não duvido —, é claro que ele precisou de ajudantes para seu trabalho. Mas, terminada a tarefa, julgou conveniente fazer desaparecer todos os que soubessem do segredo. Dois bons golpes de picareta devem ter sido suficientes, enquanto seus ajudantes estavam no buraco; talvez tenham sido necessários uns doze. Quem é que poderá nos dizer?

"The Gold-Bug", 1843

O CORAÇÃO DELATOR

É VERDADE! Sempre fui e sou nervoso, terrivelmente nervoso! Mas por que pretende o senhor que estou louco? A doença aguçou-me os sentidos, não os destruiu nem enfraqueceu. E, antes de tudo, o ouvido apurou-se. Ouço todas as coisas no céu e na terra: ouvi muitas no inferno. Como então, posso estar louco? Escute! e observe com que lucidez — com que calma eu lhe posso contar a história.

É impossível explicar como a primeira ideia me entrou no cérebro; porém, mal a concebi, ela perseguiu-me dia e noite. Não houve nem objeto nem paixão. Estimava o velho — que nunca me enganara nem me insultara — e não lhe cobiçava o dinheiro. Creio que foram os olhos dele. Sim, deve ter sido isso! Um de seus olhos parecia o de um abutre — uma pupila azul clara um tanto embaciada. Toda vez que ele o fixava em mim, eu sentia gelar-me o sangue; desse modo amadureci gradualmente a ideia de assassinar esse velho e, portanto, de me livrar para sempre da sua presença.

Agora, vejamos. O senhor julga-me doido. Os loucos nada sabem. Mas o senhor me deveria ter *visto*. Veria com que prudência agi — com que precaução, com que sagacidade e dissimulação pus mãos à obra. Nunca me mostrei tão amigo do velho quanto na semana anterior ao assassinato. Todas as noites, pela meia-noite, dava volta à chave e abria a porta do quarto dele — oh, bem de leve! Depois, sendo a abertura suficiente para minha cabeça, introduzia uma lanterna furta-fogo, de tal modo que não se visse luz alguma, e depois enfiava a cabeça na fresta. Oh, o senhor havia de rir, se visse com que habilidade eu enfiava a cabeça ali, movendo-a lentamente, muito devagar, para não perturbar o sono do ancião. Levava uma hora para introduzir toda a cabeça na abertura, a fim de poder vê-lo deitado na cama. Ah! um louco seria tão cauteloso? Depois, quando tinha a cabeça toda no quarto, abaixava a lanterna com tanto cuidado, com tanto cuidado! Porque os gonzos rangiam. Abaixava-a de maneira que um único raio de luz caísse no olho do abutre. E assim fiz sete longas noites, justamente à meia-noite; porém sempre lhe encontrei a vista fechada e, desse modo, não podia agir; não era, pois, o velho que me vexava, mas seu olho diabólico. E todas as manhãs, ao romper do dia, eu entrava-lhe resolutamente no quarto, falava-lhe corajosamente, chamando-o pelo nome, em tom amigável, e perguntando como passara a noite. Como vê, ele precisaria ser um velho muito sagaz para suspeitar de que, todas as noites, às doze horas, eu o espreitava enquanto ele dormia.

Na oitava noite, fui mais cauteloso do que de costume ao abrir a porta. O ponteiro do relógio movia-se mais depressa do que minha mão. Nunca, antes dessa noite, sentira o grau do meu poder, da minha própria sagacidade. Contive a custo uma sensação de triunfo. Saber que estava ali, abrindo a porta pouco a pouco, e ele nem suspeitava das minhas ações, das minhas intenções secretas! Ri-me baixinho a essa ideia, e ele talvez me tenha ouvido, pois, de súbito, agitou-se na cama, como sobressaltado. Agora o senhor poderia pensar que recuei... Engana-se, porém. O quarto estava escuro como breu, uma escuridão completa — uma vez que, receando os ladrões, o velho fechava os postigos —, e sabendo que ele não poderia ver a fresta da porta, eu a alargava aos poucos, cada vez mais.

Introduzi a cabeça e dispunha-me a acender a lanterna quando o polegar me escorregou na chave de estanho e o velho, erguendo-se na cama, bradou:

— Quem está aí?

Não fiz movimento e abstive-me de responder. Por uma hora, não movi um músculo e, durante esse tempo, não o ouvi deitar-se. O velho continuava sentado na cama, escutando; justamente como eu fizera cada noite, espreitando o relógio na parede.

Pouco depois, ouvi um gemido surdo e compreendi que fora a manifestação dum terror mortal. Não era um gemido de dor ou de aflição — oh, não! Era o som abafado que sobe do fundo da alma carregada de pavor. Conhecia bem esse som. Mais de uma noite, justamente à meia-noite, quando toda gente dormia, ele partira de meu íntimo, revelando com seu eco assustador os terrores que me atormentavam. Disse que o conhecia bem. Sabia que o velho sofria e compadeci-me dele, embora zombasse disso comigo mesmo. Sabia que ele estava acordado desde o primeiro ruído vago, quando se voltara na cama. Esse receio crescera gradualmente. Ele tentava dizer a si mesmo que nada tinha a temer, mas não conseguia. Dissera decerto: "Não é nada; apenas o vento na chaminé ou um rato atravessando o quarto". Ou: "Foi o canto dum grilo". Sim, ele tentava confortar-se a si mesmo com essas suposições, mas tudo em vão. *Tudo em vão*, porque a Morte, aproximando-se, espreitava com sua sombra escura diante dele e envolvia sua vítima. E era a lúgubre influência dessa sombra invisível que o fazia sentir — embora ele não visse nem ouvisse —, *sentir* a presença da minha cabeça no quarto.

Depois de esperar pacientemente muito tempo, não o ouvindo deitar-se, resolvi abrir um pouco — uma fresta pequena, quase imperceptível, na lanterna. Abri-a, pois — não pode imaginar como o fiz furtivamente! —, até que, enfim, um raio de luz, tênue como uma teia de aranha, atravessou a fenda e incidiu na pupila de abutre.

Vendo-a aberta — arregalada — senti um assomo de fúria. Enxergava-a distintamente, um azul embaciado, coberto pelo véu que me arrepiava a medula; nada consegui ver do rosto ou do corpo do ancião, pois dirigira o raio de luz precisamente para esse ponto diabólico.

E agora não lhe disse que se engana, qualificando de loucura uma superexcitação dos sentidos? Saiba, pois, que nesse instante me chegou ao ouvido um som rápido e fraco, surdo, como o tique-taque de um relógio enrolado em algodão. Conhecia-o bem. Era a palpitação do coração do velho. Isso me aumentou a raiva, como o rufo do tambor estimula o soldado.

Ainda uma vez refreei a cólera e esperei. Mal respirava; mantive a lanterna imóvel. Tentei conservar o raio de luz fixo na pupila infernal. Entretanto, a palpitação diabólica crescia. Tornava-se mais rápida, e a cada momento mais forte. O ancião devia estar tomado de um terror extremo! — compreende-me bem? Disse-lhe que sou nervoso: assim é. Ademais, a essa hora morta da noite, no silêncio terrível da velha casa, um ruído estranho como aquele me enchia de um terror desvairado. Dominei-me mais alguns minutos e continuei imóvel. Mas a palpitação tornava-se mais forte, mais audível! Julguei que o coração lhe estalasse. E uma dúvida assaltou-me: algum vizinho poderia ouvir. Soara a hora do velho. Destapei a lanterna com um brado e precipitei-me no quarto. Ele soltou um grito — um só. Num instante, eu o deitei ao chão, fazendo cair sobre ele a cama pesada. Então, sorri alegremente; a proeza fora levada a cabo! Mas, por vários instantes, o coração continuou a pulsar com um som surdo. Isso, porém, não me perturbou; ninguém o poderia ouvir através das paredes. Afinal cessou; o velho morrera. Afastando a cama, examinei-lhe o corpo. Sim, ele estava morto, bem morto! Pousei-lhe a mão sobre o coração e ali a deixei alguns minutos. A palpitação cessara. Ele estava morto. E sua pupila diabólica não me tornaria a perturbar.

Se o senhor ainda me julga louco, compreenderá que se enganou quando eu lhe descrever as precauções que tomei para ocultar o corpo. As horas passavam e eu trabalhava ativamente, mas em silêncio. Em primeiro lugar, esquartejei o cadáver. Cortei-lhe a cabeça, os braços e as pernas.

Depois, levantei três tábuas do soalho, ajeitei tudo no vão e tornei a colocar as tábuas, com tanta habilidade e tanta astúcia que nenhum olhar humano — nem o *dele* — poderia notar a menor anormalidade. Não havia mais o que limpar — mancha de espécie alguma — nenhum salpico de sangue. Eu fora muito prudente. Uma tina recolhera tudo — ha! ha!

Terminei minha tarefa às quatro horas da madrugada; ainda estava escuro como à meia-noite. Quando o relógio deu as horas, bateram à porta da rua. Fui abri-la com o coração despreocupado, pois que podia recear *agora*? Dei com três homens que se apresentaram gentilmente como oficiais de polícia. Ouvindo um grito durante a noite, um vizinho tinha suposto que podia ser um crime e havia informado o posto policial, que designara aqueles funcionários para revistar a casa.

Sorri — *que* podia recear? Convidei-os a entrar. Quem gritara fora eu mesmo, em sonho. O velho, expliquei eu, estava ausente, no campo. Acompanhei os visitantes por toda a casa. Incitei-os a revistarem-na, e a revistarem *bem*. Guiei-os, enfim, ao quarto *dele*. Mostrei-lhes os objetos de valor, seguro, imperturbável. Entusiasmado pela minha confiança, levei cadeiras para o quarto e convidei-os a descansarem do trabalho, enquanto eu, com a audácia do triunfo completo, posicionei minha cadeira bem em cima do ponto onde jazia o corpo da vítima.

Os policiais estavam satisfeitos. Meu *comportamento* os convencera. Sentia-me singularmente à vontade. Os visitantes sentaram-se e, enquanto eu respondia jovialmente, passaram a tratar de assuntos banais. Pouco depois, porém, senti que empalidecia e desejei que eles se retirassem. Doía-me a cabeça; um ruído chegou-me aos ouvidos; eles, porém, continuavam sentados, conversando. O som tornou-se mais distinto, foi adquirindo cada vez mais clareza; e eu falava, para me livrar daquela sensação; ela, porém, não cessava e era cada vez mais definida — até que, enfim, compreendi que *não provinha dos meus ouvidos*.

Com certeza empalideci horrivelmente; falava com mais fluência, levantando a voz. Todavia, o som se tornava mais forte — que podia eu fazer? Era um *som fraco, rápido e surdo, semelhante ao tique-taque de um relógio enrolado em algodão*. Eu arquejava, e os policiais nada ouviam. Falei mais depressa, com mais veemência; entretanto, o som aumentava. Levantei-me, discutindo sobre qualquer coisa em voz alta, com gestos desordenados; o som continuava a aumentar. Por que eles não se retiravam? Atravessei o quarto de um lado a outro, a passos pesados, como que enfurecido pela observação daqueles homens — mas o ruído crescia. Oh, Deus! Que havia de fazer? Espumava... delirava... praguejava! Apanhando a cadeira em que me sentara, arrastei-a nas tábuas, mas o som sobrepujava tudo e continuava a aumentar. Tornava-se cada vez mais forte, mais poderoso, mais *retumbante*! E os policiais conversavam e sorriam, satisfeitos. Seria possível que eles não ouvissem? Deus todo-poderoso! Não!... Não!... Eles ouviam, suspeitavam, *sabiam*! — zombavam do meu horror, foi o que pensei e o que continuo a pensar. Tudo seria preferível àquela agonia! Qualquer coisa era mais tolerável do que aquele escárnio! Não podia aturar por mais tempo os sorrisos hipócritas! Senti que devia gritar ou morrer! E então, mais uma vez... escute: mais forte! mais forte! mais forte! *mais forte!*

— Miseráveis! — bradei. — Não precisam mais disfarçar! Confesso o crime! Levantem as tábuas! Ali, ali! É a palpitação de seu coração odioso!

"The Tell-Tale Heart", 1843

WILLIAM WILSON

What say of it? what say CONSCIENCE grim,
*that spectre in my path?**
Chamberlayne, *Pharonnida*

Admitam por momentos que me chamo William Wilson. Meu verdadeiro nome não deve sujar as páginas em branco que tenho à minha frente. Tenho sido o horror e a abominação do mundo — a vergonha e o opróbrio de minha família! E os ventos indignados não terão levado sua incomparável infâmia até as mais distantes regiões da terra? Sou o mais abandonado dos proscritos! Para mim, o mundo, suas horas, suas douradas aspirações, tudo acabou! E, entre minhas esperanças e o céu, paira, eternamente, uma espessa nuvem negra, sinistra e ilimitada!

Mesmo que pudesse não quereria escrever nestas páginas todas as recordações de meus últimos anos de miséria e crime. O último período de minha vida atingiu rapidamente tais proporções de torpeza que seria tão horrendo como difícil descrevê-lo. Pretendo, simplesmente, determinar a origem de meu rápido desenvolvimento na perversidade. A corrupção, em geral, atinge os homens gradualmente, mas de mim a virtude separou-se de uma vez, como se fora um manto. De um salto gigantesco passei, de uma perversidade relativamente banal, vulgar mesmo, a enormidades dignas de um Heliogábalo. Permitam que lhes conte, do princípio ao fim do caso, o acidente fatal que deu motivo a essa maldição. Aproxima-se a morte, e a sombra que a precede lançou já em meu coração uma benéfica influência de arrependimento e de paz. Quase a transpor o sombrio vale, suspiro pela piedade — ia a escrever pela simpatia! — de meus semelhantes. Quereria convencê-los de que fui arrastado por for-

* Que dirá ela? Que dirá a terrível consciência, esse espectro no meu caminho? (N. E.)

ças superiores à resistência humana. Desejaria que descobrissem para mim, no vasto deserto de crime que vou descrever, um pequeno oásis de *fatalidade*. Desejaria que concordassem — e talvez não possam deixar de fazê-lo — que *jamais*, num mundo repleto de tentações, apareceu uma igual a esta. E que *nunca* um ser humano sucumbiu vítima de torturas semelhantes! Não será tudo isto um sonho, na verdade? Acaso não morrerei vítima do horror e do mistério da mais estranha de todas as alucinações?

Descendo de uma raça há muito conhecida pela força da imaginação e por um temperamento irritável em extremo, e desde pequeno confirmei o caráter peculiar de minha família, caráter esse que se desenvolveu com a idade e me prejudicou mais tarde de um modo tão terrível como singular. Fracos de espírito e sofrendo, além disso, do mesmo mal, meus pais pouco ou nada fizeram para modificar os maus instintos que eu tinha. Fizeram, é certo, algumas tentativas, mas, sem energia, sem direção, falharam inteiramente, redundando num triunfo completo para mim. Desde então, passei a mandar em minha casa, ditando ordens numa idade em que poucas crianças pensam em deixar o regaço materno, entregue a meu livre-arbítrio, senhor absoluto de todas as minhas ações.

As primeiras recordações da minha vida escolar ligam-se a um casarão exótico, de estilo elisabetano, situado numa aldeia triste da Inglaterra, onde as casas eram todas de antiguidade respeitável. De fato, aquela aldeia antiga constituía o tipo próprio para excitar a imaginação. Hoje mesmo, ao recordá-la, sinto em meu espírito as mesmas impressões de desolação que me deram suas ruas, respiro os mesmos aromas de suas numerosas matas; sinto a mesma voluptuosidade indefinível, quando me recordo das badaladas profundas do sino, atravessando, de hora em hora, com seu som breve e plangente, a quietude da atmosfera escura onde se erguia o majestoso campanário gótico da aldeia.

Essas lembranças do colégio são hoje para mim o único prazer, o único que ainda posso sentir. Imerso na desgraça como estou, decerto me absolverão por procurar consolo, aliás bem ligeiro e breve, nessas vagas e pueris minúcias! Mas, por vulgares e simples que pareçam, elas têm na minha imaginação um lugar da maior importância, em virtude da sua íntima ligação com a época em que distingo agora os primeiros e vagos avisos do destino, que mais tarde me envolveria tão profundamente com sua sombra. Deixem-me, pois, recordar.

Como disse, a casa era velha e de construção irregular. Tinha um quintal grande, rodeado por um muro alto e sólido, de tijolos, encimado por uma camada de argamassa e vidros quebrados. Aquele muro, digno de uma prisão, limitava o nosso domínio. Somente saíamos dali três vezes por semana: uma vez no sábado à tarde, para passeios curtos e monótonos pelos campos próximos, na companhia dos vigilantes, e duas vezes no domingo, em que, com a regularidade de um regimento em parada, íamos assistir aos ofícios da manhã e da tarde na única igreja da aldeia. O pároco dessa igreja era o diretor do colégio. Nós o contemplávamos do nosso lugar especial com um sentimento de reserva e de admiração quando ele subia ao púlpito com passos vagarosos e graves. Acaso aquele personagem digno de veneração, com tão simples e modesto aspecto, umas vestes tão novas e tão religiosamente ondulantes, uma cabeleira tão bem empoada, tão empertigado e tão nobre, poderia ser o mesmo homem que, momentos antes, de aspecto severo e carrancudo, com o casaco sujo de rapé, nos obrigava, de palmatória na mão, a cumprir as rigorosas leis do colégio? Ah, gigantesco paradoxo, tão completamente terrível de solucionar!

Num ângulo de parede maciço, havia uma porta, mais maciça ainda, cheia de fechaduras e coberta de ferragens chapeadas. Essa porta — que profundos sentimentos ela inspirava! — apenas se abria para as três entradas e saídas de que já falei. Achávamos, então, no chiar de seus gonzos, uma superabundância de mistério, um mundo completo de observações solenes e de meditações mais solenes ainda.

O quintal era irregular e muito dividido; três ou quatro partes maiores constituíam o pátio de recreio. Situado na parte de trás da casa, esse pátio era de terra batida, coberto por uma camada de areia, desprovido de bancos e árvores ou de outra qualquer coisa semelhante — lembro-me perfeitamente. À frente do colégio, havia um pequeno jardim, ornado de buxos e outros arbustos; no entanto, só nos franqueavam esse oásis sagrado em dias solenes, tais como o dia da entrada no colégio, e o da saída definitiva, quando partíamos alegremente para a casa paterna, nas férias de Natal ou de Páscoa.

E o edifício? Que curiosa construção! Eu o considerava como um verdadeiro palácio encantado! Era um nunca acabar de desvãos, de divisões incompreensíveis. Dificilmente se poderia dizer quando nos encontrávamos no primeiro ou no segundo andar. De compartimento para compartimento, sempre havia degraus a subir ou a descer. Além disso, as divisões laterais eram inúmeras, sem razão de ser, com tantas voltas e reviravoltas que a ideia que fazíamos do conjunto do edifício se aproximava da que fazíamos do infinito. Vivi ali durante cinco anos, e nunca consegui determinar com exatidão o pequeno dormitório que eu ocupava com mais dezoito ou vinte colegas.

A sala de estudo era a maior de toda a casa (e, pelo menos assim me parecia, de todo o mundo). Era muito comprida e muito estreita, de teto baixo e de janelas em formato ogival. Num canto afastado, de onde provinha o terror, havia um recinto quadrado de cerca de três metros que fazia as vezes de *sanctum* do nosso diretor, o reverendo dr. Bransby, durante as horas de estudo. Viam-se, em outros dois cantos, mais dois estrados semelhantes, olhados com menor terror, mas ainda alvos de considerável receio: um, era o assento do professor de humanidades; o outro, o do professor de inglês e de matemática. Espalhados pelo meio da sala, achavam-se, em grande desordem, inúmeros bancos e estantes cheias de livros velhos e enxovalhados; essas estantes, negras, velhas, estragadas pelo tempo, cheias de golpes de letras, de nomes, de desenhos grotescos e de outras muitas obras-primas de canivete, mal lembravam seu primitivo formato. Em um dos extremos da sala, ficava um grande balde cheio de água e, no outro, o relógio, de tamanho enorme.

Encerrado nas paredes daquele colégio venerável, passei, contudo, sem aborrecimentos nem tristezas, os primeiros anos da minha vida. A fecunda imaginação da infância não necessita de um mundo exterior acidentado para se entreter ou divertir e, por isso, na vida monótona do colégio, achei impressões mais vivas e mais intensas do que todas as que mais tarde encontrei na devassidão e no crime. Meu primeiro desenvolvimento intelectual foi muito extraordinário, direi mesmo desregrado. Geralmente, os fatos da vida infantil só nos fornecem impressões mal definidas. Tudo são sombras, vagas e irregulares lembranças, difusa confusão de prazeres pueris e mágoas sem fundamento. Não sucede assim comigo. Devo ter sentido na minha infância, com o vigor de um homem feito, tudo aquilo que ainda hoje tenho gravado em minha memória em traços indeléveis, tão profundos e tão duradouros como os da cunhagem das moedas cartaginesas.

E, vistas as coisas friamente, essa época de minha vida não era digna de recordações! O levantar, o deitar, o estudo das lições, as recitações, os feriados periódicos e os passeios, o pátio do recreio com suas disputas, seus entretenimentos e suas intrigazinhas, e nada mais! Mas isso tudo, por uma espécie de magia física que só se possui naquela idade, acabou por encerrar grande quantidade de sensações, todo um mundo rico de acontecimentos, um universo de emoções variadas e de inebriantes excitações. Oh, que bom foi esse duro período!

Meu caráter ardente, entusiasta e dominador deu-me uma situação preeminente entre meus colegas e, gradualmente, ascendência poderosa sobre todos os que eram mais novos ou da mesma idade que eu; sobre todos, exceto sobre um. Era um aluno que, sem ter comigo qualquer parentesco, tinha o mesmo nome de batismo e o mesmo nome de família, fato este pouco notável, visto que meu nome, apesar de sua nobre origem, era um nome vulgar, um desses nomes que desde tempos imemoriais são também propriedade do povo. Tomei nesta narrativa o nome de William Wilson — nome falso, que não é muito diferente do verdadeiro. Como já disse, só um colega meu, aquele meu homônimo, rivalizava comigo nas lições, nos jogos e nas lutas do recreio; não acreditava nas minhas declarações, assim como não se submetia à minha vontade; recusava, enfim, suportar minha ditadura e manifestava-o sempre que lhe era possível. Se há na terra um despotismo supremo e irrestrito, é o de um menino de gênio sobre as almas menos enérgicas dos seus colegas.

A rebeldia de William constituía para mim fonte de desgostos, tanto mais que, apesar do desdém com que afetava tratá-lo e a suas pretensões, bem no fundo temia-o; não conseguia olhar a igualdade que ele facilmente mantinha comigo senão como uma prova de completa superioridade, porque, pela minha parte, só conseguia conservar-me à sua altura graças a grandes esforços. Mas era eu o único a reconhecer essa igualdade, ou melhor, essa superioridade; os outros rapazes, inexplicavelmente, pareciam não dar por tal fato. Além disso, William não parecia cheio de ambição, daquela ambição que a mim me impelia a dominar, nem da energia que me dava autoridade. Parecia que o único fim da sua rivalidade era o caprichoso desejo de me contradizer, de me atemorizar, de me atormentar, embora muitas vezes não pudesse deixar de notar, com um sentimento misto de espanto, de raiva e de humilhação, que meu rival associava às suas contradições impertinentes uns assomos de afeto muito intempestivos e muito desagradáveis. E eu nem sequer conseguia explicar a mim mesmo a sua conduta, senão julgando-a como o resultado de uma insolência presunçosa, que se permitia ares de superioridade e de proteção.

O fato de termos o mesmo nome, junto ao fato, puramente acidental, de termos entrado no mesmo ano para o colégio, espalhara entre os rapazes mais adiantados a ideia de que éramos irmãos. Em geral, os colegas mais velhos não procuram conhecer com exatidão a vida dos mais novos. Já frisei que Wilson não era, nem no grau mais remoto, aparentado com minha família. Mas, se fôssemos irmãos, teríamos sido gêmeos, porque, já depois de sair do colégio do dr. Bransby, soube casualmente que meu homônimo nascera no dia 19 de janeiro de 1813, e, por interessante coincidência, esse dia é precisamente aquele em que eu nasci.

Não obstante a rivalidade de Wilson e seu insuportável espírito de contradição, não chegamos nunca ao ódio absoluto. Todos os dias havia, na verdade, uma questão na qual Wilson me concedia publicamente a palma da vitória, não deixando, porém, de me fazer sentir, de qualquer modo, que a vitória lhe pertencia. Porém, havia de minha parte um sentimento de orgulho e, da sua, uma grande dignidade, e assim nos conservávamos sempre dentro das mais estritas conveniências. E nossas personalidades, iguais em muitos pontos, teriam desabrochado em verdadeira amizade, não fosse aquele sentimento de reserva e de hostilidade. Na verdade, é-me difícil definir os verdadeiros sentimentos que nutria por ele. Eram uma mistura confusa e heterogênea: animosidade petulante, sem chegar a ser ódio; amizade, respeito, medo e uma curiosidade imensa. O psicólogo decerto já terá adivinhado que éramos companheiros inseparáveis.

Em consequência dessas confusas relações, todos os meus ataques dirigidos contra Wilson — e, embora abertos ou dissimulados, esses ataques eram numerosos — revestiam mais o aspecto da ironia ou da troça do que o de uma inimizade franca e determinada. Dirigia todos os meus esforços nesse sentido, sem que obtivesse um grande triunfo, muito embora eu os planejasse engenhosamente; e *isso* porque meu homônimo possuía aquela austeridade plácida e reservada que implica o privilégio de ferir a outrem sem descobrir seus pontos vulneráveis. E eu só pude achar nele um ponto vulnerável, mas esse mesmo era um defeito físico que talvez fosse o resultado de uma enfermidade de constituição; qualquer outro antagonista menos encarniçado do que eu tê-lo-ia respeitado. William tinha uma fraqueza nas cordas vocais que o impedia de falar alto. Quando falava, a sua voz *não passava de um murmúrio*. E desse defeito tirava eu minhas mesquinhas desforras.

Várias eram as represálias de meu homônimo, e uma havia que particularmente me irritava. Sem que eu soubesse como, ele teve conhecimento de que semelhante futilidade produzia em mim um grande efeito. Mas, logo que o soube, isso constituiu para ele o seu gênero de tortura predileto. Meu nome de família, falho de graça e de elegância, e mesmo meu nome próprio, tão trivial e tão plebeu, eram e sempre foram para mim motivo de grande desgosto. Logo no dia da minha chegada, apresentou-se também o outro William Wilson; isso foi o suficiente para que eu sentisse contra ele certa má vontade, visto que daí em diante ouviria pronunciar o dobro das vezes aquelas sílabas que eram o tormento dos meus ouvidos. Constantemente o teria junto de mim, porque sua vida, no arrastar dos trabalhos e divertimentos do colégio, frequente e inevitavelmente seria confundida com a minha. E tudo isso me levava a desgostar-me cada vez mais do meu nome.

Essa irritação crescia com cada fato que mostrasse qualquer semelhança física ou moral entre mim e meu homônimo. Por essa época, não descobrira eu ainda o fato notável da igualdade das idades; percebia, no entanto, que tínhamos a mesma altura, e cheguei até a descobrir certa semelhança de fisionomia, o que muito me contrariava. Corria a fama, geralmente difundida pelos alunos mais velhos, de que éramos parentes, o que também me desesperava do mesmo modo. Resumindo: nada me irritava mais — embora eu forcejasse por não o demonstrar — do que as alusões às nossas semelhanças físicas ou morais, ou a nosso suposto parentesco. Contudo, eu não podia crer que tais analogias fossem assunto de comentários ou tivessem, mesmo, sido notadas por nossos colegas. Seria natural que Wilson lhes desse tanta atenção quanto eu; não achava, porém, natural que Wilson descobrisse nelas um filão tão pródigo de desgostos para mim.

Tendo, por isso, notado quanto essas semelhanças me desgostavam, William tornava-as mais notadas, arremedando-me com prodigiosa habilidade. Copiava-me os gestos e as palavras; imitava minha maneira de vestir, meu andar, meus modos e, enfim, nem sequer minha voz lhe havia escapado, não obstante o seu defeito. Não podia imitar meu tom alto, mas o timbre e a entonação eram idênticos. *Quando eu falava baixo, sua voz dir-se-ia o eco da minha.*

Não tentarei contar-lhes até que ponto aquele curioso retrato me desagradava (porque não posso chamar-lhe, com propriedade, uma caricatura). Havia, porém, um fato que até certo ponto me consolava: apenas eu notava a imitação perfeitíssima; e, desse modo, não tinha de suportar senão os sorrisos enigmáticos e singularmente sarcásticos do meu homônimo, que, contente com produzir em mim o efeito desejado, parecia deleitar-se secretamente em apunhalar-me, sem pensar no êxito que seu engenho por certo facilmente conquistaria. Como era possível que nossos colegas não a compreendessem, não lhe percebessem as manobras, não tomassem parte naquela maliciosa zombaria? Para mim, isso foi, durante muitos meses de sobressaltos, um verdadeiro enigma. Talvez a lentidão com que ele *graduava* os tormentos que me infligia os tornasse despercebidos; ou talvez minha liberdade dependesse da grande mestria do pintor, que, desprezando a técnica (única coisa que os espíritos atrasados sabem apreciar na pintura), apenas se ocupava de originalidade, o que me causava um sentimento misto de admiração e desgosto.

Já me referi diversas vezes aos cruciantes ares protetores que ele tomava para comigo e à intervenção que tinha em todas as minhas vontades. Essa intervenção tomava, por vezes, a forma de um conselho, que não era dado abertamente, mas sugerido, insinuado, e que era por mim recebido cada vez mais de má vontade, conforme me ia tornando mais velho. Quero, contudo, fazer-lhe a justiça, depois de tantos anos, de confessar que todos os conselhos sugeridos pelo meu rival eram cheios de bom senso, superiores mesmo à sua idade, destituída ordinariamente de reflexão e de experiência. Sua sensatez, seu talento e seu conhecimento da vida e das coisas eram muito superiores aos meus, e eu seria hoje um homem melhor e, por isso mesmo, mais feliz, se tivesse seguido os conselhos que aquelas sensatas sugestões continham e que, então, só me inspiravam raiva e desprezo.

Por fim, revoltei-me por completo contra sua vigilância odiosa, detestando cada vez mais o que eu considerava uma intolerável insolência. Já disse que, nos primeiros tempos da nossa camaradagem, meus sentimentos para com William poderiam ter-se convertido em amizade, se as circunstâncias fossem outras; porém, no decorrer dos últimos meses em que estive no colégio, apesar de suas maneiras habituais de me importunar terem deixado de ser tão frequentes, meus sentimentos tinham evoluído nitidamente para o ódio. Julgo que, certa vez, Wilson o percebeu claramente e, desde então, evitou-me ou afetou evitar-me.

Foi por essa altura, mais ou menos, que discutimos violentamente; Wilson perdeu sua reserva ordinária, falou-me e agiu com uma negligência estranha a sua natureza, e eu descobri, ou julguei descobrir, em sua voz, em suas maneiras e em seu aspecto geral, qualquer coisa que me era muito familiar. Estremeci ao descobri-lo, mas a descoberta passou a interessar-me profundamente. Acudiam ao meu cérebro obscuras recordações de minha primeira infância, confusas, estranhas, recordações quase apagadas de uma época que a memória já não podia alcançar. Dir-se-ia que tinha já visto o ente que me falava em uma época muito afastada, muito remota. Contudo, essa ilusão apagou-se tão rapidamente como aparecera. Se narro esse fato, é unicamente para determinar o dia da minha derradeira discussão com meu estranho rival.

A velha casa em que estava instalado o colégio, em suas inúmeras subdivisões, tinha grandes compartimentos que comunicavam entre si e que serviam de dormitórios à maior parte dos alunos. Além disso, havia — como era inevitável num edifício tão irregular — inúmeros cantos e recantos, sobras e remates da construção que o talento econômico do diretor Bransby transformara também em dormitórios; eram, porém, divisões tão pequenas que apenas comportavam uma pessoa. Wilson ocupava um desses quartos.

Uma noite, no fim do meu quinto ano de colégio, depois da discussão a que já me referi, aproveitei o fato de todos estarem dormindo, levantei-me, peguei num candeeiro e furtivamente dirigi-me, através de um verdadeiro labirinto de estreitos corredores, ao quarto dele. Havia muito que projetara pregar-lhe uma peça, e pensara numa daquelas troças que lhe fazia frequentemente, das quais, repito, nunca tirara grande resultado. Resolvera executar meu plano naquela noite, a fim de lhe mostrar toda a minha animosidade. Chegando à porta do seu quarto, entrei sem o menor ruído; deixei o candeeiro fora, coberto com um quebra-luz, e avancei até lhe perceber o ruído tranquilo da respiração. Logo que me certifiquei de que ele dormia profundamente, voltei atrás, peguei no candeeiro e de novo me aproximei da cama. As cortinas estavam fechadas. Afastei-as, e a luz bateu de chapa em Wilson, ao mesmo tempo que eu olhava fixamente o seu rosto... Senti-me penetrado por uma sensação de frio; o coração pulsava-me furiosamente no peito, as pernas vacilavam-me; senti um horror inexplicável! Minha respiração tornou-se convulsa quando aproximei mais a luz do candeeiro. Seriam realmente *aquelas* as feições de William Wilson? Sim, eram! Que havia então de extraordinário em seu rosto para que eu me sentisse assim, impressionado? Contemplei-o durante algum tempo, trêmulo, emocionado; meu cérebro agitava-se sob a ação de mil pensamentos sem nexo. Ele não era *assim*, não. Nunca fora *assim*, nos momentos em que me contrariava. O mesmo nome! Os mesmos traços! A entrada na escola no mesmo dia! E então essa imitação teimosa e absurda de meu andar, de minha voz, de meus hábitos e de meu jeito! Seria humanamente possível, ou *o que eu agora contemplava* era o resultado do hábito da imitação sarcástica? Apaguei o candeeiro, gelado de espanto, e, silenciosamente, saí do quarto, abandonando para sempre o ambiente de mistério daquele velho colégio.

Decorridos alguns meses que passei em casa de meus pais, em completa ociosidade, entrei para o colégio de Eton. Esse pequeno intervalo foi suficiente para que eu me esquecesse do colégio do dr. Bransby ou, pelo menos, para que as lembranças dele não me inspirassem os mesmos sentimentos. O acontecimento que fizera com que eu abandonasse o colégio aparecia-me agora como um efeito da pura imaginação. A realidade, o lado trágico do incidente, desaparecera por completo. Quando sucedia lembrar-me de semelhante ocorrência, admirava até onde pode chegar a credulidade humana e troçava da prodigiosa força de imaginação que herdara de minha família. Aquela espécie de desalento, de ceticismo, não diminuiu com a vida que passei a levar em Eton. Mergulhei num turbilhão de loucura e, de súbito, todo o passado desapareceu, menos as sólidas e sérias impressões que dele me restavam.

Não vou aqui narrar detalhadamente meus infames desregramentos, que nenhuma lei ou imposição podiam impedir. Passaram-se três anos; três anos gastos em desvarios, durante os quais minha alma se adaptou ao vício e meu corpo se desenvolveu anormalmente. Um dia, depois de uma semana de estúpida devassidão, convidei alguns de meus colegas mais dissolutos para uma orgia secreta, a realizar-se no meu quarto. Juntamo-nos, altas horas da noite, e a farra devia prolongar-se impreterivelmente até pela manhã. O vinho corria com abundância, e mesmo outras seduções, porventura mais perigosas, não tinham sido esquecidas. Ao nascer o sol, o delírio e as extravagâncias tinham atingido seu auge. Com um entusiasmo que me vinha da embriaguez e do jogo, obstinava-me em propor um brinde absolutamente indecente, quando me distraí com a entrada precipitada de um criado, anunciando-me alguém, muito apressado, que me pedia que lhe fosse falar no vestíbulo.

Inflamado como estava pelo vinho, aquela interrupção causou-me mais prazer do que surpresa. Saí do quarto, cambaleando, e em pouco tempo estava no vestíbulo, uma sala baixa, estreita, apenas iluminada pela fraca luz da madrugada que entrava pelas janelas em arco. A pessoa que me esperava era um jovem mais ou menos da minha estatura, vestido com um fato de casimira branca, absolutamente igual ao que eu então vestia. Mal me viu, veio para mim, agarrou-me por um braço com um gesto imperativo e impaciente e disse-me ao ouvido: "William Wilson".

Como por encanto, minha embriaguez dissipou-se completamente àquelas palavras.

Havia qualquer coisa de sobrenatural em seus modos, no tremor nervoso do seu dedo erguido entre meus olhos e a luz, que me enchia de completo assombro. A importância e a solenidade repreensiva que suas palavras surdas e sibilantes continham, o modo, o timbre, a *chave* daquelas sílabas simples, familiares, mas *segredadas* em mistério, fizeram-me estremecer, como se em minha alma se tivesse produzido a descarga de uma pilha elétrica. Durante alguns momentos, o espanto e o terror paralisaram-me o cérebro; quando voltei a mim, ele desaparecera.

Minha imaginação desvairada sofreu um poderoso abalo com esse acontecimento, que, no entanto, se foi desvanecendo gradualmente. Na verdade, durante algumas semanas, entreguei-me a sérias indagações ou mergulhei em mórbidos pensamentos. Não tinha dúvidas sobre a identidade da pessoa que tanto se intrometia em minha vida. Mas quem era? O que era William Wilson? De onde vinha e o que pretendia? Nunca consegui aclarar esses pontos. Só consegui saber, de todas as investigações que fiz a seu respeito, que, no mesmo dia em que eu fugira, ele saíra também do colégio, forçado por um acontecimento qualquer. Passado algum tempo, deixei, porém, de pensar nisso, absorvido como andava com a ideia de minha próxima partida para Oxford. Apenas cheguei àquela cidade e, porque a generosidade pródiga de meus pais me permitia um luxo — direi, mesmo, uma opulência — de que já não sabia prescindir, comecei a rivalizar em devassidões com os primeiros herdeiros dos mais ricos condados da Grã-Bretanha.

Levado ao vício por tais meios, dei livre expansão àquilo a que era naturalmente propenso. Na louca embriaguez dos meus desregramentos, passava por cima dos conceitos mais vulgares da honra e da decência. Seria, porém, absurdo relatar aqui essas loucuras. Acho suficiente dizer que ultrapassei as extravagâncias de Herodes. Inventei inúmeras loucuras, ajuntando assim um considerável apêndice ao longo catálogo dos vícios que então reinavam na universidade mais devassa de toda a Europa.

Enfim, levado no turbilhão da libertinagem e do vício do jogo, desci até ao ponto de adquirir os ardis mais baixos dos jogadores profissionais, praticando habitualmente essa desprezível ciência como um meio para aumentar minha já grande fortuna à custa dos colegas. Esse crime, já de si incompatível com os mais rudimentares sentimentos de honra e dignidade, constituía, por isso mesmo, minha salvaguarda. Com efeito, qual dos meus colegas, incluindo mesmo os mais depravados, ousaria suspeitar do alegre, do franco, do generoso William Wilson, o rapaz mais honesto e mais liberal de Oxford, cujas extravagâncias não eram mais do que simples expansões de sua mocidade exuberante, cujas faltas não eram senão originalidades inimitáveis e cujos tenebrosos vícios não passavam de simples loucuras?

E assim passei dois anos, quando chegou à universidade um jovem de nobreza recente, fabulosamente rico, ao que diziam, de nome Glendinning, que não hesitava em gastar sua fortuna. Procurei relacionar-me com ele, e, descobrindo que não tinha grande inteligência, logo decidi torná-lo vítima de minhas habilidades. Frequentemente o convidava a jogar, deixando que, a princípio, ganhasse consideráveis importâncias (de acordo com o processo vulgar dos jogadores). Tendo amadurecido meu plano, encontramo-nos (eu, com a firme decisão de pôr em prática o que planejara) em casa de um camarada nosso, sr. Preston, conhecido de ambos, mas que, manda a verdade que se diga, nem sequer sonhava que se fosse jogar em sua casa. A fim de ocultar melhor os meus planos, fiz-me acompanhar de um grupo de oito ou dez rapazes, preparando tudo para que a aparição das cartas parecesse perfeitamente natural e que fosse a própria vítima a propor o jogo. Resumindo (para abreviar um assunto de tanta vileza), basta dizer que não me esqueci de nenhum dos processos usados em idênticas circunstâncias, processos tão estúpidos e tão divulgados, que custa acreditar haja sempre pessoas tão simples capazes de se deixarem enganar por eles. O jogo que escolhemos foi o *écarté*.

Só alta noite dispus as coisas de forma a ter Glendinning como único adversário. Os outros, interessados pelas proporções que nosso jogo adquiria, haviam deixado de jogar e rodeavam nossa mesa. Glendinning baralhava, dava as cartas e jogava com um nervosismo singular; mas, durante a primeira parte da noite, obrigara-o a beber copiosamente, e eu próprio julgava que o estado de nervos em que se encontrava fosse efeito da embriaguez. Em muito pouco tempo me ficou a dever uma considerável quantia. Bebeu, então, mais um cálice de vinho do Porto e fez precisamente o que eu previra: quis dobrar a parada, já muito elevada. Afetei recusar — e fi-lo com habilidade; só quando minha recusa terminante lhe provocou palavras azedas e duras, que davam à minha anuência o aspecto de uma vingança, acedi. O resultado foi o que não podia deixar de ser. A vítima caíra perfeitamente na armadilha e, em menos de uma hora, sua dívida quadruplicara. Notei, então, que na fisionomia de meu adversário a vermelhidão do vinho fora substituída, quase subitamente, por uma terrível palidez. Notei-o com espanto, porque, conforme as informações que obtivera a respeito de Glendinning, eu o supunha fabulosamente rico, e a soma que estava a perder, ainda que, na verdade, bastante elevada, não podia (pelo menos assim imaginava) causar-lhe grandes embaraços, e muito menos impressioná-lo daquela maneira. Uma vez mais, julguei que sua perturbação fosse consequência do vinho que bebera. E então, para salvaguardar perante os colegas a minha suposta reputação — e não por qualquer outro desinteressado motivo —, ia insistir peremptoriamente para que o jogo acabasse, quando percebi, por umas palavras ditas a meu lado e por uma exclamação de desespero do meu adversário, que Glendinning estava totalmente arruinado.

É difícil dizer como haveria de me conduzir em tal circunstância. A deplorável situação de minha vítima sensibilizava e entristecia todos. Seguiram-se alguns minutos de silêncio profundo, durante os quais senti, bem contra minha vontade, ruborizarem-se minhas faces sob os olhares indignados que me lançavam os mais sensíveis do grupo. Devo mesmo confessar que senti o coração aliviado de um peso que o amarfanhava quando se produziu uma interrupção extraordinária. As pesadas portas da sala onde estávamos abriram-se repentinamente de par em par, com tal ímpeto que todas as velas se apagaram como que por encanto. Antes, porém, que a luz se extinguisse, pudemos ver quem entrava. Era um indivíduo com a minha estatura, aproximadamente, embuçado numa capa. Agora, imersos em profunda escuridão, sentíamos sua presença entre nós. E, antes que pudéssemos recobrar-nos do enorme espanto que ele provocara com sua violenta entrada, ouvimos-lhe a voz:

— Meus senhores —, disse ele com *uma voz muito baixa*, ainda que suficientemente audível; uma voz inesquecível, que me causou arrepios até a medula dos ossos. — Não lhes peço desculpas da forma intempestiva como entrei porque, procedendo assim, nada mais fiz do que cumprir aquilo que considero um dever. Por certo não conhecem os senhores o caráter da pessoa que acaba de ganhar ao *écarté* uma quantia enorme a lorde Glendinning. Vou, pois, indicar-lhes um modo fácil de adquirir esse conhecimento. Para isso, rogo que examinem o forro do punho de sua manga esquerda e alguns pequenos maços que irão encontrar nos largos bolsos de seu casaco.

Enquanto ele falava, o silêncio era tão profundo que, se um alfinete tivesse caído no chão, ter-se-ia ouvido o ruído. Assim que disse a última palavra, o estranho personagem desapareceu, e tão bruscamente como entrara. Poderei, ou saberei eu próprio descrever o que então me sucedeu? Apenas senti que era agarrado por muitas mãos e que se acendiam de novo as luzes; em seguida, revistaram-me cuidadosamente. No forro da manga, encontraram as cartas principais do *écarté* e, nos bolsos do jaquetão, alguns baralhos de cartas, em tudo iguais às que usávamos nos nossos jogos, apenas com a diferença de que as minhas eram, como se costuma dizer, marcadas, sendo as de maior valor um tanto mais convexas do lado menor e as ordinárias imperceptivelmente convexas do lado maior. Graças a esse estratagema, o "ingênuo" que corta o baralho no sentido do comprimento — como habitualmente se faz — corta-o infalivelmente de maneira a dar ao adversário uma carta principal, enquanto o "esperto" corta no sentido da largura, não dando assim a sua vítima senão cartas inferiores.

A descoberta que fizeram foi seguida por um silêncio desdenhoso. Havia em todos os rostos sorrisos sarcásticos que me feriram muito mais profundamente do que os mais indignados insultos.

— Senhor Wilson — disse o dono da casa, enquanto levantava do chão uma capa esplêndida, forrada de ótimas peles —

senhor Wilson, isto lhe pertence, julgo eu — disse ele, fitando a capa com um sorriso dúbio (fazia frio e eu trouxera uma capa, que tirara ao entrar). — Acho que é desnecessário procurar nesta capa mais provas de suas habilidades; bastam as que já encontramos. Por certo, o senhor compreenderá a necessidade de abandonar Oxford; entretanto, convido-o a sair imediatamente de minha casa.

Enxovalhado, humilhado até a lama, é provável que eu tivesse castigado essa linguagem tão aviltante com uma agressão pessoal, se não estivesse tão completamente absorvido por um fato excepcionalíssimo. Minha capa era riquíssima, forrada de boas e variadas peles, e — seria desnecessário acentuá-lo — de elevado preço. O talhe fora inventado por mim, porque nessa altura me preocupava muito com essas futilidades do luxo. Creio mesmo que levava minha fúria pelas modas ao exagero. Foi por isso que, quando o sr. Preston me estendeu a capa que levantara do chão, eu vi, com um espanto que melhor se diria terror, já ter no braço a que me pertencia, embora aquela fosse em tudo semelhante à minha, mesmo nos pormenores mais ínfimos. Contudo, conservei a presença de espírito; peguei-a, pu-la sobre a minha, sem que ninguém desse por tal, e abandonei a casa com um olhar rancoroso. Nesse mesmo dia, de madrugada, saí precipitadamente de Oxford e fugi para o estrangeiro, cheio de medo e coberto de opróbrio.

Mas a minha fuga era vã! Triunfante, meu amaldiçoado destino perseguiu-me, mostrando-me, à evidência, que seu misterioso poder mal começara. Apenas cheguei a Paris, tive provas imediatas da influência de William Wilson. Os anos decorriam, e ele sempre a perseguir-me. Miserável! Em Roma, com que interesse impertinente, com que ternura de espectro veio ele colocar-se entre mim e minha ambição! O mesmo em Viena, em Berlim, em Moscou! Onde poderia eu ir que não tivesse imediatamente tristes razões para o amaldiçoar com todo o ódio que transbordava de minha alma? E, ao fugir, cheio de pânico e terror, de sua perseguição tirânica, dir-se-ia que procurava fugir da peste. Fugi até o fim do mundo, mas *minha fuga era vã*!

E eram sempre as mesmas perguntas que eu fazia continuamente a mim mesmo. Quem é? De onde vem? E punha-me então a analisar minuciosamente os traços mais característicos de sua teimosa vigilância. Mas nem sequer nisso consegui algo que me pudesse servir de base às conjecturas que arquitetava. Era digno de nota o fato de que, sempre que Wilson se intrometia em minha vida, e sempre que me desfazia os planos, tratava-se de enormes loucuras de minha parte, que, se levadas a cabo, por certo me acarretariam desgraça. Mas que pobre justificativa para uma autoridade tão imperiosamente usurpada! Mas que parca indenização pelo roubo do meu livre-arbítrio, tão insolente como contínuo!

Caso curioso: embora meu carrasco persistisse com grande destreza e habilidade em imitar minha maneira de vestir, havia muito tempo que, sempre que intervinha, nunca me mostrava o rosto. Fosse quem fosse esse maldito William Wilson, o certo era tal *mistério* ser o cúmulo do esnobismo e da tolice. Acaso poderia ele julgar que, como meu conselheiro em Eton, como destruidor da minha reputação em Oxford, como aquele que obstara a realização das minhas ambições em Roma, de minha vingança em Paris, de meus amores em Nápoles e de minha cobiça no Egito — que nesse ser, enfim, simultaneamente meu inimigo e meu gênio mau, eu não reconheceria o William Wilson do colégio, meu homônimo, meu camarada, o temido e odiado rival da instituição do dr. Bransby? Era impossível! Mas já é tempo de contar a terrível cena final desse drama.

Eu sempre me submetera até então, de uma maneira covarde, à sua imperiosa vontade. Habituara-me a acatar com todo o respeito o elevado caráter, a grande sabedoria, as ilusórias onipotência e onipresença de meu homônimo. Acatava-o com um sentimento misto de terror e de admiração, graças a certos aspectos de sua maneira de ser e a certos privilégios que ele possuía e que me davam uma ideia de fraqueza e impotência de minha parte. Era essa ideia que me obrigava a uma humildade completa, embora cheia de revolta e repugnância por suas arbitrárias imposições. Ultimamente, porém, abandonara-me por completo ao álcool, que atuava de forma irritante sobre meu caráter hereditário, tornando-me mais e mais rebelde a todas as censuras. Comecei a resmungar, a hesitar, a opor resistência. Senti-me, então, possuído pelo pressentimento de uma grande esperança que me obcecava cada vez mais. Por fim, tomei de súbito uma resolução sombria e desesperada: nada menos que libertar-me de vez da minha submissão.

Passou-se isto em Roma, no carnaval de 18...; encontrava-me eu num baile de máscaras dado no palácio do duque Di Broglio. Nessa noite, bebera mais do que o costume, e sentia-me excepcionalmente irritado pela atmosfera pesada dos salões repletos de gente. Havia grande dificuldade em passar por entre os pares, o que me exasperava sobremaneira; procurava ansiosamente (não confessarei aqui com que indigno propósito) a jovem, alegre e bonita esposa do duque, homem velho e excêntrico. Ela contara-me, imprudentemente, a maneira como viria vestida ao baile. Quando finalmente a avistei no outro extremo e me dirigia até ela, senti que alguém me tocava de leve no ombro e ouvi o bem conhecido, porque inesquecível, murmúrio ao ouvido, murmúrio que eu tantas vezes já amaldiçoara!

Furioso, voltei-me para o indivíduo que ousava distrair-me de meu fim e, violentamente, segurei-o pelos ombros. Vestia, como era de prever, roupa absolutamente igual à minha: um manto de veludo azul, à espanhola, uma espada suspensa da cintura por um talim vermelho. Tinha o rosto completamente oculto por uma máscara de seda preta.

— Miserável! — exclamei com voz rouca de cólera, cólera que crescia em mim a cada palavra que dizia. — Miserável! Embusteiro! Maldito patife! *Chega* de me perseguir e atormentar! Venha comigo, ou mato você aqui mesmo! — Disse essas palavras e abri passagem por entre os pares que dançavam no salão de baile, dirigindo-me para uma pequena antecâmara contígua e sabendo que ele me seguiria irresistivelmente.

Mal entrei, empurrei-o violentamente; fechei a porta ao mesmo tempo que proferia tremenda praga, e ordenei-lhe que desembainhasse a espada. Pareceu hesitar um momento; por fim, com ligeiro suspiro, pôs-se em guarda silenciosamente, demonstrando calma extraordinária.

O combate não durou muito. Exaltado como estava, nervoso e cheio de ódio, sentia meu braço forte e firme como nunca. Em poucos minutos fi-lo recuar até a parede e, uma vez ali, vendo-o impotente para defender-se, trespassei-lhe o peito sucessivas vezes com selvagem ferocidade.

Nesse instante, ouvi mexer na fechadura da porta. Rapidamente, tratei de impedir a importuna entrada de alguém e, em seguida, voltei para junto de meu inimigo agonizante. Ah, só então senti como a linguagem humana é impotente para exprimir o *espanto* e o *horror* que experimentei perante o espetáculo que se me deparou! Durante o curto momento em que me afastara, o aposento mudara completamente em suas disposições! No lugar onde momentos antes eu nada vira, havia agora um grande espelho (pelo menos assim me pareceu, em minha exaltação). Aproximei-me dele cheio de terror e vi caminhar para mim a minha própria imagem, com o rosto extremamente pálido e todo salpicado de sangue, avançando com passos lentos e vacilantes.

Disse ser isso que se me afigurou, mas, na realidade, nada disso ocorria. Tratava-se do meu inimigo, de William Wilson, que, agonizante, se erguia perante mim. A máscara e o manto jaziam no chão. Não havia uma só peça de seu traje nem um só traço de seu rosto (tão característico e tão singular) que não fossem *meus*; realizava o absoluto na identidade!

Era Wilson, mas um Wilson que já não murmurava ao falar! Pelo contrário, falava tão alto que tive a impressão nítida de ouvir minha própria voz dizendo:

— Venceste e eu pereço. Mas daqui para frente também tu estarás morto. Morreste para o mundo, para o céu e para a esperança! Existias em mim. Olha bem agora para a minha morte, e nessa imagem, que é a tua, verás o teu próprio suicídio!

"William Wilson", 1834

O RETRATO OVALADO

O CASTELO NO QUAL MEU CRIADO ESTAVA decidido a entrar à viva força, não consentindo que eu, ferido como estava, tivesse que passar a noite debaixo da chuvarada, era um grande edifício senhorial e melancólico que durante muitos e muitos séculos fora grito de guerra nos montes Apeninos. Segundo nos disseram, tinha sido abandonado temporariamente por seus donos. Acomodamo-nos numa das salas menores, que era também a mais modestamente mobiliada. Estava situada num torreão um tanto afastado do corpo principal do castelo; seus móveis, seus adornos, ricos e luxuosos, pareciam maltratados pela ação do tempo e apenas conservavam poucos vestígios do antigo esplendor. Sobre as paredes, caíam tapeçarias e troféus heráldicos, bem como grande quantidade de quadros modernos encerrados em molduras de ouro e madeiras finíssimas. Devido talvez ao delírio que me produzia a alta febre, senti crescer dentro de mim um grande amor por aqueles quadros que, como prodigioso e estranho museu, tinha diante dos olhos. Mandei o criado fechar as pesadas portas e as altas janelas, pois era noite cerrada, e acender o candelabro de sete braços que encontrara sobre a mesa. Descerrei em seguida os cortinados de cetim e veludo que rodeavam o dossel de minha cama. Queria, assim, se por acaso não chegasse a conciliar o sono, distrair-me ao menos na contemplação dos quadros e na leitura de um livro de pergaminho que havia encontrado sobre a almofada, o qual parecia conter a descrição e a história de todas as obras de arte que se achavam encerradas naquele castelo.

Passei quase toda a noite lendo. Naquele livro estava de fato a história dos quadros que me rodeavam. As horas transcorreram rapidamente e, sem que eu percebesse, chegou a meia-

-noite. A luz do candelabro me feria os olhos e, sem que meu criado o notasse, coloquei-o de tal modo que somente projetasse seus tênues raios sobre a superfície escrita do livro.

Mas aquela troca de luz produziu um efeito inesperado. Os fachos das numerosas velas projetaram-se então sobre um quadro da alcova que uma das colunas do leito havia anteriormente envolto em sobra profunda. Era o retrato de uma jovem, já quase uma mulher. Dirigi ao quadro uma olhadela rápida e fechei os olhos. Não o compreendi bem a princípio. Mas, enquanto minhas pupilas permaneciam fechadas, analisei rapidamente a razão que me fizera cerrá-las assim. Era um movimento involuntário, para ganhar tempo e para assegurar-me de que meus olhos não me haviam enganado, para acalmar e preparar meu espírito para uma contemplação mais serena. Ao cabo de alguns momentos, olhei de novo para o quadro, dessa vez fixa e penetrantemente.

Já não podia duvidar, ainda que o quisesse, de que agora o via com muita clareza. O primeiro esplendor da chama do candelabro sobre a tela tinha dissipado a confusão de meus sentidos e me chamara à realidade.

O retrato era de uma jovem. Um busto; a cabeça e os ombros pintados nesse estilo que chamam, em linguagem técnica, estilo de "vinheta"; um tanto à maneira de Sully em suas cabeças prediletas. O seio, os braços e os cachos de cabelos radiantes fundiam-se imperceptivelmente na sombra que servia de fundo ao conjunto. A moldura era oval, dourada e trabalhada ao gosto moderno. Como obra de arte, não se podia encontrar nada de mais admirável do que a pintura em si. Mas pode ser que não fosse nem a execução da obra nem a beleza daquele semblante juvenil o que me impressionou tão súbita e fortemente. Menos ainda devia acreditar que minha imaginação, saindo de um sonho, tivesse tomado aquela mulher por uma pessoa viva. Vi de imediato que os pormenores do desenho, do estilo e do aspecto da moldura não me permitiram tal ilusão, ainda que momentânea, dissipando de pronto semelhante encantamento. Fazendo essas reflexões, permaneci estendido uma hora inteira, com os olhos cravados no retrato. Tinha adivinhado que o "encantamento" da pintura era uma expressão vital, absolutamente adequada à própria vida, que primeiro me tinha feito estremecer e, por fim, me subjugara, aterrorizado. Com um terror profundo e insopitável, coloquei de novo o candelabro em sua primitiva posição. Tendo ocultado assim à minha vista a causa dessa profunda agitação, procurei ansiosamente o livro que continha a análise do quadro e sua história. Fui em busca do número que designava o retrato oval e li o seguinte relato:

"Era uma jovem de rara beleza e não menos amável do que alegre. Maldita foi a hora em que viu e amou o artista, casando-se com ele! Ele, apaixonado, estudioso, amava, mais do que sua esposa, a sua Arte; ela, uma jovem de rara beleza e não menos amável do que alegre, nada mais do que luz e sorrisos, ágil como a lebre solta no campo, amando e acariciando todas as coisas, odiando apenas a Arte que era sua rival, não temendo mais do que a palheta e os pincéis. Foi uma coisa terrível para ela ouvir o pintor falar do desejo de pintar sua esposa. Mas ela era obediente, e sentou-se com doçura durante longas semanas no sombrio e alto ateliê da torre, onde a luz penetrava por uma claraboia de cristal. Ele, porém, o pintor, punha seu destino e sua glória no retrato, que avançava em cores de hora para hora e de dia para dia. Era um homem apaixonado e estranho, que se perdia em sonhos, tanto que *não queria* ver que a luz que filtrava tão lugubremente naquela torre afastada extenuava a saúde e a alma de sua mulher, que enfraquecia visivelmente aos olhos de todo o mundo, exceto aos dele. Contudo, ela sorria sempre, sem se queixar, porque via que o pintor sentia um prazer doido e ardente em sua tarefa, e trabalhava noite e dia para pintar aquela que amava tanto, mas que se tornava cada dia mais abatida e mais débil. E, na verdade, os que contemplavam o retrato falavam em voz baixa da extrema semelhança do original como de uma prodigiosa maravilha e como de uma prova não menor do talento do pintor do que de seu profundo amor por aquela a quem pintava tão milagrosamente bem. Todavia, mais tarde, quando a tarefa se aproximava de seu fim, já ninguém podia visitar a torre: o pintor tinha enlouquecido com o ardor de seu trabalho e não tirava os olhos da tela senão para ver a fisionomia da mulher. E *não queria* ver que as cores que gravava na tela, ele as ia tirando das faces daquela que estava sentada à sua frente. E quando, decorridas muitas semanas, já faltava muito pouco trabalho — nada mais do que uma pincelada sobre os lábios e uma sombra sobre os olhos —, o espírito da mulher palpitou como a chama próxima de extinguir-se palpita numa lâmpada; e então o pintor deu a pincelada sobre os lábios e a sombra sobre os olhos e, durante um momento, quedou em êxtase ante o trabalho realizado; um minuto depois, quando o olhava extasiado, um estremecimento de terror percorreu seu corpo, e ele começou a gritar com voz aguda e destemperada. 'É a vida, é a própria vida que aprisionei na tela!' E quando se voltou para contemplar a esposa, viu que *ela estava morta*."

"The Oval Portrait", 1842

O HOMEM DA MULTIDÃO

*Ce grand malheur, de ne pouvoir être seul.**
La Bruyère

De certo livro germânico, já se disse com propriedade que "*es lässt sich nicht lesen*" — não se deixa ler. Há certos segredos que *não consentem* ser ditos. Homens morrem à noite em seus leitos, agarrados às mãos de confessores fantasmais, olhando-os devotamente nos olhos; morrem com o desespero no coração e um aperto na garganta ante a horripilância de mistérios que não consentem ser revelados. De quando em quando, ai, a consciência do homem assume uma carga tão densa de horror que dela só se redime na sepultura. E destarte a essência de todo crime permanece oculta.

Há não muito tempo, ao fim de uma tarde de outono, estava eu sentado ante a grande janela do Café D..., em Londres. Por vários meses andara enfermo, mas já me encontrava em franca convalescença e, com a volta da saúde, sentia-me num daqueles felizes estados de espírito que são exatamente o oposto do *ennui*; estado de espírito da mais aguda apetência, no qual os olhos da mente se desanuviam e o intelecto, eletrificado, ultrapassa sua condição diária tanto quanto a vívida, posto que cândida, razão de Leibniz ultrapassa a doida e débil retórica de Górgias. O simples respirar era-me um prazer e eu derivava inegável bem-estar até mesmo de muitas das mais legítimas fontes de aflição. Sentia um calmo, mas inquisitivo, interesse por tudo. Com um charuto entre os lábios e um jornal ao colo, divertira-me durante a maior parte da tarde, ora espiando os anúncios, ora observando a promíscua companhia reunida no salão, ora espreitando a rua através das vidraças esfumaçadas.

Era esta uma das artérias principais da cidade e regurgi-

* Essa grande infelicidade de não poder estar sozinho. (N. E.)

tara de gente durante o dia todo. Mas, ao aproximar-se o anoitecer, a multidão aumentou, e quando as lâmpadas se acenderam, duas densas e contínuas ondas de passantes desfilavam pela porta. Naquele momento particular do entardecer, eu nunca me encontrara em situação similar e, por isso, o mar tumultuoso de cabeças humanas enchia-me de uma emoção deliciosamente inédita. Desisti finalmente de prestar atenção ao que se passava dentro do hotel e absorvi-me na contemplação da cena exterior.

De início, minha observação assumiu um feitio abstrato e generalizante. Olhava os transeuntes em massa e os encarava sob o aspecto de suas relações gregárias. Logo, no entanto, desci aos pormenores e comecei a observar, com minucioso interesse, as inúmeras variedades de silhueta, traje, ar, porte, semblante e expressão fisionômica.

Muitos dos passantes tinham um aspecto prazerosamente comercial e pareciam pensar apenas em abrir caminho através da turba. Traziam as sobrancelhas vincadas e seus olhos moviam-se rapidamente; quando davam algum encontrão em outro passante, não mostravam sinais de impaciência; recompunham-se e continuavam, apressados, seu caminho. Outros, formando numerosa classe, eram de movimentos irrequietos; tinham o rosto enrubescido e resmungavam e gesticulavam consigo mesmos, como se se sentissem solitários em razão da própria densidade da multidão que os rodeava. Quando obstados em seu avanço, interrompiam subitamente o resmungo, mas redobravam a gesticulação e esperavam, com um sorriso vago e contrafeito, que as pessoas que os haviam detido passassem adiante. Se alguém os acotovelava, curvavam-se cheios de desculpas, como que aflitos pela confusão. Nada mais havia de distintivo sobre essas duas classes além do que já observei. Seus trajes pertenciam àquela espécie adequadamente rotulada de decente. Eram, sem dúvida, fidalgos, comerciantes, procuradores, negociantes, agiotas — os eupátridas e os lugares-comuns da sociedade —, homens ociosos e homens atarefados com assuntos particulares, dirigindo negócios de sua própria responsabilidade. Não excitaram muito minha atenção.

A tribo dos funcionários era das mais ostensivas, e nela discerni duas notáveis subdivisões. Havia, em primeiro lugar, os pequenos funcionários de firmas transitórias, jovens cavalheiros de roupas justas, botas de cor clara, cabelo bem emplastado e lábios arrogantes. Posta de lado certa elegância de porte a que, à míngua de melhor termo, pode-se dar o nome de "escrivanismo", a aparência deles parecia-me exato fac-símile do que, doze ou dezoito meses antes, fora considerada a perfeição do bom-tom. Usavam os atavios desprezados pelas classes altas — e isso, acredito, define-os perfeitamente.

A subdivisão dos altos funcionários de firmas respeitáveis era inconfundível. Fazia-se logo reconhecer pelas casacas e calças pretas ou castanhas, confortáveis e práticas, pelas gravatas brancas, pelos coletes, pelos sapatos sólidos, pelas meias grossas e pelas polainas. Tinham todos a cabeça ligeiramente calva e a ponta da orelha direita amassada, devido ao hábito de ali prenderem caneta. Observei que usavam sempre ambas as mãos para porem ou tirarem o chapéu, e que traziam relógios com curtas correntes de ouro maciço, de modelo antigo. A deles era a afetação da respeitabilidade, se é que existe, verdadeiramente, afetação tão honrosa.

Havia muitos indivíduos de aparência ousada, característica da raça dos batedores de carteiras que infesta todas as grandes cidades. Eu os olhava com muita curiosidade e achava difícil imaginar que pudessem ser tomados por cavalheiros pelos cavalheiros propriamente ditos. O comprimento do punho de suas camisas, assim como o ar de excessiva franqueza que exibiam, era quanto bastava para denunciá-los de imediato.

Os jogadores — e não foram poucos os que pude discernir — eram ainda mais facilmente identificáveis. Usavam trajes dos mais variados, desde o colete de veludo, o lenço fantasia ao pescoço, a corrente de ouro e os botões enfeitados do mais janota dos rufiões, às vestes escrupulosamente desadornadas dos clérigos, incapazes de provocarem a mais leve das suspeitas. Não obstante, denunciava-os certa compleição viscosa e trigueira, certa membranosa opacidade dos olhos, assim como o palor da tez e o apertado dos lábios. Havia, ademais, dois outros traços característicos que me possibilitavam identificá-los: a voz estudadamente humilde e a incomum extensão do polegar, que fazia ângulo reto com os demais dedos. Muitas vezes, em companhia desses velhacos, observei outra espécie de homens, algo diferentes nos hábitos, mas, não obstante, pássaros de plumagem semelhante. Podiam ser definidos como cavalheiros que viviam à custa da própria finura. Ao que parecia, dividiam-se em dois batalhões, no tocante a rapinar o público: de um lado, os janotas; de outro, os militares. Os traços distintivos do primeiro grupo eram o cabelo anelado e o sorriso aliciante; o segundo grupo caracterizava-se pelo semblante carrancudo e pela casaca de alamares.

Descendo na escala do que se chama a "gente de bem", encontrei alvos para especulações mais profundas e mais sombrias. Vi judeus bufarinheiros, com olhos de falcão cintilando num semblante onde tudo o mais era abjeta humildade; atrevidos mendigos profissionais hostilizando mendicantes de melhor aparência, a quem somente o desespero levara a recorrer à caridade noturna; débeis e cadavéricos inválidos, sobre os quais a morte já estendera sua garra, esgueiravam-se pela multidão, olhando, implorantes, as faces dos que passavam, como se em busca de qualquer consolação ocasional, de qualquer esperança perdida; mocinhas modestas voltando para seus lares taciturnos após um longo e exaustivo dia de trabalho e furtando-se, mais chorosas que indignadas, aos olhares cúpidos dos rufiões, cujo contato direto, não obstante, não podiam evitar; mundanas de toda sorte e de toda idade: a inequívoca beleza no auge da feminilidade, lembrando a estátua de Luciano, feita de mármore de Paros, mas cheia de imundícies em seu interior; a repugnante e desarvorada leprosa vestida de trapos; a velhota cheia de rugas e de joias, exageradamente pintada, num derradeiro esforço por parecer jovem; a menina de formas ainda imaturas, mas que, mediante longa associação, já se fizera adepta das terríveis coqueterias próprias de seu ofício e ardia de inveja por igualar-se, no vício, às suas colegas mais idosas; bêbados inúmeros e indescritíveis; uns, esfarrapados, cambaleando inarticulados, o rosto contundido e os olhos vidrados; outros, de trajes ensebados, algo fanfarrões, lábios grossos e sensuais, a face apopleticamente rubicunda; outros ainda, trajando roupas que, em tempos passados, haviam sido elegantes e que, ainda agora, mantinham escrupulosamente escovadas; homens que caminhavam com passo firme, mas cujo semblante se mostrava medonhamente pálido, cujos olhos estavam congestionados e cujos dedos trêmulos se agarravam, enquanto abriam caminho por entre a multidão, a qualquer objeto que lhes estivesse ao alcance; além desses todos, carregadores de anúncios, moços de frete, varredores, tocadores de realejo, domadores de macacos ensinados, cantores de rua, camelôs, artesãos esfarrapados e trabalhadores exaustos, das mais variadas espécies — tudo isso cheio de bulha e desordenada vivacidade, ferindo-nos dissonantemente os ouvidos e provocando-nos uma sensação dolorida nos olhos.

Conforme a noite avançava, progredia meu interesse pela cena. Não apenas o caráter geral da multidão se alterava materialmente (seus aspectos mais gentis desapareciam com a retirada da porção mais ordeira da turba, e seus aspectos mais grosseiros emergiam com maior relevo, porquanto a hora tardia arrancava de seus antros todas as espécies de infâmias), mas a luz dos lampiões a gás, débil, de início, na sua luta contra o dia agonizante, tinha por fim conquistado ascendência, pondo nas coisas um lustro trêmulo e vistoso. Tudo era negro, mas esplêndido — como aquele ébano ao qual tem sido comparado o estilo de Tertuliano.

Os fanáticos efeitos de luz levaram-me ao exame das faces individuais e, embora a rapidez com que o mundo iluminado desfilava diante da janela me proibisse lançar mais que uma olhadela furtiva a cada rosto, parecia-me não obstante que, no meu peculiar estado de espírito, podia eu ler frequentemente, mesmo no breve intervalo de um olhar, a história de longos anos.

Com a testa encostada ao vidro, estava eu destarte ocupado em examinar a turba quando, subitamente, deparei com um semblante (o de um velho decrépito, de uns sessenta e cinco a setenta anos de idade), um semblante que, de imediato, se impôs fortemente à minha atenção, dada a absoluta idiossincrasia de sua expressão. Nunca vira qualquer coisa que se lhe assemelhasse, nem de longe. Lembro-me bem de que meu primeiro pensamento ao vê-lo foi o de que, tivesse-o conhecido Retzsch, não haveria de querer outro modelo para suas encarnações pictóricas do demônio. Enquanto tentava, durante o breve minuto em que durou esse primeiro exame, analisar o significado que sugeria, nasceram de modo confuso e paradoxal em meu espírito as ideias de vasto poder mental, de cautela, de indigência, de avareza, de frieza, de malícia, de ardor sanguinário, de triunfo, de jovialidade, de excessivo terror, de intenso e supremo desespero. Senti-me singularmente exaltado, surpreendido, fascinado. "Que extraordinária história" — disse a mim mesmo — "não estará escrita naquele peito!" Veio-me então o imperioso desejo de manter o homem sob minhas vistas, de saber mais sobre ele. Vesti apressadamente o sobretudo e, agarrando o chapéu e a bengala, saí para a rua e abri caminho por entre a turba em direção ao local em que o havia visto desaparecer, pois a essa altura ele já sumira de vista. Ao cabo de algumas pequenas dificuldades, consegui por fim divisá-lo, aproximar-me dele e segui-lo de perto, embora com cautela, de modo a não lhe atrair a atenção.

Tinha agora uma boa oportunidade para examinar-lhe a figura. Era de pequena estatura, muito esguio de corpo e, aparentemente, muito débil. Suas roupas eram, de modo geral, sujas e esfarrapadas, mas quando ele passava ocasionalmente sob algum foco de luz, eu podia perceber que o linho que trajava, malgrado a sujeira, era de fina textura e, a menos que minha visão houvesse me enganado, tive um relance, através de uma fresta da *roquelaure* evidentemente de segunda mão que ele trazia abotoada de cima a baixo, de um diamante e de uma adaga. Essas observações aguçaram minha curiosidade, e decidi-me a acompanhar o estranho até onde quer que ele fosse.

Era já noite fechada, e uma neblina úmida e espessa, que logo se agravou em chuva pesada, amortalhava a cidade. Essa mudança de clima teve um bizarro efeito sobre a multidão, que logo foi presa de nova agitação e se abrigou sob um mundo de guarda-chuvas. A agitação, os encontrões e o zum-zum decuplicaram. De minha parte, não liguei muito para a chuva; uma velha febre latente em meu organismo fazia com que eu a recebesse com um prazer algo temerário. Amarrando um lenço à boca, continuei a andar. Durante meia hora o velho prosseguiu seu caminho com dificuldade ao longo da grande avenida; eu caminhava grudado a seus calcanhares, com medo de perdê-lo de vista. Como nunca voltou a cabeça para trás, não se deu conta de minha perseguição. A certa altura, meteu-se por uma travessa, que, embora repleta de gente, não estava tão congestionada quanto a avenida que abandonara. Evidenciou-se, então, uma mudança no seu procedimento. Caminhava agora mais lentamente e menos intencionalmente do que antes; com maior hesitação, dir-se-ia. Atravessou e tornou a atravessar a rua, repetidas vezes, sem propósito aparente, e a multidão era ainda tão espessa que, a cada movimento seu, eu era obrigado a segui-lo bem de perto. A rua era longa e apertada, e ele caminhou por ela cerca de uma hora; durante esse tempo, o número de transeuntes havia gradualmente decrescido para aquele que é ordinariamente visto à noite na Broadway, nas proximidades do parque, tão grande é a diferença entre a populaça de Londres e a da mais populosa das cidades americanas. Um desvio de rota levou-nos a uma praça brilhantemente iluminada e transbordante de vida. As antigas maneiras do estranho voltaram a aparecer. O queixo caiu-lhe sobre o peito, enquanto seus olhos se moviam, inquietos, sob os cenhos franzidos, em todas as direções, espreitando os que o acossavam. Abriu caminho por entre a multidão com firmeza e perseverança. Surpreendi-me ao ver que, tendo completado o circuito da praça, ele voltava e retomava o itinerário que mal acabara de completar. Mais atônito ainda fiquei ao vê-lo repetir o mesmo circuito diversas vezes; quase que deu comigo, certa vez em que se voltou com um movimento brusco.

Nesse exercício gastou mais uma hora, ao fim da qual encontramos menos interrupções, por parte dos transeuntes, que de início. A chuva continuava a cair, intensa; o ar tornou-se frio; os passantes se retiravam para suas casas. Com um gesto de impaciência, o estranho ingressou numa travessa comparativamente deserta. Caminhou apressado por cerca de quatrocentos metros, com uma disposição que eu jamais sonhara ver em pessoa tão idosa; grande foi a minha dificuldade para acompanhá-lo. Alguns minutos de caminhada levaram-nos a uma grande e ruidosa feira, que o estranho parecia conhecer muito bem, e ali retomou ele suas maneiras primitivas, enquanto abria caminho de cá para lá, sem propósito definido, por entre a horda de compradores e vendedores.

Durante a hora e meia, aproximadamente, que passamos nesse local, precisei de muita cautela para seguir-lhe a pista sem atrair sua atenção. Felizmente, eu calçava galochas e podia movimentar-me em absoluto silêncio. Em nenhum momento percebeu ele que eu o vigiava. Entrou em loja após loja; não perguntava o preço de artigo algum nem dizia qualquer palavra, mas limitava-se a olhar todos os objetos com um olhar desolado, despido de qualquer expressão. Eu estava profundamente intrigado com seu modo de agir e firmemente decidido a não separar-me dele antes de estar satisfeita, até certo ponto, minha curiosidade a seu respeito.

Um relógio bateu onze sonoras badaladas, e a feira começou a despovoar-se rapidamente. Um lojista, ao fechar um postigo, deu um esbarrão no velho e, no mesmo instante, vi um estremecimento percorrer-lhe o corpo. Saiu apressadamente para a rua e, por um momento, olhou ansioso à volta de si; encaminhou-se depois, com incrível rapidez, através de vielas, umas cheias de gente, outras despovoadas, para a grande avenida da qual partira, a avenida onde ficava situado o Hotel D... Esta, no entanto, já não apresentava o mesmo aspecto. As luzes ainda brilhavam, mas a chuva caía pesadamente e havia poucas pessoas à vista. O estranho empalideceu. Deu alguns passos caprichosos pela antes populosa avenida e depois, suspirando profundamente, tomou a direção do rio. Após ter atravessado uma grande variedade de ruas tortuosas, chegou por fim diante de um dos teatros principais da cidade. Estava prestes a fechar, os espectadores saíam pelas portas escancaradas. Vi o velho arfar, como se por falta de ar, e mergulhar na multidão, mas julguei perceber que a intensa agonia de seu semblante tinha, de certo modo, amainado. A cabeça caiu-lhe sobre o peito novamente, como quando eu o vira pela primeira vez. Observei que seguia agora o caminho tomado pela maioria dos espectadores, mas, de modo geral, não conseguia compreender a inconstância de suas ações.

Enquanto caminhava, o número de transeuntes ia rareando, e sua antiga inquietude e vacilação voltaram a aparecer. Durante algum tempo, acompanhou de perto um grupo de dez ou doze valentões; mas o grupo foi diminuindo aos poucos, até que ficaram apenas três dos componentes, numa ruazinha estreita, melancólica, pouco frequentada. O estranho se deteve e, por um momento, pareceu imerso em reflexões; depois, com evidentes sinais de agitação, seguiu em rápidas passadas um itinerário que nos levou aos limites da cidade, para regiões muito diversas daquelas que havíamos até então atravessado. Era o mais esquálido bairro de Londres; nele, tudo exibia a marca da mais deplorável das pobrezas e da mais desesperada criminalidade. À débil luz das lâmpadas ocasionais, altos e antigos prédios construídos de madeiras já roídas de vermes apareciam cambaleantes e arruinados, dispostos em tantas e tão caprichosas direções que mal se percebia um arremedo de passagem por entre eles. As pedras do pavimento jaziam espalhadas, arrancadas de seu leito original, onde agora viçava a grama, exuberante. Um odor horrível se desprendia dos bueiros entupidos. A desolação permeava a atmosfera. No entanto, conforme avançávamos, ouvimos sons de vida humana e, por fim, deparamos com grandes bandos de pessoas das classes mais desprezadas da população londrina vadiando de um lado para o outro. O ânimo do velho se acendeu de novo, como lâmpada bruxuleante. Uma vez mais, caminhava com passo elástico. Subitamente, ao dobrarmos uma esquina, um clarão de luz feriu-nos os olhos e detivemo-nos diante de um dos enormes templos urbanos de intemperança — um dos palácios do demônio Álcool.

O amanhecer estava próximo e, não obstante, uma turba de bêbados desgraçados atravancava a porta de entrada da taverna. Com um pequeno grito de alegria, o velho forçou a passagem e, uma vez dentro do salão, retomou suas maneiras habituais, vagueando sem objetivo aparente por entre a turba. Não fazia, porém, muito tempo que se ocupava nesse exercício quando uma agitação dos presentes em direção à porta deu a entender que o proprietário do local resolvera fechá-lo por aquela noite. Era algo mais intenso que desespero o sentimento que pude ler no semblante daquela criatura singular a quem eu estivera a vigiar de forma tão pertinaz. Todavia, ele não hesitou por muito tempo; com doida energia, retomou o caminho de volta para o coração da metrópole. Caminhava com passadas longas e rápidas, enquanto eu o seguia, cheio de espanto, mas decidido a não abandonar um escrutínio pelo qual sentia agora o mais intenso dos interesses. Enquanto caminhávamos, o sol nasceu, e quando alcançamos novamente o mais populoso mercado da cidade, à rua do Hotel D..., apresentava ela uma aparência de alvoroço e atividade muito pouco inferior àquela que eu presenciara na véspera. E ali, entre a confusão que crescia a cada momento, persisti na perseguição ao estranho. Ele, porém, como de costume, limitava-se a caminhar de cá para lá; durante o dia todo, não abandonou o turbilhão da avenida. Quando se aproximaram as trevas da segunda noite, aborreci-me mortalmente e, detendo-me bem em frente do velho, olhei-lhe fixamente o rosto. Ele não deu conta de mim: continuou a andar, enquanto eu, desistindo da perseguição, perdi-me em pensamentos, vendo-o afastar-se.

"Esse velho" — disse comigo, por fim — "é o tipo e o gênio do crime profundo. Recusa-se a estar só. *É o homem da multidão*. Será escusado segui-lo: nada mais saberei a seu respeito ou a respeito de seus atos. O mais cruel coração do mundo é livro mais repulsivo que o *Hortulus Animae*, e talvez seja uma das mercês de Deus que *es lässt sich nicht lesen*."

"The Man of the Crowd", *1840*

Edgar Allan Poe nasceu em Boston, nos Estados Unidos, em 1809. Abandonado pelo pai, perdeu a mãe dois anos depois, e foi criado por um próspero mercador da cidade, que lhe emprestou o sobrenome. Poeta, contista, editor e crítico literário, Poe é considerado um precursor da literatura policial, e suas histórias "O assassinato da rua Morgue" e "A carta roubada", nas quais figura o detetive Dupin, são tidas como marcos do gênero. Poe morreu em Baltimore, em 1849, dias depois de ser encontrado na rua sofrendo de delírios. A causa de sua morte ainda é um mistério.

José Paulo Paes nasceu em Taquaritinga, São Paulo, em 1926. Estudou química industrial em Curitiba, onde publicou seu primeiro livro de poemas, em 1947. Trabalhou num laboratório farmacêutico e numa editora de livros, aposentando-se para poder dedicar-se inteiramente à literatura. Pesquisador, tradutor, ensaísta e poeta, também foi colaborador regular na imprensa literária. Morreu em 1998. Pela Companhia das Letras publicou, entre outros, *A aventura literária* (1990), *Prosas seguidas de* Odes mínimas (1992) e *Socráticas* (2001), e pela Companhia das Letrinhas, *Uma letra puxa a outra* (1992), *Um número depois do outro* (1993), *A revolta das palavras* (1999) e *Ri melhor quem ri primeiro* (1998).

1ª edição Companhia de Bolso [2008] 27 reimpressões

Esta obra foi composta pela Verba Editorial em Janson Text
e impressa em ofsete pela Gráfica Bartira sobre papel Pólen da
Suzano S.A. para a Editora Schwarcz em junho de 2024

FSC
www.fsc.org
MISTO
Papel | Apoiando o manejo florestal responsável
FSC® C105484

A marca FSC® é a garantia de que a madeira utilizada na fabricação do papel deste livro provém de florestas que foram gerenciadas de maneira ambientalmente correta, socialmente justa e economicamente viável, além de outras fontes de origem controlada.